漢魏六朝賦選

瞿蜕园 选注

图书在版编目(CIP)数据

汉魏六朝赋选 / 瞿蜕园选注. —上海：上海古籍出版社，2019.3 (2025.1重印)
(粹雅丛编)
ISBN 978-7-5325-9127-5

Ⅰ.①汉… Ⅱ.①瞿… Ⅲ.①汉赋—注释②赋—注释—中国—魏晋南北朝时代 Ⅳ.①I222.4

中国版本图书馆CIP数据核字(2019)第034731号

粹雅丛编
汉魏六朝赋选
瞿蜕园 选注
上海古籍出版社出版发行
(上海市闵行区号景路159弄1-5号A座5F 邮政编码201101)
(1)网址：www.guji.com.cn
(2)E-mail：guji1@guji.com.cn
(3)易文网网址：www.ewen.co
常熟人民印刷有限公司印刷
开本890×1240 1/32 印张8.5 插页5 字数237,000
2019年3月第1版 2025年1月第5次印刷
印数：8,801—9,900
ISBN 978-7-5325-9127-5
I·3358 定价：46.00元
如有质量问题，请与承印公司联系

前　言

瞿蜕园

赋的原来意义是“铺陈其事”，为我国古代文学的表现方法之一。《诗·大序》说《诗》有风、赋、比、兴、雅、颂六义，赋即其中之一。到了后来，它成为一种独立的文学体制，形式介于诗歌与散文之间。但从其渊源来说，它是诗歌的衍变。所以班固说：“赋者，古诗之流也。”(《两都赋序》)又说：“大儒孙卿(即荀子)及楚臣屈原，离谗忧国，皆作赋以风，咸有恻隐古诗之义。”(《汉书·艺文志》)因此，他在《汉书·艺文志》中将诗与赋列为一门，并分别举出屈原和荀子两家来作为辞赋之祖。

大家知道，从楚辞开始，以较长的篇幅和优美的词藻来发挥想象，倾诉感情，就成为战国后期人们所欢迎的文学形式。就荀子的《成相篇》和《赋篇》看来，作者也正是利用这种文体，以表达他对当时现实的态度，并吸引了读者的注意。屈原和他稍后的宋玉、唐勒之辈都是楚人，荀子著书、终老于楚，可见赋又是楚国的一种新兴文体。但屈赋和荀赋(屈原本人并未称他的作品为赋，最早以赋名篇的是荀子)又各有其特色，一般说来，屈赋重在抒情，荀赋重在说理。到了西汉，因五言诗尚未进入文人文学的领域，文士的创作主要在于辞赋，于是作赋之风大行。加上帝王的赏玩和鼓励，有些文士，便以作赋献赋当作求官的门径。同时，由于作赋者日多，在内容和形式上也都有了发展。较诸楚辞，诗歌的成分已逐渐减少，而散文的成分有所增加；内容方面，于言志抒情之外，复多状物叙事之作。我们也可以这样说：汉赋的体制较接近于荀赋，而词藻则多取资于楚辞。清人王芑孙在《读赋卮言》中说："相如之徒，敷典摛文，乃从荀法；贾傅以下，湛思渺虑，具有屈心。抑荀正而屈变，马（司马相如）愉而贾（贾谊）戚。虽云一毂，略已殊涂。"这话不是没有见地的。

因为汉赋既是诗歌的衍变，所以汉代人就有读赋的习惯。根据记载，当时的人朗诵楚辞，是有特定的音律节奏的。一直到隋代，还有所谓楚声的专门家，以清切的音调博得人们的欣赏。（见《隋书·经籍志》）又如汉元帝的宫女能读王褒的《洞箫赋》，固然这是供帝王娱乐之用，但也说明赋在当时的影响。由于赋的文采与音节都能在视听上使人愉快，而赋的铺张手法又能激发人们的想象，因此它就很能适应当时统治者的兴趣和要求。

至于内容方面，汉大赋多少也反映出汉帝国繁荣上升时期的气象，和被剥削的劳动人民所创造的一些物质文化的盛况。如司马相如、扬雄那些描写宫苑游观的大赋，到了班固、张衡，就扩展到都城建置的叙述，生动地介绍了汉代名都大邑的规模，以及各阶级阶层的生活状况。而更晚一些的西晋左思，又在他的《三都赋》里总括了中原、东南与西南三大地区的地理历史、物产文化，等于一部有韵的方志。这些赋中的词汇，对了解当时上层集团的辞令、仪节以及博物知识等，也都有一定的帮助。同时，左思有鉴于汉代司马相如、扬雄、班固、张衡的赋，对物产、建置的描写和记述，有虚夸失实之处，所以他作《三都赋》时，写到山川城邑、鸟兽草木、风谣歌舞等等，都是依据地图、方志，以及各处风俗习惯而加以考订的。

皇甫谧曾称赞他:“其物土所出,可得披图而校,体国经制,可得按记而验,岂诬也哉!”

此外,还有一些以宫苑为题材的作品,如王延寿的《鲁灵光殿赋》,何晏的《景福殿》等,虽然内容属于专门性的,而且作赋意图原在粉饰与歌颂,但对后世读者,也还具有一些文物资料上的参考价值。

东汉以后,赋家的另一倾向是:从原来对事物品汇的描摹刻画,逐渐向思想感情的发抒方面去发展,即“写志”渐多于“体物”。通过对事物的深微观察,进一步抒发了作者自己的思想感情,这就为赋体增添了不少的新异色彩。也有的用赋来表达纯粹的抽象观念,如班固的《幽通赋》等,而陆机的《文赋》简直用赋来探讨文学理论,更是富有创造性的。

应当指出,流传到今天的汉赋,大部分是歌功颂德、踵事增华,供封建统治者赏玩的作品,即使其中有时含有一点讽喻的意味,实际上还是迎合统治者的爱好,起着“劝百而讽一”的反面作用,也正如刘勰所说:“无贵风轨,莫益劝戒。”由于统治者的爱好,文士因献赋而达到干禄的目的,于是赋的文学价值遂大为削弱,赋家的流品与地位,就和“俳优”相差不多。无怪连善写大赋的扬雄也说,“诗人之赋丽以则,辞人之赋丽以淫”,并且认为在词藻方面的追求,不过是“童子雕虫篆刻”,是“壮夫”所不为。后来晋代挚虞论赋,也批评辞人之赋“以事形为本,以义正为助”,即是重形式而轻内容,和扬雄所说有其共通的地方。

以上是自汉至晋有关赋体发展上的一些概况。到了南北朝,乃有所谓“文”“笔”之分,而赋实际上已代表了整个的“文”,如这时的诏令、奏议、书札等,除不用韵以外,其他形式上也都与赋的区别极其微细;至于用韵的颂赞、箴铭、哀诔,乃至七、连珠等,则区别更少。所以在骈文盛行的时代,赋的影响是非常深远的。

南朝末期的宫体赋,内容和形式都趋于艳冶和雕琢,可以说是赋的没落,但它对后来的七言诗也还有一定的影响。到了唐代,因作律赋为进士考试的科目,律赋就和宋以后的制举文一样,不再有什么价值了。我们看一看李白、杜甫所作的赋就可以知道。章太炎在《国故论衡·辨诗篇》中说:“赋之亡盖先于诗,继隋而后,李白赋《明堂》,杜甫赋《三大礼》,诚欲为扬雄台隶,犹几弗及,世无作者,二家亦足以殿。自是赋遂泯绝。”可见某一种文学体制,都必须经过它的产生、发展、兴盛以至没落的过程。

关于赋选,萧统《文选》中所选的赋,是历代所一致称誉的,大体上确曾经过审慎的抉择,但也不能包括全面。其他的选本则缺点更多。为了适合今天的读者,需要一部繁简适中的选本,介绍不同时代、不同题材、不同风格的作品,使读者能一览而约略得其全貌。

因此,本书试图在《文选》的基础上分别去取,加上它所未能具备的,择定二十篇,为研读古赋者提供一些便利。以下就编辑体例略作说明:

(一)为精简起见,每一类型的赋,尽可能不重复入选。例如《恨赋》与《别赋》,《雪赋》与《月赋》都只收一篇。又如京都赋只选内容更丰富的《三都赋》,就中又只选较短的《蜀都》一篇。惟《西征赋》及《哀江南赋》,因有其独特的规模格局,虽较冗长,也予入选。至于同一作家,只选其作品略具有代表性的,以期尽量照顾全面。

(二)从文体来看,即使命名不同,属于赋体性质的仍应归入赋类,《七发》是其一例。至《酒箴》虽不宜径名为赋,而形式上亦与赋无异,故也收入。其他不以赋名而实为赋之支流者,如《答客难》、

《典引》之类，则限于篇幅，未能遍收。

（三）古人注书，有释事、释意两种，李善注《文选》，是偏重释事的。在今天看来，由于赋中所用的词汇往往与现代汉语距离过远，不能不要求详尽的解释，但若专注重词藻的溯源，而忽略词意的阐发，对读者的帮助仍然不大，因此，本书的注释采取两者相结合的方针。除一般的字句加注外，兼顾到作者的作意。

（四）赋中的名物训诂有不少还没有确切解决，经过清代以至近人的考证，对旧注也有不少的纠正或补充。本书则多采用传统上较为肯定的旧说。

由于这一工作还是初步试探，编注方面的缺点必然不少，希望读者随时予以指教。

1963 年 11 月

目　　录

吊屈原赋 并序

贾　谊

【题解】 汉文帝的初年，王朝的统治秩序尚未稳定，对外的政策也不很明确，洛阳的一个青年学者贾谊（前 201—前 169）把这个加强统治、建立政制的事业引为己任，他以儒家学说为中心，提出一系列主张。当时文帝很看重他，对他破格重用；但朝廷上守旧的将相大臣都嫌他年轻多事，对他进行谗害，文帝的意志也为之动摇了，将他调离朝廷，派去作长沙王的太傅。这王傅的官职，仅仅对诸侯王本身有辅导之责，没有任事之权。长沙地方在当时又很偏僻，因此贾谊郁郁不得意。在路过屈原投江的所在，感到自己的遭遇正与屈原相似，就作了这篇《吊屈原赋》。

《史记》及《汉书》本传都载了这篇文章，以后王逸收在《楚辞》中，《文选》则改称《吊屈原文》。现在所根据的是《文选》本，并以《史记》、《汉书》作参考。因为毕竟是“赋”的体裁，所以仍题为《吊屈原赋》。

这篇赋开始从正面对屈原的处境表示愤慨，对屈原的遭遇表示悼惜。以下用反反复复的譬喻，以龙凤、骐骥、鳣鲸来比拟被谗害的贤者的命运。譬喻说完，就戛然而止，使读者自然体会到作者的心烦意乱，不须再说下去了。因此，造成了比平直地叙写事实更深厚的感染力。

谊为长沙王太傅①，既以谪去②，意不自得；及渡湘水，为赋以吊屈原。屈原，楚贤臣也。被谗放逐，作《离骚》赋，其终篇曰：“已矣哉！国无人兮，莫我知也③。”遂

自投汨罗而死[④]。谊追伤之,因自喻[⑤]。其辞曰:

【注释】

① 长沙王,汉初封吴芮为长沙王,是汉初所封的异姓王之一。其国境在今湖南东半部,都临湘,在今长沙附近。

② 谪,贬官。按,王傅的官并不比贾谊原任的大中大夫小,因为是王国的官,在当时认为地位低于中央政府的官,所以称为贬谪。

③ 此处所引《离骚》,与《史记》及《汉书》本传略有不同。

④ 汨(mì)罗,水名。汨水源于江西修水,西南流入湖南湘阴境,与由岳阳发源的罗水合流,因此称汨罗江。下流注入湘水。

⑤ 以上一段是后人所写用来作为本文的介绍的,字句根据本传而略有不同。

恭承嘉惠兮[①],俟罪长沙[②];侧闻屈原兮[③],自沉汨罗。造托湘流兮[④],敬吊先生:遭世罔极兮[⑤],乃殒厥身[⑥]。呜呼哀哉!逢时不祥。鸾凤伏窜兮,鸱枭翱翔[⑦]。阘茸尊显兮[⑧],谗谀得志;贤圣逆曳兮,方正倒植[⑨]。世谓随、夷为溷兮[⑩],谓跖、跻为廉[⑪];莫邪为钝兮[⑫],铅刀为铦[⑬]。吁嗟默默[⑭],生之无故兮[⑮];斡弃周鼎[⑯],宝康瓠兮[⑰]。腾驾罢牛[⑱],骖蹇驴兮[⑲];骥垂两耳,服盐车兮[⑳]。章甫荐履[㉑],渐不可久兮;嗟苦先生,独离此咎兮[㉒]。

【注释】

① 嘉惠,指皇帝的恩命。

② 俟罪,待罪。汉朝人习惯称居官任职为“待罪”,表示自己能力薄弱,不知何时会犯罪过。是谦卑的措词。

③ 侧闻,侧耳而闻的略词,也含有恭敬谦卑之意。

④ 造，到。托，寄身。指自己到湘水流域来居住。

⑤ 罔极，《诗经》有“谗人罔极，交乱四国”的话，意思指谗人无所不至，到处制造混乱。

⑥ 殒身，丧命。厥，其。指屈原之死。

⑦ 鸱（chī）枭（xiāo），猫头鹰。按，《楚辞》的习惯表现方法，以善鸟比喻贤人，恶鸟比喻小人。

⑧ 阘（tà）茸（róng），无能力的人。

⑨ 这句说：贤圣方正的人被人横拖竖扯，颠倒不能安身。

⑩ 随，指卞随，古代传说，商汤以天下让卞随，而卞随不受。夷，指伯夷，反对周武王伐纣，不食周粟而死。过去都被认为是“高尚”的人。

⑪ 跖（zhí），春秋鲁人，因反抗当时统治者，被诬称盗跖，“跖”一作“蹠”。跻，指庄跻，战国时楚国反抗统治者的平民领袖，亦被诬称为盗。

⑫ 莫邪，古代有名的宝剑，相传名匠干将和妻子莫邪合铸两剑，分别用两人的名字命名。

⑬ 铦（xiān），锐利。

⑭ 默默，形容不得意。

⑮ 生，古代“先生”二字可以简称“生”，这里用来称屈原，贾谊本人也被称为贾生。无故，故和辜音义相近，是说无端而遭此祸。

⑯ 斡（wò），转过来。周鼎，比喻宝器。意思是说，真正的宝物反被抛弃。

⑰ 康，与“空”意义同，瓠即壶。据王先谦说，康瓠是破烂的瓦壶。

⑱ 罢，同“疲”。

⑲ 骖（cān），古代驾车的马，除在车辕以内的两匹外，再加的一匹称“骖”。蹇（jiǎn），跛足。

⑳ 这句说：良马反而低垂两耳去拉盐车。“骥服盐车上太行”是古代常用的俗谚。服，驾。

㉑ 章甫，古代士的阶层所用的冠。用来垫鞋子，也是比喻贤人而在下位。

㉒ 离，同“罹”，陷入，指屈原陷入了这样的灾难。

讯曰[①]：已矣！国其莫我知兮，独壹郁其谁语[②]？凤漂漂其高逝兮[3]，固自引而远去[4]。袭九渊之神龙兮[5]，沕深潜以自珍[6]；偭蟂獭以隐处兮[7]，夫岂从虾与蛭螾[8]？所贵圣人之神德兮，远浊世而自藏[9]；使骐骥可得系而羁兮，岂云异夫犬羊[10]？般纷纷其离此尤兮[11]，亦夫子之故也[12]。历九州而相其君兮[13]，何必怀此都也[14]？凤凰翔于千仞兮[15]，览德辉而下之；见细德之险征兮，遥曾击而去之[16]。彼寻常之污渎兮[17]，岂能容夫吞舟之巨鱼[18]？横江湖之鳣鲸兮[19]，固将制于蝼蚁[20]。

【注释】

① 讯《汉书》作“谇”，二字古通，是告诉或责让的意思。按，楚辞的体裁，在赋的篇末，再概括一段，《离骚》用“乱曰”二字引起，此处“讯”字专用，与“乱曰”同一体例。

② 壹郁，即抑郁。

③ 漂漂，《汉书》作“缥缥”，形容高飞远去。

④ 这里的意思说：既然没有人谅解我，向谁诉说我的心事呢！不见凤鸟就是高飞远去，自己引退的吗？

⑤ 袭，据王先谦说，是“深藏”的意思。这句指潜伏在深水中的神龙。

⑥ 沕(mì)，不易见，形容潜伏。这句将龙的深潜加重描写一番，表明它能珍惜自己，不遭危害。

⑦ 偭(miǎn)，背离。蟂(xiāo)，鳄鱼一类。獭(tǎ)，水兽。都是害鱼的动物。

⑧ 蛭(zhì)，水虫。螾，即“蚓”。这两句说：神龙不和蟂、獭在一起，更不用谈虾与蛭蚓这些小虫了。

⑨ 自藏，保全自己。

⑩ 这句意思是说：假如骏马会受羁绊，那和犬羊有什么两样！

⑪ 般，乱。形容纷乱。尤，过错。

⑫ 这句说：所以陷于这种过错之中，也是由于你自己的缘故啊！

⑬ 相，读去声，辅佐。

⑭ 这句说：你可以走到各处去辅佐别国的君主，何必一定要恋恋于这个地方呢！作者替屈原抱着很沉痛的惋惜，所以这样说。当然他知道屈原是不能抛弃楚国而替别国服务的。

⑮ 仞，古代以八尺（或说是七尺）为仞。千仞，极言其高。

⑯ 曾，是高的意思。击，也是说鸟的高飞。以上再以凤鸟为比，凤鸟在高空翱翔，见有德行的光辉，才肯下来，如果看出在德行的细节上有危险的征兆，也就远远高飞而去了。

⑰ 寻常，形容尺度之小。古代以八尺为“寻”，十六尺为“常”。污渎，死水沟。

⑱ 吞舟，形容鱼之大。

⑲ 鳣（zhān），鳇鱼。

⑳ 蝼（lóu），蝼蛄，俗称土狗。以上又以鱼作比喻。意思说，一道水沟怎能容得下大鱼？在江湖中横行的大鱼落在水沟中，就难怪要受虫蚁的欺压了。

七　　发

枚　乘

【题解】 西汉初年，分封的诸侯王在自己的宫廷内往往延揽人才作为宾客。各种人才之中，文士更占重要位置。著名的如淮南王安的宾客替他编《淮南子》及继作楚辞，梁王武则有枚乘、司马相如、严忌一班人。他们的职务是作为文学侍从，以丰富宫廷的生活。

枚乘(？—前140)字叔，淮阴(今属江苏)人，在作梁王武的宾客之前，也作过吴王濞的郎中，这篇《七发》假设吴客与楚太子的问答，可能就是在吴王宫中作的。

《七发》的结构是用七段话向对方进说，一段一段的铺叙装点，提出问题，归根结底才提出解决的方法，以前的六段一方面又是陪笔。使得文章绚烂夺目，逐步引人入胜。一方面，又是提出其他各种解决的方法而显示它们的不足取，以证实最后提出的是唯一的方法。自从枚乘创造了这种形式，后人就有不少摹仿的作品，如《七启》、《七命》等，于是就有了所谓“七”的一种体裁。其实仍然是赋，不过段落分得明显一些而已。

《七发》中的吴客见楚太子说这一大篇，为的是要医治楚太子的心病，也就是要使楚太子得到精神安慰。这并不纯然是枚乘想象中的寓言，实际上当时的贵族确也存在这一种享乐的方式。《汉书·王褒传》中说：“太子体不安，忽忽善忘不乐，诏使褒等皆至太子宫虞(娱)侍太子，朝夕诵读奇文及所自造作，疾平复，乃归。”可见当时是把文学朗诵作为一种娱乐，用来祛除由于糜烂的富贵生活所造成的精神空虚的。

陆机在《文赋》中曾说：“‘说’炜烨而谲诳。”战国时代游士的游说之词，和赋的前身“楚辞”，都是同一时代的产物，都有逞谈辩、摛文采的特点；“说”和“赋”彼此又都互有影响。假设寓言，用纵横驰骋的词令和恢奇夸张的想象来博人倾听，这是所谓“说”与“赋”的共同点，不过“说”是无韵的而“赋”是有韵的，而“七”则有时介乎有韵无韵之间。“炜烨谲诳”四字，用来形容“七”的特点，也非常恰当。

《七发》的用意，不外逐层指出物质享受之不足贵，一层音乐，二层饮食，三层车马，四层游览，五层田猎，六层特别提出本地风光的曲江观涛，最后归结到“要言妙道”——即各种学术思想，以追求真理为目的，这才是一篇的主旨。全篇有如一幅连环的组画，作者善于把各种事物情景用拟人法作出生动的描绘，显出了高度的想象力和形象表现能力。

楚太子有疾，而吴客往问之①，曰：“伏闻太子玉体不安②，亦少间乎③？”太子曰：“惫④，谨谢客。”客因称曰⑤：“今时天下安宁，四宇和平⑥；太子方富于年⑦，意者久耽安乐⑧，日夜无极⑨；邪气袭逆，中若结轖⑩；纷屯澹淡⑪，嘘唏烦酲⑫；惕惕怵怵⑬，卧不得瞑⑭；虚中重听⑮，恶闻人声；精神越渫⑯，百病咸生；聪明眩曜⑰，悦怒不平⑱。久执不废⑲，大命乃倾⑳。太子岂有是乎？”太子曰：“谨谢客。赖君之力，时时有之，然未至于是也㉑。”

【注释】

① 楚太子，是假设人物。吴客，应该是枚乘指他自己，枚乘是吴国人。

② 伏闻，伏在下面听说，是下对上的敬语。

③ 少间，稍微好些。

④ 惫(bèi)，乏力。

⑤ 因称，乘机进言。
⑥ 四宇，四方。
⑦ 方富于年，年岁正轻，指未来的岁月很多。
⑧ 意者，想来。耽(dān)，迷恋。
⑨ 无极，没有限制。
⑩ 结轖(sè)，郁结不通。
⑪ 纷屯澹淡，心思烦闷、摇摇无主貌。
⑫ 嘘唏，叹气声。酲(chéng)，害酒病。
⑬ 惕惕怵怵，心惊胆怯貌。
⑭ 卧不得瞑，虽睡而睡不着。
⑮ 虚中，中气微弱；重听，听觉失灵。
⑯ 越渫(xiè)，耗散。
⑰ 聪，指听官；明，指视官；眩曜，迷惑。
⑱ 悦怒不平，喜怒不正常。
⑲ 久执不废，长久保持不变。
⑳ 大命，指人的生命。枚乘这段话似乎也有暗示吴国前途危险的意思。
㉑ 这里说：托国君之福，虽然时有不适，但还没有达到你所说的那种程度。君，指国君。

客曰："今夫贵人之子，必宫居而闺处[①]，内有保母，外有傅父[②]，欲交无所[③]。饮食则温淳甘膬[④]，腥醲肥厚[⑤]。衣裳则杂遝曼煖[⑥]，燂烁热暑[⑦]。虽有金石之坚，犹将销铄而挺解也，况其在筋骨之间乎哉[⑧]？故曰：纵耳目之欲，恣支体之安者[⑨]，伤血脉之和。且夫出舆入辇[⑩]，命曰蹷痿之机[⑪]；洞房清宫[⑫]，命曰寒热之媒[⑬]；皓齿娥眉[⑭]，命曰伐性之斧[⑮]；甘脆肥脓[⑯]，命曰腐肠之药[⑰]。今太子肤色靡曼[⑱]，四支委随[⑲]，筋骨挺解，血脉淫濯[⑳]，手足堕窳[㉑]；越女侍前，齐姬奉后[㉒]，往来游醼[㉓]，纵恣于曲房隐间之中[㉔]。

此甘餐毒药，戏猛兽之爪牙也[25]。所从来者至深远，淹滞永久而不废[26]；虽令扁鹊治内，巫咸治外[27]，尚何及哉？今如太子之病者，独宜世之君子，博见强识[28]，承间语事[29]，变度易意[30]，常无离侧，以为羽翼[31]。淹沉之乐[32]，浩唐之心[33]，遁佚之志[34]，其奚由至哉[35]？”太子曰：“诺，病已[36]，请事此言[37]。”

【注释】

① 宫居，住在府邸里；闺处，躲在深宫内。

② 傅父，教导贵族子弟学习行为规矩的师傅。

③ 欲交无所，即使希望交结朋友，也没有方法。

④ 淳，厚味。臇，古“脆”字。

⑤ 脭(chéng)，肥的肉，醲，浓厚的酒。

⑥ 杂遝(tà)，纷纷而来，形容供应丰富。曼，轻细柔美。

⑦ 燂(xián)、烁(shuò)，都是炽热的意思。

⑧ 这句意思说，吃得这样肥浓，穿得这样温暖，连金石也会熔解，何况人身？销、铄，都是熔化的意思；挺解，弛散。

⑨ 恣，与“纵”同义，放任。

⑩ 且夫，发语辞。舆、辇，都是宫廷的车轿。这句说：出进都不肯走路，必须用代步。

⑪ 命曰，名叫。蹷痿(jué wěi)，肢体瘫痪不能行动的病。机，征兆。这句意思说：不肯锻炼，结果就会引起肢体的瘫痪。

⑫ 洞房，幽深的房室。清宫，阴凉的宫殿。

⑬ 这句意思说：房屋过于冬暖夏凉，就使得身体不能抵抗气候的变化，恰恰带来发寒热的病。

⑭ 皓齿娥眉，美女的代称。“娥眉”同“蛾眉”。

⑮ 这句意思说：女色等于伤害人的性命的利斧。

⑯ 甘脆肥脓，指各种引起食欲的口味。脓，同“浓”。

⑰ 药，古时往往作为毒药解。这句意思说：过分好吃的东西等于腐蚀肠子的毒药。
⑱ 靡曼，细嫩，这里有不健康的意思。
⑲ 委随，不能灵活运动。
⑳ 血脉，指血管。淫濯，扩张而又阻滞。
㉑ 堕窳(yǔ)，萎弱无力。
㉒ 越女、齐姬，泛指从各地来的美女。
㉓ 游醼，游乐吃喝。醼，与“燕”、“宴”同。
㉔ 曲房隐间，曲折隐蔽的房子。
㉕ 这句说：这种生活方式等于自己甘心去吃毒药，去招惹猛兽的爪牙。
㉖ 淹滞永久，拖延日久。废，停止，改过。
㉗ 扁鹊，古代名医，《史记》有传。巫咸，传说中的古代神巫。
㉘ 强识，记忆力强。
㉙ 承间，乘机会。语事，贡献意见。
㉚ 变度易意，改变生活方式和思想感情。
㉛ 羽翼，辅佐。这里说：像太子这样的病呀，只应当请世上知识丰富的君子抓住机会，提供意见，改变你的生活方式和思想感情，经常在你的旁边，作你的帮手。
㉜ 淹沉之乐，比喻迷人的娱乐，好像使人沉沦在水里，愈陷愈深。
㉝ 浩唐，即浩荡；浩唐之心，散漫而无约束的心思。
㉞ 遁佚之志，放纵的意志。
㉟ 其奚由至哉，这些又哪里会发生呢？
㊱ 已，病愈。
㊲ 请事此言，照你的话行事。

客曰：“今太子之病，可无药石针刺灸疗而已[①]，可以要言妙道说而去也[②]，不欲闻之乎[③]？”太子曰：“仆愿闻之[④]。”

【注释】

① 药石，指治病的药物。针、灸，都是我国很早的医疗方法。

② 这句说：可以用切实而精妙的道理治愈你的病。

③ 这句说：难道你不想听听吗？

④ 仆，自称用的谦词。古人对平辈及下辈均常用。

客曰："龙门之桐[①]，高百尺而无枝[②]，中郁结之轮囷[③]，根扶疏以分离[④]。上有千仞之峰[⑤]，下临百丈之溪[⑥]；湍流溯波[⑦]，又澹淡之[⑧]。其根半死半生，冬则烈风漂霰飞雪之所激也[⑨]，夏则雷霆霹雳之所感也，朝则鹂黄鳱鴠鸣焉[⑩]，暮则羁雌迷鸟宿焉[⑪]。独鹄晨号乎其上[⑫]，鹍鸡哀鸣翔乎其下[⑬]。于是背秋涉冬[⑭]，使琴挚斫斩以为琴[⑮]，野茧之丝以为弦[⑯]，孤子之钩以为隐[⑰]，九寡之珥以为约[⑱]；使师堂操《畅》[⑲]，伯子牙为之歌[⑳]。歌曰：'麦秀蔪兮雉朝飞[㉑]，向虚壑兮背槁槐[㉒]，依绝区兮临回溪[㉓]。'飞鸟闻之，翕翼而不能去[㉔]；野兽闻之，垂耳而不能行；蚑蟜蝼蚁闻之[㉕]，拄喙而不能前[㉖]。此亦天下之至悲也[㉗]。太子能强起听之乎？"太子曰："仆病，未能也。"

【注释】

① 龙门，山名，在今山西、陕西交界处。桐，木质坚细而轻，宜于制琴。

② 无枝，桐树主干垂直，无分杈。

③ 郁结，紧密；轮囷，纹理盘曲。

④ 扶疏、分离，形容树根的散布。

⑤ 千仞，见《吊屈原赋》注。

⑥ 溪，山涧。

⑦ 湍（tuān）流，急流的水。溯（sù）波，逆流的水。

⑧ 澹淡，这里作冲击摇荡解。

⑨ 霰（xiàn），雪珠。

⑩ 鹂黄、鳱鴠（hàn dàn），都是鸟名。

⑪ 羁雌、迷鸟，失去配偶和迷失去处的鸟。

⑫ 鹄（hú），天鹅。

⑬ 鹍（kūn）鸡，与鹤相似的鸟。以上都是形容制琴的桐树，以下再说制琴。

⑭ 背秋涉冬，秋尽冬来。

⑮ 琴挚，春秋时鲁国的太师，也称太师挚和师挚，主管音乐，善于弹琴，所以又称琴挚。

⑯ 野茧，野蚕之茧。

⑰ 隐，琴上的一种饰物。

⑱ 九寡，指春秋鲁国的一个女琴师，她是有九个儿子的寡母，一说是九度嫁人，九度寡居。珥，耳上所戴的珠。上文"孤子"，指她的儿子；这里是说，取这些苦痛的人的器物来做琴，格外有助于琴音的凄凉动人。约，琴徽，琴上指示音阶的标志。

⑲ 师堂，师堂子京的略称，孔子曾向他学习奏琴。《畅》，相传是帝尧时的一种琴曲；操《畅》就是弹这个曲。

⑳ 伯子牙，春秋时著名的琴师俞伯牙。

㉑ 蔪（jiān），形容麦子出穗的尖芒。

㉒ 虚壑，虚是废墟；壑，空虚荒芜的城池。槁（gǎo），枯干。

㉓ 绝区、回溪，指断绝迂回的陆地水地。歌词描叙野鸡孤独苦闷无路可走的伤感。

㉔ 翕（xī）翼，合拢翅膀。

㉕ 蚑（qí），虫名，即蟢蛛。蚑蛴（jiǎo），爬行的小虫。

㉖ 喙（huì），动物的嘴。拄喙，将嘴搁在地上。不能前，不能向前走。

㉗ 至悲，最感动人的音乐。

客曰："犓牛之腴①，菜以笋蒲②；肥狗之和③，冒以山肤[④]。楚苗之食[⑤]，安胡之饭[⑥]，抟之不解[⑦]，一啜而散[⑧]。于是使伊尹煎熬[⑨]，易牙调和[⑩]，熊蹯之臑[⑪]，勺药之酱[⑫]，薄耆之炙[⑬]，鲜鲤之鲙[⑭]，秋黄之苏[⑮]，白露之茹[⑯]。兰英之酒[⑰]，酌以涤口[⑱]。山梁之餐[⑲]，豢豹之胎[⑳]。小饭大歠，如汤沃雪[㉑]。此亦天下之至美也。太子能强起尝之乎？”太子曰：“仆病，未能也。”

【注释】

① 犓(chú)牛，用嫩草特别饲养的牛。腴，腹部肥肉。

② 菜以笋蒲，配上笋和蒲菜。

③ 和，羹汤。

④ 冒，铺上。山肤，石耳菜。

⑤ 这句说：楚国的米做的饭。

⑥ 安胡，又称雕胡，即菰米。

⑦ 抟(tuán)，用手团紧。不解，不会散开，形容饭的黏性重。

⑧ 啜(chuò)，吃；这是说，一到口里就化了。

⑨ 伊尹，商朝宰相，相传善于烹调。

⑩ 易牙，春秋时最精于辨味的人。以上是说：有了这样精选的饮食材料，再叫最有名的厨师来掌锅。

⑪ 熊蹯(fán)，熊掌。臑，同“胹”(ér)，烂熟的肉。

⑫ 勺药，五味调和。酱，汤汁。

⑬ 薄耆，兽脊肉的薄片。炙(zhì)，烧烤。

⑭ 鲙(kuài)，鱼片。

⑮ 秋黄，指秋天叶子变黄。苏，紫苏，古时用来调味。

⑯ 茹，蔬菜。白露以后，菜肥而甜。

⑰ 兰英，即兰花，以兰花比喻酒味的香烈。

⑱ 涤口，漱口。古人在饭后有喝一点酒漱口的习惯。

⑲ 山梁，《论语》上有“山梁雌雉”的话，后世就以“山梁”为野鸡的代称。

⑳ 豢(huàn)豹,饲养的豹。豹胎被古人认为珍品。

㉑ 歠(chuò),喝汤。这句说:少吃饭,多喝汤,便容易吞咽消化。

客曰:"钟、岱之牡[1],齿至之车[2],前似飞鸟,后类距虚[3]。穱麦服处[4],躁中烦外[5]。羁坚辔[6],附易路[7]。于是伯乐相其前后[8],王良、造父为之御[9],秦缺、楼季为之右[10]。此两人者,马佚能止之,车覆能起之[11]。于是使射千镒之重[12],争千里之逐[13]。此亦天下之至骏也[14]。太子能强起乘之乎?"太子曰:"仆病,未能也。"

【注释】

① 钟、岱,是春秋赵国产马的地方,现在不能确指其处。牡,雄性,这里指马。

② 齿至之车,用适当年龄的马驾车。

③ 距虚,一种善于奔驰的兽。这是形容马的姿态。

④ 穱(jué),俗名龙爪粟,马的精饲料。服处,喂养。

⑤ 这句说:马养得好了,就性子躁急起来,想要狂奔。

⑥ 坚辔,坚牢的缰绳。羁作动词用,是上笼头的意思。

⑦ 附,遵循。易路,平坦的道路。

⑧ 伯乐名孙阳,春秋秦穆公时人,善于相马。

⑨ 王良,春秋时晋国大夫,替赵简子御马,因称御良。造父,周穆王的驾车者,据说穆王周游天下,由他驾车。这两人都以善于驭马出名。

⑩ 秦缺、楼季,都是古代的勇士。古时驾车的御者立在左边,另外一个勇士立在右边,专管应付敌人,名为右。

⑪ 这里说:这两人遇到惊马狂奔能勒住,遇到翻车能扶起。

⑫ 射,比赛赌博。镒,古代的重量名称;一镒为二十四两(一说二十两)。千镒,泛指赛马的巨大赌注。

⑬ 争千里之逐,作千里的竞赛。千里,形容奔驰之远。

⑭ 骏，良马。

客曰："既登景夷之台[①]，南望荆山[②]，北望汝海[③]，左江右湖[④]，其乐无有。于是使博辩之士[⑤]，原本山川[⑥]，极命草木[⑦]，比物属事[⑧]，离辞连类[⑨]；浮游览观[⑩]，乃下置酒于虞怀之宫[⑪]，连廊四注[⑫]，台城层构[⑬]，纷纭玄绿[⑭]，辇道邪交[⑮]，黄池纡曲[⑯]。溷章白鹭，孔鸟鹍鹄，鹓雏鸡鹊[⑰]，翠鬣紫缨[⑱]。螭龙德牧[⑲]，邕邕群鸣[⑳]。阳鱼腾跃[㉑]，奋翼振鳞。漃漻薵蓼[㉒]，蔓草芳苓[㉓]。女桑河柳[㉔]，素叶紫茎。苗松豫章[㉕]，条上造天[㉖]。梧桐并闾[㉗]，极望成林[㉘]。众芳芬郁[㉙]，乱于五风[㉚]。从容猗靡[㉛]，消息阳阴[㉜]。列坐纵酒，荡乐娱心[㉝]。景春佐酒[㉞]，杜连理音[㉟]。滋味杂陈，肴糅错该[㊱]。练色娱目[㊲]，流声悦耳[㊳]。于是乃发《激楚》之结风[㊴]，扬郑、卫之皓乐[㊵]。使先施[㊶]、征舒、阳文、段干、吴娃、闾娵、傅予之徒，杂裾垂髾[㊷]，目窕心与[㊸]，揄流波[㊹]，杂杜若[㊺]，蒙清尘[㊻]，被兰泽[㊼]，嬿服而御[㊽]。此亦天下之靡丽皓侈广博之乐也[㊾]。太子能强起游乎？"太子曰："仆病，未能也。"

【注释】

① 景夷台，即章华台，春秋楚国的楼观，在今湖北监利北。

② 荆山，在今湖北南漳西。

③ 汝海，指汝水，在今河南境，东流入淮河。

④ 江，指长江。湖，指洞庭湖。

⑤ 博辩之士，有学问而又长于词令的人。

⑥ 原本山川，原原本本地说明地理。

⑦ 极命草木，广泛指出植物的名类。

⑧ 比物属事，将同类的事物排比归纳起来。

⑨ 离辞，编成文辞；连类，以类相连。

⑩ 浮游览观，周游观赏。

⑪ 虞怀之宫，宫名，不详其所在。

⑫ 连廊，联贯各个建筑的走廊；四注，四面相通。

⑬ 台城，有楼台的建筑物；层构，一层层相重叠。

⑭ 纷纭玄绿，指建筑上的彩饰，缤纷夺目。

⑮ 辇道，可以通车辆的道路；邪交，纵横交错。

⑯ 黄，通“潢”，池沼。纡曲，曲折盘旋。

⑰ 以上是七种鸟名，溷，通“混”。溷章，水边的翠鸟。孔鸟，即孔雀。鹍(kūn)，鹍鸡。鹓雏(yuān chú)，一种高冠彩羽的珍禽。鵁鶄，赤头鹭。

⑱ 鬣，头部的毛。缨，颈部的毛。

⑲ 螭(chī)龙、德牧，也是鸟名。

⑳ 邕(yōng)邕，鸟类和鸣的声音。

㉑ 阳鱼，一种鱼。有人说：古人认为鱼是阳类，所以称为阳鱼。

㉒ 漃漻薵(chóu)蓼，形容草木纷披之状。

㉓ 蔓草，细茎的草。苓，与“莲”通。

㉔ 女桑，柔嫩的桑树。河柳，长在水旁的柳树。

㉕ 苗松，景松。豫，枕木。章，樟木。

㉖ 这句说：枝条高达天际。造，到达。

㉗ 并闾，棕树。

㉘ 极望，目力所能达到的地方。

㉙ 芬郁，形容草木香气的浓厚。

㉚ 五风，五音。乱，交错。

㉛ 猗靡，随风飘舞。

㉜ 这句说：树叶的阴阳两面，一反一覆。

㉝ 这两句说：大家按次序坐下来开怀痛饮，音乐齐奏，快人心意。

㉞ 景春，战国时的纵横家，名字见于《孟子》。佐酒，陪着喝酒。

㉟ 杜连：旧注说即田连，古代善于弹琴的人。理音，奏乐。
㊱ 肴糅，肉和饭；错该，各式具备。
㊲ 练色，经过精选的美色。
㊳ 流声，流利的音声。
㊴《激楚》，歌曲名；结风，迅急的风，这里形容《激楚》的迅急音调。
㊵ 郑、卫二国以产生新音乐著名。皓乐，悠扬清脆的乐声。
㊶ 先施，即西施。这以下六人也都是古代的美女。
㊷ 杂裾，各种色彩的衣裙。裾，衣裙的边，这里指衣裙。髾（shāo），燕尾形的头髻。
㊸ 窕，同“挑”，引逗。与，许可。这句说：彼此用眼色传情，心中暗暗相许。
㊹ 揄流波，引水洗身。
㊺ 杜若，一种香草。
㊻ 蒙清尘，身上好像披上一层薄雾。
㊼ 兰泽，一种芳香的油。
㊽ 这句说：穿着便服来侍奉。
㊾ 靡丽，美妙；皓侈，豪华；广博，盛大。

客曰：“将为太子驯骐骥之马[①]，驾飞软之舆[②]，乘牡骏之乘[③]；右夏服之劲箭[④]，左乌号之雕弓[⑤]。游涉乎云林[⑥]，周驰乎兰泽[⑦]，弭节乎江浔[⑧]。掩青蘋[⑨]，游清风。陶阳气，荡春心。逐狡兽[⑩]，集轻禽[⑪]。于是极犬马之才[⑫]，困野兽之足，穷相御之智巧[⑬]。恐虎豹，慴鸷鸟[⑭]。逐马鸣镳[⑮]，鱼跨麋角[⑯]；履游麕兔[⑰]，蹈践麖鹿[⑱]。汗流沫坠，冤伏陵窘[⑲]，无创而死者[⑳]，固足充后乘矣[㉑]。此校猎之至壮也[㉒]。太子能强起游乎？”太子曰：“仆病，未能也。”然阳气见于眉宇之间[㉓]，侵淫而上[㉔]，几满大宅[㉕]。

【注释】

① 驯,训练;骐骥,良马。

② 飞軨,车轴上的装饰,车一行动,随而飞扬,这种车是豪华的车。

③ 牡骏,骏马。乘,四匹马拉的车。古代驾车往往是用四匹马。上面的“乘”字是动词,下面的“乘”字是名词。

④ 夏服,夏后氏的箭囊。劲箭,锋利的箭。

⑤ 乌号,有名的好弓,相传系黄帝使用。雕弓,有花纹的弓。

⑥ 云林,云梦的林中。古时楚国的云梦是一块极大的沼泽地带,地在今湖北沿江两岸及与湖南交界处。游涉,随意经过的意思。

⑦ 兰泽,楚国出产兰草,这种地带称为“兰泽”,与上文的“兰泽”意义不同。

⑧ 弭(mǐ)节,缓缓行进。浔,水边。

⑨ 青蘋,有人说是“青薠”之误,但下文也有“掩蘋肆若”一句,似乎不必改。这句可以解释作压倒青蘋,指车马驰驱在草地上的景象。

⑩ 逐狡兽,追到不容易猎获的兽。

⑪ 集轻禽,攒射轻捷的飞鸟。

⑫ 这句说:让奔马和猎犬尽量施展技能。

⑬ 相,指相马的;御,驾车的。

⑭ 慴(zhé),威慑。与上面的“恐”字意思相同。鸷(zhì)鸟,凶猛的鸟。

⑮ 镳(biāo),马口上的嚼铁,系有铃铛就能响。

⑯ 鱼跨,旧注解为鱼被跨越,恐怕不确。这句疑是:鱼、麋因受惊吓而跳越碰撞之意。麋,鹿类兽。角当为角逐之角。

⑰ 麕(jūn),即麞。

⑱ 麖(jīng),大鹿。这句说:纷纷践踏这些野兽。

⑲ 冤伏陵窘,指野兽被迫得不能逃走,只得窘急地倒下。

⑳ 无创而死,没有受伤而吓死跌死。

㉑ 这句说:这些不费力而获得的野兽,已经可以满载在后面跟随的车里了。

㉒ 这句说:这是打猎最壮观的景象。

㉓ 见,通“现”。眉宇,眉尖。

㉔ 侵淫,逐渐。

㉕ 大宅,面部的总称。这句说:太子的活泼气色慢慢从眉端上来,几乎遍布在面部,不像以前的呆滞郁闷了。

客见太子有悦色,遂推而进之曰[①]:“冥火薄天[②],兵车雷运[③];旍旗偃蹇[④],羽毛肃纷[⑤];驰骋角逐[⑥],慕味争先[⑦]。徼墨广博[⑧],观望之有圻[⑨]。纯粹全牺,献之公门[⑩]。”太子曰:“善,愿复闻之[⑪]。”

【注释】

① 这句说:吴客看见太子有高兴的样子,就向前推进一步向他说。

② 冥,黑夜。薄,迫近。这句说:黑夜里的火光上冲云霄。

③ 雷运,像雷声一样滚动。

④ 旍旗,旌旗。偃蹇,高举貌。

⑤ 羽毛,指旌旗上装饰的翠羽。肃纷,整齐而花色纷繁。

⑥ 驰骋(chěng)角逐,飞驰追逐。

⑦ 这句说:打猎的人贪得美味,个个奋勇争先。

⑧ 徼,同“邀”,遮拦。墨,焚烧的野地。这句说:因拦捕野味而焚烧的野地很广阔。

⑨ 圻(qí),边界。这句说:虽然野地广阔,而借着火光,可以望到边界。

⑩ 牺,祭祀用的牲畜。这句说:毛色纯粹完整的牲畜奉献给公家。

⑪ 这句说:你讲得好,我愿意再听下去。

客曰:“未既[①]。于是榛林深泽[②],烟云暗莫[③],兕虎并作[④]。毅武孔猛[⑤],袒裼身薄[⑥]。白刃硙硙[⑦],矛戟交错[⑧]。收获掌功,赏赐金帛[⑨]。掩蘋肆若[⑩],为牧人席[⑪]。旨酒嘉肴[⑫],羞炰脍炙[⑬],以御宾客[⑭]。涌触并起[⑮],动心惊耳[⑯]。

诚必不悔[17]，决绝以诺[18]。贞信之色[19]，形于金石[20]。高歌陈唱，万岁无斁[21]。此真太子之所喜也。能强起而游乎？”太子曰：“仆甚愿从，直恐为诸大夫累耳[22]。”然而有起色矣。

【注释】

① 未既，还没有完。

② 榛林，丛林。

③ 暗莫，阴暗。

④ 兕(sì)，独角野牛。并作，一齐出现。

⑤ 孔猛，非常强悍。

⑥ 袒裼(xì)，赤身。这句说：光着身子去搏斗。

⑦ 硙(ái)，同“皑”。硙硙，形容刀光照耀。

⑧ 矛，有尖刃的长杆兵器；戟，有钩的长杆兵器。

⑨ 这句说：收到战利品，记录功劳，然后按等分赏金帛。

⑩ 蘋，青蘋；若，杜若。都是草名。这是说：把青蘋压倒了，把杜若铺起来。肆，铺陈。

⑪ 牧人，管牲畜的官。这句说：在草地这样布置，是为了替牧人设席饮宴。

⑫ 旨酒嘉肴，美味的酒和可口的菜。

⑬ 羞、脍，都是进膳的意思。炰、炙，都是烤肉的意思。羞脍是动词，炰炙是名词。

⑭ 以御宾客，用来款待宾客。

⑮ 涌触，五臣本《文选》作“涌觞”。觞，酒杯。涌觞，满杯。

⑯ 动心惊耳，指宾客的言论动听。

⑰ 诚，忠诚；必，果断。既忠诚而又果断，毫无反悔。

⑱ 以，同“已”。这句说：已经许诺的，就决计实行。

⑲ 贞信之色，忠实可靠的表情。

⑳ 形于金石，像镂刻在金石上一样。

㉑ 万岁，欢呼声。斁(yì)，厌倦。这一段极力描写田猎，实在是夸耀武力。当时还有战国时代遗留下来的风气，像太子这样的人，总愿意养一班肯替他出死力的游客。这番田猎也就是军事演习，在这个场合，宾客们表示忠诚拥护，正是太子所乐闻的，也就是枚乘所要劝谏的。所以这一段是文章的关键，写得加倍着力。

㉒ 这句说：我极愿意跟你们一起，但恐怕牵累大家罢了。

客曰："将以八月之望[①]，与诸侯远方交游兄弟，并往观涛乎广陵之曲江[②]。至则未见涛之形也[③]。徒观水力之所到，则恤然足以骇矣[④]。观其所驾轶者[⑤]，所擢拔者[⑥]，所扬汩者[⑦]，所温汾者[⑧]，所涤汔者[⑨]，虽有心略辞给[⑩]，固未能缕形其所由然也[⑪]。怳兮忽兮[⑫]，聊兮栗兮[⑬]，混汩汩兮[⑭]；忽兮慌兮[⑮]，俶兮傥兮[⑯]，浩瀇瀁兮[⑰]，超旷旷兮[⑱]。秉意乎南山[⑲]，通望乎东海[⑳]；虹洞兮苍天[㉑]，极虑乎涯涘[㉒]。流揽无穷[㉓]，归神日母[㉔]。汩乘流而下降兮[㉕]，或不知其所止[㉖]。或纷纭其流折兮，忽缪往而不来[㉗]。临朱汜而远逝兮[㉘]，中虚烦而益殆[㉙]。莫离散而发曙兮，内存心而自持[㉚]。于是澡概胸中[㉛]，洒练五藏[㉜]，澹澉手足[㉝]，颒濯发齿[㉞]。揄弃恬怠[㉟]，输写淟浊[㊱]，分决狐疑[㊲]，发皇耳目[㊳]。当是之时，虽有淹病滞疾[㊴]，犹将伸伛起躄[㊵]，发瞽披聋而观望之也[㊶]。况直眇小烦懑、酲醲病酒之徒哉[㊷]？故曰发蒙解惑，不足以言也[㊸]。"太子曰："善，然则涛何气哉？"

【注释】

① 望，月满的时候，阴历的十五日。八月十五日这个时期，是潮水最盛的时期。

② 曲江，广陵（今扬州）附近的地名。

③ 这句说：初到的时候，并看不见涛是什么样子。

④ 恤（xù），惊骇的样子。这句说：但看水力所到，就很令人惊骇了。

⑤ 其所驾轶者，指水力所控制、所陵驾的。

⑥ 所擢拔者，指水力所提起、所拔出的。

⑦ 所扬汩（gǔ）者，指水力所播扬和激乱的。

⑧ 所温汾者，指水力所结聚和滚动的。

⑨ 所涤汔（qì）者，指水力所涤除和洗荡的。

⑩ 心略，智巧；辞给，动听的言辞。

⑪ 缕，详细。这句说：即使聪明会说话的人，也不能详细说明究竟是什么道理。

⑫ 怳、忽，与"恍"、"惚"同，形容模糊不真切。

⑬ 聊、栗，形容心惊胆战。

⑭ 混汩汩，形容水势的滔滔滚滚。

⑮ 忽、慌，与"惚"、"恍"同意。

⑯ 俶傥（tì tǎng），与"倜傥"同。突出貌。形容浪涛突起。

⑰ 沆（wǎng）瀁（yǎng），形容水大。

⑱ 旷旷，空阔的样子。这句形容空阔无边。

⑲ 这句意思是：气盖南山。

⑳ 这句意思是：可以一直望到东海。

㉑ 虹洞，相连。指水和天相接。

㉒ 极虑，穷思极想，这里作无法想象解。涯涘，水的边际。

㉓ 流揽，四面展望。

㉔ 日母，日出的地方。这句说：最后将心神归宿到日出处。

㉕ 汩，形容水流的迅速。

㉖ 这句说：趁着水势飞速下驶，有时不知道会到什么地方才停住。

㉗ 缪（móu），纠结。这句说：有时波涛纷乱曲折，纠结起来，一去不回头。

㉘ 朱汜，南面的水涯。

㉙ 这句说：向着南面边岸远远消逝以后，使人心里虚竭烦忧，更加倦怠。

㉚ 莫,旧注作“不”解,似乎理由不充足。古“莫”字即“暮”字。这句大意说:心里散乱无主,从夜里一直到天发亮,然后自己把心收起来,控制住自己。发曙,天发亮;内,自己;存心,收心。

㉛ 澡、概,都是洗濯的意思。概,通“溉”。“于是”以下的意思是说:观涛以后,应该换一副精神面貌了。

㉜ 洒、练,都是用水漂洗的意思。藏,古“脏”字。心、肝、脾、肺、肾,为五藏。

㉝ 澹澉,也是荡涤的意思。

㉞ 颒(huì),洗头。

㉟ 揄弃,扬弃。恬,安逸。这句说:将安逸懒惰的心思都扬弃了。

㊱ 输写,倾泻;淟(tiǎn)浊,污浊。

㊲ 狐疑,疑惑。这句说:将疑惑不定的心思分析明白,加以决断。

㊳ 发皇,明朗。这句说:使耳目通明透亮。

㊴ 淹、滞,都是缠绵日久的意思。

㊵ 伸伛(yǔ),将驼背伸直;起躄(bì),将跛脚提起。

㊶ 发瞽披聋,张开瞎的眼睛,掰开聋的耳朵。这句的意思说:即使有缠绵日久的老病,也会要极力排除这些生理上的困难来观涛。

㊷ 眇(miǎo),微小。懑(mèn),胀闷。酲酞,沉醉。病酒,害着酒病。这句意思说:何况还不过是些小小烦闷、昏醉害酒病的这班人呢?

㊸ 不足以言,不在话下。

客曰:“不记也[①]。然闻于师曰,似神而非者三:疾雷闻百里[②];江水逆流,海水上潮[③];山出内云,日夜不止[④]。衍溢漂疾,波涌而涛起[⑤]。其始起也,洪淋淋焉[⑥],若白鹭之下翔。其少进也,浩浩溰溰[⑦],如素车白马帷盖之张[⑧]。其波涌而云乱,扰扰焉如三军之腾装[⑨]。其旁作而奔起也[⑩],飘飘焉如轻车之勒兵[⑪]。六驾蛟龙,附从太白[⑫]。纯驰浩蜺[⑬],前后骆驿[⑭]。颙颙卬卬,椐椐彊彊,莘莘将将[⑮]。

壁垒重坚[16],沓杂似军行[17]。訇隐匈礚[18],轧盘涌裔[19],原不可当[20]。观其两傍[21],则滂渤怫郁[22],暗漠感突[23],上击下律[24],有似勇壮之卒[25],突怒而无畏[26]。蹈壁冲津[27],穷曲随隈[28],逾岸出追[29]。遇者死,当者坏[30]。初发乎或围之津涯[31],荄轸谷分[32],回翔青篾[33],衔枚檀桓[34],弭节伍子之山[35],通厉骨母之场[36]。凌赤岸[37],篲扶桑[38],横奔似雷行[39]。诚奋厥武,如振如怒[40]。沌沌浑浑[41],状如奔马。混混庉庉,声如雷鼓[42]。发怒庢沓[43],清升逾跇[44],侯波奋振[45],合战于藉藉之口[46]。鸟不及飞,鱼不及回,兽不及走[47]。纷纷翼翼[48],波涌云乱。荡取南山,背击北岸。覆亏丘陵[49],平夷西畔[50]。险险戏戏[51],崩坏陂池[52],决胜乃罢。㶿汩潺湲[53],披扬流洒[54],横暴之极,鱼鳖失势,颠倒偃侧[55],沋沋湲湲[56],蒲伏连延[57]。神物怪疑,不可胜言[58]。直使人踣焉[59],洄暗凄怆焉[60]。此天下怪异诡观也[61]。太子能强起观之乎?"太子曰:"仆病,未能也。"

【注释】

① 不记,没有记载下来。

② 这句说:声似疾雷,可以达到百里:这是第一点。

③ 这句说:江水和海潮都倒灌起来:这是第二点。

④ 内,古"纳"字。这句说:山中的云日夜吞吐着:这是第三点。

⑤ 衍溢,散流;漂疾,急流。这是总说以上三点是涛的初起时状态,以下再用譬喻来形容。

⑥ 洪淋淋焉,像山洪奔流而下。

⑦ 浩浩溰溰(yí),形容雪白的颜色。根据李善对下文的注,"浩"即"皓"。

⑧ 这句说:潮像素车白马张着帷盖,奔驰而来。上文描绘涛初来时,不过像白鹭一群群的飞下,这里更进一步描画,形象更分明,声势更

浩大。

⑨ 腾装，奋起装备。这句说：波涛汹涌，和云一样乱糟糟，好像大军都在奋起装备的那种声势。古时以一万二千五百人为一军，在诸侯的国里，三军是相当多的兵数。

⑩ 这句说：当其两旁的浪涛忽然涌起。

⑪ 轻车，一种兵车。这里指将军所乘的指挥车。勒兵，指挥军队。

⑫ 这句说：驾驭六条蛟龙，跟随于河神之后。太白，河神。

⑬ 浩蜺，白色的虹霓。蜺即"霓"。纯驰浩蜺，单见一条白色的虹霓在奔驰。

⑭ 骆驿，即络绎，继续不断。

⑮ 颙（yóng）颙卬（áng）卬，形容浪涛的大和高。椐（jū）椐彊彊，形容波涛前推后继。莘莘将将，形容波浪激荡奔腾。

⑯ 重坚，一层层坚固地竖立。

⑰ 沓杂，众多。军行，军队的行列。

⑱ 訇（hōng）隐，形容波涛的声音。匈磕（gài），也是形容大声。

⑲ 轧盘，广阔。涌裔，奔腾。

⑳ 原，应当作"来源"解。这句说：水的来源，势不可当。

㉑ 两傍，即两旁。

㉒ 滂渤怫郁，形容水势的郁积。

㉓ 暗漠感突，在阴暗之中作冲击之势。感，与"撼"同。

㉔ 律，当作"硉"，与"碢"同。是从高处滚下的意思。

㉕ 卒，兵士。

㉖ 突怒，盛气冲突。

㉗ 壁，营垒；津，渡口。这句说：爬城墙，抢渡口。

㉘ 隈（wēi），水湾。这句说：任何一个弯曲的地方都要冲击到。

㉙ 追，古"堆"字。这句说：跨过水边，跳出沙堆。

㉚ 这句说：谁若碰着就会死亡、崩溃。

㉛ 或围，地名。津涯，水边。

㉜ 这句有疑义。一本无"荄"字，那么，上句到"津"字为止，这句是"涯轸

谷分”。意思是：水边跟着转弯，山谷因而分流。比较好讲。“轸”作“转动”解。另一说：“荄”（gāi）与“陔”通，陔是山陇的意思（李周翰注）。

㉝ 青篾，地名。回翔，盘旋缓进。

㉞ 衔枚，在马口里放一根木筷，使马不能叫，意思是悄悄进兵。檀桓，地名。

㉟ 伍子，山名，因纪念伍子胥而得名。

㊱ 通厉，远奔。骨母，当作胥母，是吴国的地名。

㊲ 赤岸，本是靠长江的一个地名，江苏六合境。但在这里似乎是指很远的地方，与下文“扶桑”相对。而且“凌”字有“凌跨远处”的意思。

㊳ 篲（huì），扫帚，这里作动词“扫”用。扶桑，古代传说中东方日出之处。但有人说是柴桑之误（汪中说），柴桑在今江西。

㊴ 这句说：涛势凶横，如雷之行。

㊵ 振，通“震”，盛怒意。这句仍是用武勇的人比方潮势。

㊶ 沌沌浑浑，与下文的“混混庉庉”，不过一种声音两种写法，只是颠倒了一下。都是形容水的声势浩大。描写声音的字一般都没有一定的写法。

㊷ 雷鼓，可解为鼓声大得像雷一样，也有解作擂鼓的。

㊸ 庢（zhì），阻碍。这句说：发怒的时候，因受到阻碍而沸腾。

㊹ 逾跇（yì），超越。这句的意思是，清波高扬。

㊺ 侯波，当指阳侯之波。阳侯，传说中的水神。

㊻ 藉藉之口，是个不知所在的地名。这仍然是一种假想的水战。

㊼ 这三句，描写动物的遭殃，形容水势凶险。

㊽ 纷纷，形容众多；翼翼，形容勇健。都是状水势。

㊾ 覆亏，颠覆破坏。丘陵，小山。

㊿ 平夷，铲成平地。畔，岸。以上四句是说：水的破坏力量，既扫荡了南山，又在背后打击了北岸。既颠覆破坏了小山，又铲平了西岸。独不提到东面，是文章变化不拘的地方。

51 险险戏戏，危险貌。

㊾ 陂(bēi),蓄水的池沼。

㊿ 沶(zhì)汩潺(chán)湲(yuán),水流声。

54 披扬流洒,形容水势汹涌泛滥。

55 偃(yǎn)侧,倾倒。这句说:颠颠倒倒,横七竖八。

56 沋(yóu)沋湲湲,鱼鳖在急水中难以游行的狼狈之状。

57 蒲伏,即"匍匐",爬行。连延,一个跟一个。以上是说鱼鳖惊惶失措,连爬带滚,连绵不断。

58 这句说:水中的神物,怪怪奇奇,说也说不尽。

59 踣(bó),跌倒。

60 洄暗凄怆,昏头昏脑,失神失智。这两句说:简直叫人要倒下来,而且要精神昏乱。

61 诡(guǐ)观,稀奇古怪的景象。

客曰:"将为太子奏方术之士[1],有资略者[2],若庄周[3]、魏牟[4]、杨朱[5]、墨翟[6]、便蜎[7]、詹何之伦[8]。使之论天下之精微[9],理万物之是非[10]。孔、老览观[11],孟子持筹而算之[12],万不失一。此亦天下要言妙道也。太子岂欲闻之乎?"于是太子据几而起曰[13]:"涣乎若一听圣人辩士之言[14]。"涊然汗出[15],霍然病已[16]。

【注释】

① 方术之士,博学而有理论的人。

② 资略,才智。

③ 庄周,即庄子。

④ 魏牟,见《吕氏春秋》。他有一句名言,是:"身在江海之上,心居魏阙之下。"意思是虽然退隐,还是不能忘记国家的事。

⑤ 杨朱,战国时哲学家。

⑥ 墨翟,即墨子,春秋战国之际哲学家。

⑦ 便蜎,又作蜎蠉,又作玄渊,战国时学者。

⑧ 詹何,战国时学者。与便蜎都是擅长钓术的人,借钓术阐明自己的学术理论。

⑨ 精微,《文选》旧本作“释微”,据李善注,应是“精”字。指精深微妙的道理。

⑩ 这句说:为天下的事物辩明是非。

⑪ 览观,这里有评断的意思。这句说:让孔子、老子评断以上诸人的理论。

⑫ 这句说:让孟子核算一下。筹,古代计算数目的工具。

⑬ 据几,太子正病着,所以用力撑在几上,抬起身来。

⑭ 涣乎,忽然开朗貌。

⑮ 涊(niǎn)然,汗出透貌。

⑯ 霍然,解散的样子。

长　门　赋 并序

司马相如

【题解】 汉武帝的陈皇后被遗弃后，谪居在长门宫。慕司马相如的文名，拿出黄金百斤请他作这篇《长门赋》，希望感动武帝，使他回心转意。相如（前 179—前 117）字长卿，蜀郡成都（今属四川）人。武帝时以献赋为郎，又拜孝文园令，后以病免。所作有《子虚》、《上林》、《大人》等赋，规模宏大，成为汉初以来散体大赋的代表作品，并为后世赋家模仿的典范。

司马相如的这篇《长门赋》，和他的大赋在风格上还是一致的，但他在这篇里，表现了封建宫廷妇女在失意时的那种苦闷抑郁的情绪，却是一篇优秀的抒情作品。

赋中的词句看来反复重叠，极铺张扬厉之能事，实际上还颇有层次，而且富于想象，如以夏日浮云四塞，风雷并起，联想到君王的车马或将来临，但结果仍是空想；以积石山的高峻，象征殿宇的高寒。这些都不仅以铺叙为工，还显出作者的夸张手法。

从全文看，它一面写女主人公如何受到冷落，一面却始终想望着君王的再来，这与其说是陈皇后在爱情上的专一，不如说是封建社会妇女处境的卑微，即使在封建统治集团内部，妇女也还是处于屈辱的地位。

《文选》列此赋于哀伤一类之首，在楚辞以外别出一格，非但以后的陆机、潘岳、江淹、庾信各家抒情的赋都以此为渊源，即后世写闺情的诗词，也受到莫大的影响。

孝武皇帝陈皇后时得幸，颇妒①。别在长门宫②，愁闷悲思。闻蜀郡成都司马相如天下工为文[③]，奉黄金百斤为相如文君取酒[④]，因于解悲愁之辞[⑤]。而相如为文以悟主上，陈皇后复得亲幸[⑥]。其辞曰：

【注释】

① 陈皇后，武帝姑母之女，名阿娇。武帝为太子，得姑母之力，因娶为妃；及即位，立为皇后。时得幸，是说也曾得宠。颇妒，是说因为武帝另有所欢而生妒忌，以至失宠。

② 长门宫，汉代长安别宫之一。

③ 天下工为文，天下最会做文章的。

④ 奉……为取酒，是买他的文章一种措词。

⑤ 于，在此作"为"字解。

⑥ 这篇序，是后人解释这篇赋的缘起的一段话，说陈皇后复得亲幸，不一定是事实。

夫何一佳人兮[①]，步逍遥以自虞[②]。魂逾佚而不反兮[③]，形枯槁而独居。言我朝往而暮来兮[④]，饮食乐而忘人[⑤]。心慊移而不省故兮[⑥]，交得意而相亲[⑦]。

【注释】

① 夫何，发语词，带有嗟叹的意味。

② 虞，同"娱"。

③ 逾佚，飞扬，失散。

④ 这句说：武帝曾有此朝往暮来之言。

⑤ 这句说：有了饮食之乐，就把人抛在脑后了。

⑥ 慊(qiàn)，绝。这句意思说：心思已经决绝移改，不顾念旧人了。

⑦ 得意，指称心如意的新人。

伊予志之慢愚兮[①],怀贞悫之欢心[②]。愿赐问而自进兮[③],得尚君之玉音[④]。奉虚言而望诚兮[⑤],期城南之离宫[⑥]。修薄具而自设兮[⑦],君曾不肯乎幸临[⑧]。廓独潜而专精兮[⑨],天漂漂而疾风[⑩]。登兰台而遥望兮[⑪],神怳怳而外淫[⑫]。浮云郁而四塞兮,天窈窈而昼阴[⑬]。雷殷殷而响起兮[⑭],声象君之车音。飘风回而起闺兮[⑮],举帷幄之襜襜[⑯]。桂树交而相纷兮,芳酷烈之訚訚[⑰]。孔雀集而相存兮[⑱],玄猨啸而长吟[⑲]。翡翠胁翼而来萃兮[⑳],鸾凤翔而北南。

【注释】

① 伊,发语词。慢愚,缺乏警惕。从此句起,转为陈皇后语气。

② 悫(què),谨厚可靠。这句说:一心想着欢爱是靠得住的。

③ 这句说:希望君王问起我来,得有进见的机会。

④ 尚,奉。玉音,指君王的语音。

⑤ 这句说:奉到一句空的诺言,当作是真实的。

⑥ 城南之离宫,指长门宫。

⑦ 这句说:预备了菲薄的饮食。

⑧ 幸临,光降。

⑨ 廓,忧郁悲惨貌。独潜、专精,都是独处深思的意思。

⑩ 漂漂,风力迅急貌。

⑪ 兰台,指华美的台榭,犹如兰宫,并非实有的台名。

⑫ 怳(huǎng)怳,失魂落魄貌。淫,游。

⑬ 窈窈,深远貌。

⑭ 殷(yǐn)殷,形容雷声。

⑮ 闺,中门。

⑯ 襜(chān)襜,摇摇。

⑰ 芳,香气。訚(yín)訚,香气浓厚貌。

⑱ 相存，相照顾，互相慰问。
⑲ 玄猨，黑猿。
⑳ 翡翠，鸟名。胁翼，敛翅。

心凭噫而不舒兮[1]，邪气壮而攻中[2]。下兰台而周览兮，步从容于深宫[3]。正殿块以造天兮[4]，郁并起而穹崇[5]。间徙倚于东厢兮[6]，观夫靡靡而无穷[7]。挤玉户以撼金铺兮[8]，声噌吰而似钟音[9]。

【注释】

① 凭噫，气满。
② 这里说：由于心中的胀闷，外感也乘虚而入。
③ 这是说：登台而望，既然无聊，又重复下来在宫内周游观览。
④ 块，独立貌。造天，达到天上。
⑤ 郁，壮大。穹(qióng)崇，高貌。
⑥ 间，有时。徙倚，徘徊。
⑦ 靡靡，琐细而美好貌。这句的意思是：从兰台下来，处处徘徊观玩，无穷无尽的都是些琐细而美好的景物。
⑧ 挤，推。撼，摇。金铺，金属做的门环。
⑨ 噌吰(chēng hóng)，钟声。这里意思说：在寂寞之中，打开殿门看看，开门的声音显得格外宏大，有如钟声。以下即转入细写所谓靡靡无穷的景物。

刻木兰以为榱兮[1]，饰文杏以为梁[2]。罗丰茸之游树兮[3]，离楼梧而相撑[4]。施瑰木之欂栌兮[5]，委参差以糠梁[6]。时仿佛以物类兮，象积石之将将[7]。五色炫以相曜兮，烂耀耀而成光[8]。致错石之瓴甓兮[9]，象瑇瑁之文章[10]。张罗绮之幔帷兮，垂楚组之连纲[11]。

【注释】

① 榱(cuī)，屋椽。

② 这里形容建筑木料之华美。

③ 丰茸(róng)，繁富。游树，屋上的浮柱。

④ 离楼，玲珑露空。古语中“离娄”、“丽廔”皆相通。梧，交叉。

⑤ 瑰木，瑰奇之木。欂栌(bó lú)，柱上木，一说墙中柱。

⑥ 委，积。槺梁，空洞貌。

⑦ 积石，指积石山，古人认为黄河发源之处。将(qiāng)将，形容高峻。这里意思说：时时疑惑有什么可以比拟的，那就是如同积石山的高峻了。

⑧ 耀耀，明亮貌。

⑨ 致，细密。错石，交错拼成花纹的石块。瓴甓(líng pì)，铺地的砖。

⑩ 瑇瑁，即玳瑁。文章，花纹色彩。

⑪ 楚组，楚地以制组绶出名。连纲，总的绶带，这里指系帷幔的绶带。

抚柱楣以从容兮[1]，览曲台之央央[2]。白鹤噭以哀号兮[3]，孤雌跱于枯杨[4]。日黄昏而望绝兮，怅独托于空堂[5]。悬明月以自照兮，徂清夜于洞房[6]。援雅琴以变调兮[7]，奏愁思之不可长[8]。案流徵以却转兮[9]，声幼眇而复扬[10]。贯历览其中操兮[11]，意慷慨而自卬[12]。左右悲而垂泪兮，涕流离而从横[13]。舒息悒而增欷兮[14]，蹝履起而彷徨[15]。揄长袂以自翳兮[16]，数昔日之諐殃[17]。无面目之可显兮，遂颓思而就床[18]。抟芬若以为枕兮[19]，席荃兰而茝香[20]。

【注释】

① 楣,门上横梁。

② 央央,宽广貌。

③ 嗷(jiào),哀鸣声。

④ 孤雌,失偶的雌鸟。跱,停歇。

⑤ 这里意思说:盼望到日暮仍不来,只得孤独托身于空堂之中。

⑥ 这里意思说:明月高悬,仅能照着自己,洞房中的良夜就此消逝了。徂(cú),消逝。洞房,深邃的内室。

⑦ 援,用手移过来。

⑧ 这里意思说:无聊之极,用雅正的琴曲改为变调来抒写愁心,但这是不能维持长久的。

⑨ 徵(zhǐ),五音中的第四音,音较高,表达哀伤的情绪。流徵,流利的徵音。这句意思说:雅正的琴曲不得不转变为流徵的哀音。

⑩ 幼眇,同“要妙”,轻细悠扬。

⑪ 这句意思说:将以上的琴曲贯串起来,观察其中心情操。

⑫ 卬(áng),激动。

⑬ 流离,淋漓。

⑭ 舒,吐。息,叹息。悒,忧郁。欷(xī),哽咽声。

⑮ 蹝(xǐ)履,趿着鞋子。

⑯ 揄(yú),扬起。袂(mèi),袖。翳,遮蔽。自翳,自遮其面。

⑰ 諐(qiān),同“愆”,过失。

⑱ 这句意思说:只好放弃心事上床了。

⑲ 抟(tuán),揉。芬若,香草。

⑳ 茝(chǎi),与荃兰同为香草之名。

忽寝寐而梦想兮,魄若君之在旁[①]。惕寤觉而无见兮[②],魂迋迋若有亡[③]。众鸡鸣而愁予兮[④],起视月之精光。观众星之行列兮,毕昴出于东方[⑤]。望中庭之蔼蔼兮[6]，若季秋之降霜[7]。夜曼曼其若岁兮[8]，怀郁郁其不可再更[9]。澹偃蹇而待曙兮[10]，荒亭亭而复明[11]。妾人窃自悲兮[12]，究年岁而不敢忘[13]。

【注释】

① 这里意思说：在上床以后，魂梦宛然在君王之旁。

② 这句意思说：突然惊醒，什么也看不见了。

③ 迋(kuáng)迋，恐惧貌。若有亡，好像失落了什么。

④ 愁予，是楚辞中的成语。

⑤ 毕昴，二星名，出于东方时为五六月。

⑥ 藹藹，形容黯淡的微光。

⑦ 这里意思说：月色凄凉，虽是盛夏，有如季秋。

⑧ 曼曼，漫长。

⑨ 不可再更，不能再忍受。

⑩ 澹，动摇。偃蹇，李善注云：伫立貌。

⑪ 荒，李善注云：欲明貌。亭亭，远貌；一云将至之意。

⑫ 妾人，自称之词。

⑬ 这里意思说：只是暗自悲叹而已，即使穷年累月如此，仍然不敢忘君。

酒箴

扬雄

【题解】 这篇文章载在《汉书·陈遵传》中，据说是扬雄为了讽谏汉成帝而作的。为什么《陈遵传》中有这篇文章呢？原来陈遵有个好友张竦，与他的个性恰恰相反，陈遵嗜酒放纵，而张竦是个束身自好的人。扬雄的文章从字面上看去好像是歌赞酒器的，这正合陈遵的胃口。其实扬雄的本意是谴责那些贪荣好利，趋炎附势的小人，而为高洁朴素的人抱不平。陈遵不过断章取义而已。

从表面看来，原文是说水瓶朴质有用，反而易招危害，酒壶昏昏沉沉，倒能自得其乐。读者如不能体会扬雄的本意所在，也会产生不良印象，因此，后来柳宗元又作了一篇，将扬雄的话反过来，从正面叙说，另成一篇很好的文章。其实也是相反而适相成的。

扬雄（前53—18），字子云，蜀郡成都人，患口吃，不善言谈，但文名很盛，曾作《甘泉》、《长杨》等赋，后来思想改变，薄辞赋而不为，从事哲学思想著作，撰有《太玄》、《法言》等书。

这一篇短小精悍，是典型的状物小赋，而寄寓深远。在后世的小赋中起了示范的作用。全篇只在开头"子犹瓶矣"一句，点明作者的意图是在借器喻人，其余全部描叙两种盛器的命运遭逢，语近旨远，十分隽永。

子犹瓶矣①。观瓶之居，居井之眉②。处高临深，动而近危。酒醪不入口③，臧水满怀④。不得左右，牵于纆徽⑤。一旦叀碍⑥，为瓽所轠⑦；身提黄泉⑧，骨肉为泥。自用如此，不如鸱夷⑨。

【注释】

① 瓶，古代汲水的器具，是陶制的罐子。
② 眉，边缘，和水边为湄的“湄”，原是一字。
③ 醪(láo)，一种有渣滓的醇酒。
④ 臧，同“藏”。
⑤ 纆(mò)徽，原意为捆囚犯的绳索，这里指系瓶的绳子。
⑥ 叀(zhuān)碍，绳子被挂住。叀，悬。
⑦ 甃(dàng)，井壁上的砖。䨓(léi)，碰击。
⑧ 提，抛掷。
⑨ 鸱(chī)夷，装酒的皮袋。

鸱夷滑稽[①]，腹大如壶[②]。尽日盛酒，人复借酤。常为国器[③]，托于属车[④]。出入两宫[⑤]，经营公家[⑥]。由是言之，酒何过乎？

【注释】

① 滑(gǔ)稽，古代一种圆形的，能转动注酒的酒器。此处借喻圆滑。
②《汉书》作“腹如大壶”。今从《北堂书钞》、《艺文类聚》、《初学记》等书所引。
③ 国器，贵重之器。
④ 属车，皇帝出行时随从的车。
⑤ 两宫，指皇帝及太后的宫。
⑥ 经营，奔走谋求的意思。以上四句显然指那些帝王贵族的追随者。下文补足两句反语，以寓讥刺。

归　田　赋

张　衡

【题解】 张衡(78—139)字平子,西鄂(今河南南阳)人,安帝时由郎中累官至尚书。他是汉代最淹博的学者,他的科学发明,在历史上占有极光荣的地位。他的文学创作也有很大的成就。在赋的方面作了《西京》、《东京》、《南都》三首,(《西京》、《东京》又合称为《两京赋》。)虽然还是承袭班固的旧制,但加强了讽谏的意旨,确已表现了一些进步的思想,揭发了统治者的罪恶。例如"好剿(残害)民以媮(偷)乐,忘民怨之为仇"这类大胆的指责,就不是西汉的赋家所敢为的。在诗的方面,他创造了"四愁"的体裁,内容也是对当时的邪恶政治抒写愤慨。

《归田赋》当系他的晚期作品,作这赋的动机与《四愁诗》相似。他在中央和地方都担任过要职,当时安帝已死,顺帝是个幼弱无能的人,宦官把持朝政,结党营私,贿赂公行,肆其残暴。他虽曾屡次上书申张正义,终恐为宦官所谗害,所以有意离开这种罪恶的渊薮,以求独善其身。

他还有一首篇幅较大的《思玄赋》,寓意也差不多。由于《归田赋》是简短明畅的小赋,脱离了铺陈繁重的陈旧规矩,显得质朴真挚,用以抒写情志,尤为相宜。因此颇为后人所取法。

游都邑以永久①,无明略以佐时②;徒临川以羡鱼③,俟河清乎未期④。感蔡子之慷慨,从唐生以决疑⑤。谅天道之微昧⑥,追渔父以同嬉⑦。超埃尘以遐逝⑧,与世事乎长辞。

【注释】

① 都邑,指京城洛阳。永久,长期停留。

② 明略,明智的计策。这句意思说:对政治没有补益。

③ 这句意思说:空怀愿望。"临川羡鱼,不如退而结网",是古谚语。

④ 河清,喻明时。这句是说:不能长此坐待圣明之时的到来。河,黄河;黄河清是难逢之事,周佚诗有云:"俟河之清,人寿几何!"

⑤ 这里是指战国时蔡泽的故事。蔡泽是燕国的游士,久不得意,找看相的唐举问前程。唐举说:你从现在起,还有四十几年的寿。蔡泽说:既然如此,有四十几年的富贵,我很够了。就发愤入秦,说服了范雎,终于代范雎为秦相。引用这个典故,比喻自己本来与蔡泽同样有建立功名的愿望。

⑥ 谅,想到。这里有转折口气。微昧,幽隐难知。

⑦ 渔父,指《楚辞》中所假设的渔父,不受尘世的罗网,自得其乐。

⑧ 遐逝,远走高飞。意思是最后决定了不再图谋功名,追踪渔父。

于是仲春令月①,时和气清,原隰郁茂②,百草滋荣。王雎鼓翼③,仓庚哀鸣④。交颈颉颃⑤,关关嘤嘤⑥。于焉逍遥,聊以娱情⑦。

【注释】

① 令月,良月。

② 原、隰(xí),高和低的两种平地。

③ 王雎(jū),就是《诗经》的雎鸠,即鱼鹰。凡草、木、禽、鱼加上"王"字的,就是特别大的。

④ 仓庚,就是黄鹂。

⑤ 颉颃(xié háng),或上或下的飞翔。

⑥ 关关嘤嘤,都是鸟鸣声。

⑦ 于焉逍遥,是《诗经》的成语,意思是在此得着自由。以上一段说风物足以娱人。

尔乃龙吟方泽，虎啸山丘[①]。仰飞纤缴[②]，俯钓长流。触矢而毙，贪饵吞钩，落云间之逸禽[③]，悬渊沉之鲨鰡[④]。

【注释】

① 这里比喻得到了适当的所在，如龙虎在大泽、山丘可以自由吟啸一样。

② 纤缴(zhuó)，系在箭上的一种细丝条，这里即指射猎。

③ 逸禽，高飞的鸟。

④ 这句说：投饵以钓深水中的鱼。鲨(shā)、鰡(liú)，都是鱼名。以上一段设想游钓之乐。

于时曜灵俄景[①]，系以望舒[②]。极般游之至乐[③]，虽日夕而忘劬[④]。感老氏之遗诫[⑤]，将回驾乎蓬庐[⑥]。弹五弦之妙指[⑦]，咏周、孔之图书[⑧]。挥翰墨以奋藻[⑨]，陈三皇之轨模[⑩]。苟纵心于物外[⑪]，安知荣辱之所如[⑫]？

【注释】

① 曜灵，即太阳。俄景，日影偏斜。

② 望舒，即月亮。这里是说日入继之以月出。

③ 般，或作“盘”，游乐。

④ 劬，劳苦。

⑤ 这里指《老子》书中“驰骋畋猎，令人心发狂”的话。

⑥ 蓬庐，草庐。

⑦ 五弦，指琴。指，同“旨”。

⑧ 周、孔，周公、孔子。

⑨ 奋藻，发挥词藻，指写作。

⑩ 三皇，一般指伏羲、神农、黄帝。轨模，规模。

⑪ 物外，世外。

⑫ 所如，即何如。以上一段说读书明理，荣辱不足挂怀。

刺世疾邪赋

赵　壹

【题解】 汉灵帝时代，大兴党人之狱，很多正直的人为宦官所迫害。从皇帝自己起，公然卖官纳贿，形成极端混浊的政局。黄巾军的起义，也是在此时爆发的。

本文的作者赵壹，字元叔，汉阳西县（今甘肃天水）人，事迹在《后汉书·文苑传》中。是个生性耿直，不肯趋炎附势的人，目睹当时社会风气的恶劣，感愤颇深，于是作了这篇赋。赋的内容已经在题目四字中标得很明显，完全是一篇谴责统治者邪恶的文章，措词是十分激烈的。在文章的开始，含有否定当时社会秩序的意思，甚至对于一般所称颂的前代的太平时期，也揭发了它的利己残民的事实。这种愤激，正是承袭了《楚辞》的优良传统而加以发扬的。

以文章风格论，亦已变板滞为疏荡，变典雅为通俗，变含蓄为直率，这是和文章的主题思想与作者的激愤情绪分不开的。

伊五帝之不同礼，三王亦又不同乐①。数极自然变化，非是故相反驳②。德政不能救世溷乱③，赏罚岂足惩时清浊④？春秋时祸败之始，战国愈增其荼毒。秦、汉无以相逾越，乃更加其怨酷。宁计生民之命？为利己而自足。

【注释】

① 伊，发语辞。《后汉书》注引《礼记》：“五帝殊时，不相沿乐，三王异代，不相袭礼。”按《史记·赵世家》：“圣人之兴也，不相袭而王，夏、殷之衰

也，不易礼而灭。”《商君列传》：“汤、武不循古而王，夏、殷不易礼而亡。”意均相似。都是说因时制宜，不可拘泥成法。

② 这里说：时势发展到了一定的限度就自然会起变化，并非人们特意要不守成规，改弦更张。数，气运。极，发展到极限。驳(bó)，反对。

③ 溷，同“混”。

④ 惩，惩劝。这句是说：光靠赏罚，不足以激浊扬清。以下各句历举自春秋以至秦、汉的统治者，都是自私自利，不惜迫害人民，一代甚于一代。

于兹迄今①，情伪万方②。佞谄日炽，刚克消亡③。舐痔结驷④，正色徒行⑤。妪媽名势⑥，抚拍豪强⑦。偃蹇反俗⑧，立致咎殃。捷慑逐物，日富月昌⑨。浑然同惑，孰温孰凉⑩？邪夫显进，直士幽藏⑪。

【注释】

① 于兹迄今，两个同义词汇的复句。承上文说来，说今天的情况更为恶劣。

② 情，真相。伪，虚假。《左传》“民之情伪，尽知之矣”，就是说人们的真情和假话都能知道清楚。同书又有“小大之狱，虽不能察，必以情”。《论语》：“如得其情，则哀矜而弗喜。”所有“情”都是指事情的真相。这里“情伪万方”，是说真相与伪饰混淆起来，有千变万化的不同。

③ 刚克，语出《书·洪范》：“二曰刚克。”刚，坚强正直；克，胜。刚克，指以正直刚强立事之人。这里意思说：邪佞谄媚的人一天天猖狂起来，则刚正的人就不能存在了。

④ 舐痔，语出《庄子》，极力形容卑鄙无耻的行为。结驷，“结驷连骑”的略语。古时以乘驷马车为贵，结驷，则不止一辆驷马车。这句说：卑鄙无耻的人能取得荣华富贵。

⑤ 徒行，语出《论语》：“以吾从大夫之后，不可徒行也。”徒行，即步行，贵

人是不步行的。这句说：正直的人只好处于贫贱了。

⑥ 妪㜢(yǔ qǔ)，与“伛偻”同意。这句说：对有名气有势力的人不惜卑躬屈节。

⑦ 抚拍，表示亲昵，近似谄媚的意思。

⑧ 偃蹇，高傲。反俗，与世俗的风气背道而驰。

⑨ 捷慑，是叠韵的形容词。这句形容趋时附势，不遗余力。以上对举高洁的人得祸而趋奉的人得法。

⑩ 这句说：人们都弄糊涂了，不辨温凉。

⑪ 幽藏，暗然无光，不得志。与上“显进”，即飞黄腾达相对照。

原斯瘼之所兴[①]，实执政之匪贤。女谒掩其视听兮[②]，近习秉其威权[③]。所好则钻皮出其毛羽，所恶则洗垢求其瘢痕[④]。虽欲竭诚而尽忠，路绝险而靡缘[⑤]。九重既不可启[⑥]，又群吠之狺狺[⑦]。安危亡于旦夕[⑧]，肆嗜欲于目前。奚异涉海之失柁[⑨]，坐积薪而待然[⑩]？荣纳由于闪榆[⑪]。孰知辨其蚩妍[⑫]？故法禁屈桡于势族，恩泽不逮于单门[⑬]。宁饥寒于尧、舜之荒岁兮，不饱暖于当今之丰年。乘理虽死而非亡[⑭]，违义虽生而匪存。

【注释】

① 瘼，病态。

② 女谒，指干预政事的宫廷妇女。

③ 近习，指左右亲近的人。这句说：这两种人将执政者蒙蔽住了，狐假虎威起来。

④ 这句的意思是：对喜欢的人竭力夸张他的优点，对不喜欢的人竭力找缺点。形容颠倒是非，爱憎任性。

⑤ 靡缘，没有机会。

⑥ 九重，指君主的宫门。《楚辞》：“君之门九重。”

⑦ 狺(yín)狺,犬吠声。
⑧ 这句说:危亡就在旦夕之间,而犹以为安。
⑨ 奚异,何异。
⑩ 然,古“燃”字。《汉书·贾谊传》,贾谊曰:“夫抱火厝之积薪之下而寝其上,火未及然而谓之安,当今之势,何以异此?”这句即用此意。
⑪ 荣纳,享荣华,有权势。闪榆(shū),形容谄佞,一本作“闪揄”。
⑫ 蚩,同“媸”。媸妍,即丑恶与美好。
⑬ 单门,无势力的小户人家。这里说:有势力的可以不受法律制裁,而无势力的得不到任何照顾。以上谴责当时风气;以下作者表明自己的态度。
⑭ 乘理,顺理。

有秦客者[①],乃为诗曰:河清不可俟[②],人命不可延。顺风激靡草[③],富贵者称贤[④]。文籍虽满腹,不如一囊钱。伊优北堂上[⑤],抗脏倚门边[⑥]。

【注释】
① 秦客,与下文的“鲁生”,都是辞赋中通常采用的假设人名。赵壹是关中人,秦客可能是指自己。
② 河清句,见《归田赋》注。
③ 靡,倒仆。
④ 这里说:随风而倒,还是富贵的人占强。与下面说读书无用作对比。
⑤ 伊优,指鞠躬献媚之状。
⑥ 抗脏,高尚正直的形容词。这里说:卑躬屈节的人坐在堂上,而不屑谄媚的人无人理睬,只得靠在门边。

鲁生闻此辞,系而作歌曰[①]:势家多所宜,咳唾自成珠[②];被褐怀金玉[③],兰蕙化为刍[④]。贤者虽独悟,所困在群愚[⑤]。且各守尔分,勿复空驰驱[⑥]。哀哉复哀哉,此是命矣夫!

【注释】

① 系,连属。下面的歌与上文意思大略相同,好像一唱一和。

② 这里说:有势力的人怎样都是好的,连唾沫都是珠子。

③ 被褐,指穿粗布衣的穷人。怀金玉,指其品质高贵。语出《老子》:“圣人被褐怀玉。”

④ 兰蕙,指贤人。这句用《楚辞》“荃蕙化而为茅”语意,说虽香草也被人轻贱。

⑤ 这里说:贤人虽然明哲,无奈受困于多数的愚人。

⑥ 驰驱,这里作奔走谋求功名解。这是愤激而自己宽慰自己的话。

述　行　赋并序

蔡　邕

【题解】 蔡邕(132—192),字伯喈,陈留圉(今河南杞县)人。博学多才,尤精天文数术音律。善弹琴。有不少流传的故事,涉及他的音乐造诣。东汉灵帝时,官居议郎,曾订正六经文字,自写经文刻石,后人称为熹平(灵帝年号)石经。因上书极言时政之失,为宦官所忌,几至被杀,贬徙朔方。最后在董卓乱中,被捕死于狱中。

蔡邕的文章,在生前就享有重名,主要的作品是碑铭之类,有《蔡中郎集》。这篇《述行赋》,是宦官召他到洛阳去弹琴的旅途抒怀之作。他看见当时朝政昏浊,不得已走到偃师,就以病为辞,毅然回去,仍旧度他的隐遁生涯。这是叙述他一路上所发生的感想并表明自己的旨趣。

这篇赋和班彪的《北征赋》、班昭的《东征赋》等相近,而思想内容则更为沉挚。首先是就所经各地的史事发抒感慨,同时就一路所遇的景物气候,加以描绘;两者错综交织,使文情倍加生动。在"贵宠煽以弥炽"以下,将贵族生活与平民生活作鲜明的对比,具有对统治者的谴责意味。他所列举的许多史事,固然是由路途所经的古迹而引起,但未尝不是借古喻今,表扬正义,斥责邪恶,和全文的主旨相配合呼应的。

延熹二年秋①,霖雨逾月。是时梁冀新诛②,而徐璜、左悺等五侯擅贵于其处③。又起显阳苑于城西,人徒冻饿④,不得其命者甚众⑤。白马令李云以直言死⑥,鸿胪陈君以救云抵罪⑦。璜以余能鼓琴,白朝廷,敕陈留太守发遣余⑧。到偃师⑨,病不前,得归。心愤此事,遂托所过,述而成赋。

【注释】

① 延熹,东汉桓帝的年号。

② 梁冀,桓帝梁皇后之兄,由于家世为皇室的外戚,继其父为大将军,执政专权,威震一时。梁皇后死,桓帝有疑冀之心,遂与宦官单超、具瑗、唐衡、左悺、徐璜五人密谋诛杀冀,是此年八月事。

③ 五侯,宦官五人同日封侯,世谓之“五侯”。于其处,是说代梁冀而起,同样作威作福。

④ 人徒,被强迫劳役的百姓。

⑤ 不得其命,横死,指冻饿困乏而死。

⑥ 白马,东汉县名,属兖州东郡。在今河南滑县附近。李云上书指陈宦官无功不当封侯,桓帝大怒,逮云下狱,命宦官拷问,遂被杀。

⑦ 鸿胪陈君,指时任大鸿胪的陈蕃。

⑧ 陈留,东汉郡名,蔡邕的本籍。

⑨ 偃师,今河南偃师。

余有行于京洛兮,遘淫雨之经时①。涂迍邅其蹇连兮②,潦污滞而为灾③。乘马蹯而不进兮④,心郁悒而愤思。聊弘虑以存古兮⑤,宣幽情而属词⑥。

【注释】

① 淫雨,久雨。按《通鉴》,延熹二年夏,京师大水。盖即久雨所致。

② 迍邅(zhūn zhān)、蹇连,都是停滞难行之意。

③ 潦污,积水。

④ 蹯,兽足。按:《四部备要》本“蹯”作“蟠”字,则有盘旋不进之意。

⑤ 弘虑，打开思虑，宽心；存古，怀想古昔。
⑥ 属词，作文。以上总叙作赋的缘起。

夕宿余于大梁兮[①]，诮无忌之称神[②]。哀晋鄙之无辜兮，忿朱亥之篡军[③]。历中牟之旧城兮，憎佛肸之不臣[④]。问甯越之裔胄兮[⑤]，藐仿佛而无闻[⑥]。

【注释】
① 大梁，今河南开封，战国时魏的都城。
② 无忌，魏公子无忌，号信陵君，以好养士得名，为战国四公子之一。称神，被推崇。
③ 晋鄙，魏将，据《史记·信陵君列传》，秦军围赵，信陵君欲救赵，而魏将晋鄙持重不肯即进兵，侯嬴乃荐朱亥袖铁椎狙杀晋鄙，夺其军。虽然击退了秦兵，究竟是一种违反法纪和道义的行为，作者对之表示谴责和愤慨。
④ 佛肸(bì xī)，春秋时晋大夫赵简子之中牟邑宰，据中牟以叛赵氏。这是家臣对世族的反抗。佛肸曾邀请孔子合作，孔子也有意前往，事见《论语·阳货篇》。作者憎其不臣，是站在维护世族的立场的。
⑤ 甯越，中牟人。闻人言三十年可以学成，甯越说：我可以用十年做到，别人休息我不休息，别人睡卧我不睡卧。结果学了十五年，为周威王之师。裔胄，后人。
⑥ 藐，遥远。

经圃田而瞰北境兮[①]，悟卫康之封疆[②]。迄管邑而增感叹兮[③]，愠叔氏之启商[④]。过汉祖之所隘兮[⑤]，吊纪信于荥阳[⑥]。

【注释】
① 圃田，据《周礼》，河南曰豫州，其薮泽曰圃田。又据《左传》，圃田之北

境是卫康叔的分地。

② 卫康，卫康叔，名封，是周武王同母弟，春秋时卫国之始封君。

③ 管邑，在今河南郑州附近。管叔是周武王之弟，武王灭商以后，封商纣之子武庚为诸侯，令管叔、蔡叔共同安抚商的遗民，而管、蔡、武庚同谋反对周公，后为周公所诛灭。

④ 愠，怒。叔氏，管叔、蔡叔等均为周成王叔父。启商，是引导商人反周的意思。

⑤ 隘，遭到困厄。

⑥ 荥（xíng）阳，今属河南。汉高祖在荥阳为项羽所围困，将军纪信诈为高祖出降，高祖遂得乘隙逃出。

降虎牢之曲阴兮[①]，路丘墟以盘萦。勤诸侯之远戍兮，侈申子之美城。稔涛涂之愎恶兮[②]，陷夫人以大名[③]。登长坂以凌高兮，陟葱山之嶤陉[④]；建抚体以立洪高兮[⑤]，经万世而不倾。回峭峻以降阻兮[⑥]，小阜寥其异形[⑦]。冈岑纡以连属兮[⑧]，溪谷夐其杳冥[⑨]。迫嵯峨以乖邪兮[⑩]，廓岩壑以峥嵘。攒棫朴而杂榛楛兮[⑪]，被浣濯而罗生[⑫]。布藿茇与台菌兮[⑬]，缘层崖而结茎。行游目以南望兮，览太室之威灵[⑭]。顾大河于北垠兮[⑮]，瞰洛汭之始并[⑯]。追刘定之攸仪兮[⑰]，美伯禹之所营[⑱]。悼太康之失位兮，愍五子之歌声[⑲]。

【注释】

① 虎牢，古代荥阳附近地名。曲阴，纡曲的山谷。

② 稔（rěn），积久。愎（bì）恶，坚执自己的错误不改。

③ 夫（fú）人，意即那人。以上三韵指春秋时齐桓公伐楚旋师，路经陈郑，陈国大夫辕涛涂企图避免齐师经过陈郑的一段史事，《左传》僖公四

年、五年、七年分载这事的原文是:“陈辕涛涂谓郑申侯曰:‘师出于陈、郑之间,国必甚病。若出于东方,观兵于东夷,循海而归,其可也。’申侯曰:‘善。’涛涂以告,齐侯许之,申侯见曰:‘师老矣,若出于东方而遇敌,惧不可用也。若出于陈、郑之间,共其资粮屝屦,其可也。’齐侯说,与之虎牢,执辕涛涂。秋,伐陈,讨不忠也。……陈成,归辕涛涂。……陈辕宣仲(即涛涂)怨郑申侯之反己于召陵,故劝之城其赐邑,曰:‘美城之,大名也,子孙不忘,吾助子请。’乃为之请于诸侯而城之,美,遂谮诸郑伯曰:‘美城其赐邑,将以叛也。’申侯由是得罪。……郑杀申侯以说于齐,且用陈辕涛涂之谮也。”按辕涛涂与申侯谋使齐师改从东道,意在减陈、郑两国供应之苦,于齐则不忠,于陈、郑则忠之至,申侯反以其谋告齐,辕涛涂之怨申侯,陷之于罪,虽为太过,作者指为愎恶,亦殊不当。

④ 葱山,在今河南巩县东南。嶤陉,高耸的断崖。

⑤ 此句未详。

⑥ 这句说:从高峻的险处下至低平之处。

⑦ 寥,空旷。

⑧ 冈岑,高地。

⑨ 敻(xiòng),深远貌。杳冥,阴暗。

⑩ 这里意思是:溪谷被山势所束迫而致乖邪。

⑪ 棫(yù),柞木;朴,树木丛生。《棫朴》为《诗·大雅》篇名,比喻贤人众多。榛楛,也是山木之名。与上文“棫朴”相对,《诗·旱麓篇》“榛楛济济”,亦比喻人才之盛。

⑫ 这里意思说:各种材木都受雨露的滋润而丛生。

⑬ 虋,当作“虋”(mén),门冬;菼(tǎn),芦苇之类。台,即“苔”,莎草。

⑭ 太室,即嵩山。

⑮ 垠(yín),边际。

⑯ 洛汭(ruì),古时洛水入河处称洛汭,在今河南巩县,现已改道。汭,水相入。这句说:看到洛水与黄河的合并。

⑰ 刘定,指刘定公。《左传》,刘定公曾说:“微禹,吾其鱼乎!”意思是赞美

夏禹治水，对人类有莫大功绩。攸，所。仪，效法，敬仰。

⑱ 伯禹，即夏禹。

⑲《五子之歌》，《尚书》篇名，缘起是：太康耽好游乐，在洛水行猎十旬不归，政事败坏，人民离叛，以至失国。其弟五人在洛汭作歌，示劝戒之意。愍(mǐn)，哀念。

寻修轨以增举兮[①]，邈悠悠之未央[②]。山风汩以飙涌兮[③]，气懆懆而厉凉[④]。云郁术而四塞兮[⑤]，雨濛濛而渐唐[⑥]。仆夫疲而劬瘁兮[⑦]，我马虺隤以玄黄[⑧]。格莽丘而税驾兮[⑨]，阴曀曀而不阳[⑩]。

【注释】

① 修，长。

② 未央，无尽。这句说路途的悠远。

③ 汩，风势迅急貌。飙(biāo)涌，暴风骤起。

④ 懆(cǎo)懆，愁惨貌。厉凉，深凉。

⑤ 郁术，郁积。

⑥ 唐，古“塘”字，堤。渐唐，道路被水湿。

⑦ 劬瘁，疲乏。

⑧ 虺隤(huī tuí)，《诗・卷耳》：“我马虺隤，我马玄黄。”虺隤、玄黄，都是积劳致病的意思。

⑨ 格，到。莽丘，丛草所生的高地。税驾，解下驾车的马，即暂时住下的意思。

⑩ 曀(yì)曀，阴暗貌。不阳，无日光。

哀衰周之多故兮，眺濒隈而增感[①]。忿子带之淫逆兮，唁襄王于坛坎[②]。悲宠嬖之为梗兮[③]，心恻怆而怀惨。

【注释】

① 濒隈，水边地方。

② 这两句，凭吊周惠王的两个儿子，太子郑及王子带争夺王位事。太子即位，是为襄王，子带失败出奔，以后曾经一度回国，又与襄王之后隗氏私通，举兵逐襄王，晋文公助襄王，杀子带，事始定。襄王初次出奔在坎欿，今河南巩县附近地，此文之坛坎即此。

③ 宠嬖，指子带为周惠王之后所宠爱。为梗，语出《诗·大雅·桑柔》："谁生厉阶，至今为梗。"梗，病患，祸祟。

乘舫舟而泝湍流兮[①]，浮清波以横厉[②]。想宓妃之灵光兮[③]，神幽隐以潜翳。实熊耳之泉液兮[④]，总伊瀍与涧濑[⑤]。通渠源于京城兮，引职贡乎荒裔[⑥]。操吴榜其万艘兮[⑦]，充王府而纳最[⑧]。济西溪而容与兮[⑨]，息巩都而后逝[⑩]。愍简公之失师兮，疾子朝之为害[⑪]。

【注释】

① 舫，两船相并。湍流，急流。

② 横厉，横渡。

③ 宓(fú)妃，洛水女神。

④ 熊耳，山名。在洛阳西南。这句指洛水来自熊耳山。

⑤ 这句说：伊、洛、瀍、涧四水相会。濑，急流。

⑥ 这句说：洛水引来远方的朝贡。

⑦ 吴榜，出《楚辞》，据王逸注是船棹。

⑧ 最，聚。纳最，即上贡之意。

⑨ 容与，从容徘徊貌。

⑩ 逝，去。

⑪ 这里指周景王死后，庶子朝与王子猛争位，各有私党，王子猛即位，伐子朝，王党巩简公败绩。其后赖晋之援，始逐去子朝。作者行经巩县，

故特举巩简公一事。详见《左传》。

玄云黯以凝结兮，集零雨之溱溱[①]。路阻败而无轨兮，涂泞溺而难遵。率陵阿以登降兮[②]，赴偃师而释勤[③]。壮田横之奉首兮，义二士之侠坟[④]。伫淹留以候霁兮[⑤]，感忧心之殷殷[⑥]。并日夜而遥思兮，宵不寐以极晨[⑦]。候风云之体势兮，天牢湍而无文[⑧]。弥信宿而后阕兮[⑨]，思逶迤以东运[⑩]。见阳光之颢颢兮[⑪]，怀少弭而有欣[⑫]。

【注释】

① 零雨，落下的雨。溱（zhēn）溱，形容雨水之盛。

② 这句说：遵循高地上下，避免水潦。

③ 释勤，解去疲劳，指休息。

④ 据《史记》，汉高祖灭齐，齐王田横逃入海岛，高祖召之，田横不得已，与客二人到洛阳，未到三十里，自杀，令二客奉头见高祖，高祖礼葬之。葬毕，二客掘坟旁穴，亦自杀从死。古今传为悲壮的举动。

⑤ 霁，晴朗。

⑥ 殷殷，深沉。

⑦ 极晨，至天明。

⑧ 牢湍无文，指阴云密集，尚无晴意。

⑨ 弥，满。再宿为信。阕（què），止息。

⑩ 这句说：思潮缓缓转向东方的来路。

⑪ 颢（hào）颢，明亮。

⑫ 少弭（mǐ），指愁思稍解。

命仆夫其就驾兮，吾将往乎京邑。皇家赫而天居兮[①]，万方徂而星集[②]。贵宠煽以弥炽兮，佥守利而不戢[3]。前车覆而未远兮，后乘驱而竞及[4]。穷变巧于台榭兮，民露处而寝湿[5]。消嘉谷于禽兽兮，下糠粃而无粒[6]。弘宽裕于便辟兮[7]，纠忠谏其骎急[8]。怀伊吕而黜逐兮，道无因而获入[9]。唐虞渺其既远兮，常俗生于积习[10]。周道鞠为茂草兮[11]，哀正路之日涩[12]。

【注释】

① 赫，显焕。这句说：皇室所居俨如天上。

② 徂，往。这句说：为万方所归向。

③ 戢(jí)，收敛。这里指当时贵幸权门气焰愈高，贪利不止。

④ 这两句说：后人蹈前人的覆辙而不知惧。

⑤ 这里说：豪家的房屋穷极精巧，而平民的房屋上漏下湿。

⑥ 这里说：上等的粮食喂养禽兽，而平民只能吃糠。

⑦ 便辟(bì)，指佞巧谄媚的人。

⑧ 这里说：对于佞巧谄媚的人，可以原谅，而对于忠正直言的人倒责备苛刻。骎，急迫。以上都是指责当时措置的颠倒。

⑨ 这里说：纵有伊尹、太公的才德，也必被黜逐，无从进言。

⑩ 这里说：古人之风不可复见，世俗的积习已难挽回。

⑪ 鞠，困穷。《诗・小弁》："踧踧周道，鞠为茂草。"

⑫ 涩，通"涩"，行不通。

观风化之得失兮，犹纷挐其多违[1]。无亮采以匡世兮[2]，亦何为乎此畿[3]？甘衡门以宁神兮[4]，咏都人而思归[5]。爰结踪而回轨兮[6]，复邦族以自绥[7]。

【注释】

① 纷挐(rú)，纷乱。违，错误。这里总上文，说所见无非错乱的现象。

② 亮采,语出《书·舜典》,即忠于职事的意思。

③ 畿,京郊。

④ 衡门,卑陋的门庭。《诗·陈风·衡门》:"衡门之下,可以栖迟。"谓衡门虽浅陋,亦可以游息。

⑤《都人士》,《诗·小雅》篇名,诗意是伤今不复见古人。这句总结以上怀古的意思。

⑥ 这句说:结束游踪,不再入京了。

⑦ 绥,安。这句说:回到自己家里安居吧!

乱曰[①]:跋涉遐路,艰以阻兮。终其永怀[②],窘阴雨兮。历观群都,寻前绪兮[③]。考之旧闻,厥事举兮[④]。登高斯赋,义有取兮[⑤]。则善戒恶,岂云苟兮[⑥]?翩翩独征,无俦与兮[⑦]。言旋言复[⑧],我心胥兮[⑨]。

【注释】

① 乱,见《吊屈原赋》"讯"字注。

② 这句意思是,因而发生深长的感慨。

③ 这一句,指以上所历举的古事。

④ 这句指前人的成就。

⑤ "登高能赋,可以为大夫",语出《毛诗传》,亦见《汉书·艺文志》。这句说:作这篇赋的意义,有取于此。

⑥ 这里说:意在以善为法,以恶为戒,这篇不是无故而作的。

⑦ 俦与,同伴。

⑧ 言,语助辞。旋、复,均为返回之意。

⑨ 胥,读上声。《诗·小雅·桑扈》:"君子乐胥。"此处"胥"亦作"乐"解。

鹦　鹉　赋 并序

祢　衡

【题解】 祢衡(173—198),字正平,平原般(今山东德平)人。为人恃才傲物,曾辱骂曹操;曹操因为他是名士,不愿自己杀害他,将他送与荆州牧刘表,意思是借刀杀人;果然,他又得罪了刘表,刘表也按照曹操的办法,将他送与江夏太守黄祖。黄祖开始也很钦佩他,黄祖的儿子黄射(yì)也和他接近。在一次大宴会上,适逢有人来献鹦鹉,黄射请他即席作一篇《鹦鹉赋》,赋成,大家非常赞赏,就是现在流传的这一篇。后来毕竟为了辱骂黄祖,被黄祖所杀。死时仅二十六岁。

这篇赋借了鹦鹉这个题目,发泄心中的感慨,字面上是替鹦鹉诉衷怀,词气之间却是写有志之士在离乱时期那种委屈苦闷的心情。但也必须指出,作者一方面虽充满着对迫害者的敏感,另一方面,从文末的"恃隆恩于既往,庶弥久而不渝"两句看来,他对于面前统治者的淫威,还是抱着委曲求全的意向的。

时黄祖太子射宾客大会①,有献鹦鹉者,举酒于衡前曰:"祢处士②!今日无用娱宾③,窃以此鸟自远而至,明慧聪善,羽族之可贵④,愿先生为之赋,使四坐咸共荣观⑤,不亦可乎?"衡因为赋,笔不停缀,文不加点⑥。其辞曰:

【注释】

① 黄祖,是那时的江夏(现在武汉地区)太守。在东汉末年,各军事集团

占有地盘,俨然就是那地区的君主,所以他的大儿子射也就被称为太子。

② 处士,没有官职的人的称呼。

③ 用,以。

④ 羽族,鸟类。

⑤ 荣观,增光。

⑥ 这里说:作文敏捷,一挥而就,不需要修改。序文是史家或编集者叙述作赋的缘起,不是作者自己的话。

惟西域之灵鸟兮[①],挺自然之奇姿。体金精之妙质兮[②],合火德之明辉[③]。性辩慧而能言兮,才聪明以识机[④]。故其嬉游高峻,栖峙幽深[⑤]。飞不妄集,翔必择林[⑥]。绀趾丹觜[⑦],绿衣翠衿。采采丽容[⑧],咬咬好音[⑨]。虽同族于羽毛,固殊智而异心[⑩]。配鸾皇而等美[⑪],焉比德于众禽[⑫]?

【注释】

① 西域,鹦鹉出在陇山,在中国的西部,所以称“西域”。与古代称西域即指现在西北地区的不完全相同。

② 金精,古代以五行分属五方五色,金属西方白色。这句的意思是,鹦鹉身上有白色羽毛,所以体现着金的精灵。

③ 火德,鹦鹉的嘴是赤色的,赤色属五行中的火,所以说合于火德。

④ 识机,有预见的智慧。

⑤ 这里说:鹦鹉所游戏的是高山,所栖息的是幽谷。

⑥ 这里说:鹦鹉飞翔的范围是经过谨慎选择的。

⑦ 绀(gàn),青里带红的颜色。

⑧ 采采,形容盛装。

⑨ 咬(jiāo)咬,鸟鸣声。

⑩ 这里说：虽然同属鸟类，而智慧心思却不一样。
⑪ 皇，“凰”字的古写。
⑫ 这里说：鹦鹉可以与鸾鸟和凤皇并美，一般的鸟，怎能比得它的优点呢？

于是羡芳声之远畅[①]，伟灵表之可嘉[②]；命虞人于陇坻[③]，诏伯益于流沙[④]；跨昆仑而播弋[⑤]，冠云霓而张罗[⑥]。虽纲维之备设[⑦]，终一目之所加[⑧]。且其容止闲暇，守植安停[⑨]；逼之不惧，抚之不惊；宁顺从以远害，不违迕以丧生[⑩]。故献全者受赏，而伤肌者被刑[⑪]。

【注释】

① 芳声，美好的声名；远畅，传播到远处。
② 伟，尊重。灵表，高尚的丰姿。
③ 虞人，古代掌管禽兽的官称。陇坻（dǐ），即今甘肃的陇山。
④ 伯益，传说中唐尧时代负责开发山林川泽的人。流沙，《书·禹贡》篇有流沙地名，指当时西边的疆界。
⑤ 弋，一种射鸟的器具。
⑥ 这里意思说：在极高处张设罗网。
⑦ 纲维，指罗网上的绳子。
⑧ 一目，指罗网上的一个网孔。这里说：虽然设下广大的罗网，而真正猎取鹦鹉的只靠一个网目的作用。按，《文子》书中说：“有鸟将来，张罗以待之。得鸟者，罗之一目也；今为一目之罗，则无以得鸟也。”这两句就是从这个典故翻出来的。
⑨ 守植，立志。安停，稳定。
⑩ 这里意思说：鹦鹉被捕获的时候，还能保持镇静，避免无益的伤害。
⑪ 这里说：猎取鹦鹉的人，奉令要保护得完全无损，才能受赏；如果伤了它的肌肤，还要受刑。

尔乃归穷委命[1]，离群丧侣；闭以雕笼，翦其翅羽；流飘万里，崎岖重阻[2]；逾岷越障[3]，载离寒暑[4]。女辞家而适人[5]，臣出身而事主；彼贤哲之逢患，犹栖迟以羁旅[6]。矧禽鸟之微物[7]，能驯扰以安处[8]！眷西路而长怀[9]，望故乡而延伫[10]。忖陋体之腥臊[11]，亦何劳于鼎俎[12]？

【注释】

① 归穷委命，陷于无可奈何之境。这里极力描写鹦鹉被捕获以后的心情。一方面是借鹦鹉比喻人的遭遇，另一方面也将鹦鹉拟人化。

② 崎岖，曲折不平的道路。重阻，重重的艰险。

③ 岷，岷山，在今四川境。障，山名，在甘肃西部。

④ 载，发语词。离，遭受，经历。寒暑，指旅途的时间很长。

⑤ 适人，嫁人。

⑥ 栖迟，停留。羁旅，作客在外，这里有依人作客的意思。

⑦ 矧(shěn)，何况。

⑧ 能，反问词，作“能不”解。这里意思说：古来贤人在患难之中，还不免长期停留在依人作客的生涯中，何况这渺小的禽鸟，哪能不定下心来受人豢养！

⑨ 眷，依恋；鹦鹉来自西方，所以长想西路。

⑩ 延伫，伸长了颈项有所期待。

⑪ 忖，暗自猜想。

⑫ 鼎俎，烹饪器具。俎，切菜板。这里说：猜想起来，自己的肉是不适于食用的，即使杀掉，也没有用。

嗟禄命之衰薄[1]，奚遭时之险巇[2]？岂言语以阶乱[3]？将不密以致危[4]？痛母子之永隔，哀伉俪之生离[5]。匪余年之足惜[6]，愍众雏之无知[7]。背蛮夷之下国，侍君子之光仪。惧名实之不副，耻才能之无奇。羡西都之沃壤[8]，识苦乐之异宜[9]。怀代越之悠思[10]，故每言而称斯[11]。

【注释】

① 以下进一步借鹦鹉吐露自己的心事。

② 险巇(xī)，险恶危难。这里说：可叹我的命苦，何以遇到这种险恶的时势呀？

③ 阶乱，引起祸乱。

④ 将，与“或”同义。这里说：难道是为了说话而引起祸乱，还是为了泄漏了秘密而招致危害呢？

⑤ 伉俪(kàng lì)，配偶。

⑥ 匪，同“非”。

⑦ 愍，怜悯。这里说：自己残存的生命也不足惜了，只是怜悯所生的小鸟还年幼无知呢！以下四句是自己谦逊的话。称自己的故乡为蛮夷僻陋之地，离开家乡来侍奉君子，只恐名不副实，才能无奇。

⑧ 西都，指长安，长安古时称为天府之国，所以说羡慕长安的富饶。

⑨ 这里意思说：地方虽好，但人以为乐，我以为苦，所以说识苦乐之异宜。旧注解为鹦鹉说长安是乐的，恐怕不是作者的原意。

⑩ 代，代郡，今山西北部。越，南越，今广东、广西等地。古诗说：“代马依北风，越鸟巢南枝。”悠思，长远的思念。

⑪ 这里意思说：正如代马想北方，越鸟想南方一样，思念是绵绵不断的，所以一开口就说这话。

若乃少昊司辰，蓐收整辔[1]。严霜初降，凉风萧瑟[2]。长吟远慕，哀鸣感类[3]。音声凄以激扬[4]，容貌惨以憔悴。闻之者悲伤，见之者陨泪[5]。放臣为之屡叹[6]，弃妻为之歔欷[7]。

【注释】

① 少昊(hào)、蓐收,都是古代传说中主宰秋季的神。司辰,管理这一时期。整辔,是以时节的不断改换比作车马的不断行进;到了某一时期就换了某一神来驾驶了。

② 萧瑟,凄凉萧条之状。

③ 感类,同类的动物互相感动共鸣。

④ 激扬,激昂。

⑤ 陨,堕。

⑥ 放臣,被放逐的臣子。

⑦ 弃妻,即被遗弃之妻。

感平生之游处①,若埙篪之相须②;何今日之两绝,若胡越之异区③?顺笼槛以俯仰,闚户牖以踟蹰④;想昆山之高岳,思邓林之扶疏⑤;顾六翮之残毁⑥,虽奋迅其焉如⑦?心怀归而弗果,徒怨毒于一隅⑧。苟竭心于所事,敢背惠而忘初⑨?托轻鄙之微命,委陋贱之薄躯⑩;期守死以报德,甘尽辞以效愚⑪;恃隆恩于既往,庶弥久而不渝⑫。

【注释】

① 平生之游处,指平日往来的知交。

② 埙,用土制的乐器。篪(chí),用竹制的乐器。《诗·小雅·何人斯》:"伯氏吹埙,仲氏吹篪。"意思是弟兄和睦,互相应和。相须,互相依赖。

③ 胡,指北方。越,指南方。

④ 闚,同"窥"。牖(yǒu),窗户。踟蹰(chí chú),徘徊犹豫,欲行又止之状。这里描写鸟在笼中,只能随笼俯仰,窥看门窗,想飞也飞不出去。

⑤ 昆山,指昆仑山,泛指高峻的山岳。邓林,古代神话中夸父追日时丢下手杖所化的树林,这里泛指深密的森林。说鹦鹉身在笼中,心在山林。

⑥ 翮(hé),鸟羽的茎。残毁,指翅翼被剪去一段。

⑦ 焉,怎能。如,往。这里说:翅膀被剪伤了,即使振奋起来,能往哪里去呢?

⑧ 怨毒,痛恨。这里说:虽有思归之心,不能达到目的,白白地在这一隅之地满怀怨恨。

⑨ 这里说:只有竭诚侍奉养我的主人,还敢忘记当初的恩惠而背弃他吗?

⑩ 这一联意义相同,用排偶来加重语气。意思说:我这条贱命只好寄托在这里了。

⑪ 这一联也是重叠的排偶。意思说:只有拼这条命来报恩,情愿言无不尽,贡献一片愚诚。

⑫ 渝,变。这里说:倚靠过去的深厚恩情,或者历时愈久愈不至于改变吧!

登 楼 赋

王 粲

【题解】 王粲(177—217),字仲宣,山阳高平(今属山东济宁)人。是"建安七子"中的主要人物。他出身于东汉有名的大家族,幼年已经为当时名士蔡邕所推重。东汉末年,动乱频繁。刘表所据的荆州,是比较安定的地方,各方避难的人纷纷南下,托庇在他的地方政权之下。王粲也是其中之一。刘表虽然热心延揽人才,意在坐观时变。但是他的见识和才具实在不够应付当时非常的局面,其他的野心家都有逐鹿中原之心,即使不成,亦想各保一隅,所以刘表的地盘迟早是不安稳的。王粲到了荆州,既不能得刘表的重视,同时深感国家混乱,人民在连年的军阀战争中挣扎着,荆州也在所难免。因而不免心怀危惧,且有不遇之感。所以用"登楼"为题,借眼前所见的景物抒写悲愤。后来刘表一死,果然荆州就被曹操占据,结果成为几方面争夺的战场。

这篇赋的结构非常完整,段落非常分明,文字也非常平正。从大体说来,第一段说荆州地区的富美,暗中就是为刘表的昏庸感到惋惜。第二段说思乡怀归,意思也就是说荆州非可久居之地。第三段说自己无从舒展抱负,而以所见的凄凉景物作为余波,托出内心的苦痛。开端表示为了消忧而登楼,结尾表示为登楼反而更引起愁闷。前后照应,一丝不乱。文气从容,不露筋骨。曹丕评论他说:"仲宣独自善于辞赋,惜其体弱,不起其文,至于所善,古人无以远过也。"这里所说的"所善",也正是指他的从容柔曼的长处而言的。

登兹楼以四望兮①,聊暇日以销忧②。览斯宇之所处兮[3]，实显敞而寡仇[4]。挟清漳之通浦兮，倚曲沮之长洲[5]；背坟衍之广陆兮[6]，临皋隰之沃流[7]。北弥陶牧[8]，西接昭丘[9]；华实蔽野[10]，黍稷盈畴[11]。虽信美而非吾土兮[12]，曾何足以少留[13]？

【注释】

① 兹楼，据说是湖北当阳的城楼。

② 聊，暂且。暇日，五臣本作"假日"，其实假日也就是暇日。这里意思说：登上这楼，四面眺望，暂且乘闲暇的日子消遣心中的忧虑吧！

③ 斯宇，这所屋宇，也就是说这楼。

④ 仇，匹敌。这里意思说：看来这楼所处的环境，实在明亮宽敞，少有其比。

⑤ 挟，带。漳，漳水和下文沮水，都是荆州区域中的主要河川。漳水清澈，所以称为清漳；曲沮，沮水弯曲，故称。这里说：一面带着漳水旁的通津，一面靠着沮水中的长岛。

⑥ 坟衍，水边的平坡地；水涯叫"坟"。

⑦ 皋隰（xí），泽边的低湿之地。沃，灌溉。这里说：背靠广阔的沿河地带，面临平野上的灌溉河川。

⑧ 弥，尽，终极。陶牧，地名，在荆州（今湖北江陵）西，传说其地有陶朱公墓，故名。

⑨ 昭丘，地名，在今湖北当阳东南，因有楚昭王墓得名。

⑩ 华实，花果。蔽野，形容花果的繁盛，将田野都遮住了。

⑪ 黍、稷（jì），都是黏米。畴（chóu），耕种好的田。这是说种的庄稼遍满田间。

⑫ 信，实在。

⑬ 曾，语助辞，表示舒缓的语气。这里意思说：虽然实在美好，无奈不是我自己的家乡，又怎能值得作片刻的停留啊！

遭纷浊而迁逝兮[1]，漫逾纪以迄今[2]。情眷眷而怀归兮[3]，孰忧思之可任[4]？凭轩槛以遥望兮[5]，向北风而开襟[6]。平原远而极目兮[7]，蔽荆山之高岑[8]。路逶迤而修迥兮[9]，川既漾而济深[10]。悲旧乡之壅隔兮[11]，涕横坠而弗禁[12]。昔尼父之在陈兮[13]，有"归欤"之叹音[14]。钟仪幽而楚奏兮[15]，庄舄显而越吟[16]。人情同于怀土兮[17]，岂穷达而异心[18]？

【注释】

① 纷浊，指时世的动乱。作者追溯遭逢世乱以来，迁离故乡。

② 漫，悠悠忽忽。逾，超过。纪，十二年为一纪。这句说：悠悠忽忽，到这里已经超过十二年了。

③ 这句说：心里总是恋念着想回家乡。

④ 孰，谁。任，禁受。这句说：谁能禁受得住这样深的忧心呢？

⑤ 凭，倚靠。轩槛，门窗前的阑干。

⑥ 开襟，敞开衣襟。王粲所想念的，是汉朝都城，无论长安洛阳，都在荆州以北，所以他说：凭阑远望，迎着北风。

⑦ 极目，尽目力所及望去。荆州以北大部是平原地带。

⑧ 岑，小而高的山。这句说：虽然极力想望见北方的平原，可惜被荆山的高冈遮住了。

⑨ 逶迤(wēi yí)，曲折；这里含有漫长的意思。修，长。迥，远。

⑩ 漾(yàng)，汪洋。济，渡。这里说：路途既然漫长而遥远，水势又汪洋深邃，难以渡过。这些都是双关语，暗示到处都有动乱，困难重重。

⑪ 壅隔，阻隔。

⑫ 涕，眼泪。横坠，乱流下来。弗禁，止不住。

⑬ 尼父，孔子字仲尼，"父"是古代对男子的尊称。陈，陈国。

⑭ 归欤，孔子在陈国遇到了困难，对他的门下生徒说："归欤，归欤！"孔子那时是想回自己的鲁国去。

⑮ 钟仪，春秋时楚国人，在战事中被郑国俘去，解献晋国，囚禁在晋国军营里。后来晋君到营里视察，看见一个戴南方式样的帽子的人，觉得奇怪，问起来知道是楚国的战俘，再问他的职业，知道是一个音乐师，就拿琴来请他弹，他弹的也是楚国的调子。这段故事见于《左传》。说明人在困苦中也不忘乡国。幽，囚禁。

⑯ 庄舄(xì)，越国人，在楚国做官。有一次病了，楚王对人说："庄舄原是越国的一个穷人，今天在楚国享了富贵，莫非还想他的本国吗！"叫人去探听，果然庄舄正在唱着越国的歌。这事见于《史记》。说明人在安乐中也不忘乡国。显，富贵有声望。

⑰ 怀土，思念故乡。

⑱ 穷达，困穷与得意。以上引孔子、钟仪、庄舄三件故事，来说明自己有同样的爱国爱乡的情怀，不问在困穷中还是在得意中。

惟日月之逾迈兮[①]，俟河清其未极[②]。冀王道之一平兮[③]，假高衢而骋力[④]。惧匏瓜之徒悬兮[⑤]，畏井渫之莫食[⑥]。步栖迟以徙倚兮[⑦]，白日忽其将匿[⑧]。风萧瑟而并兴兮[⑨]，天惨惨而无色[⑩]。兽狂顾以求群兮，鸟相鸣而举翼[⑪]。原野阒其无人兮[⑫]，征夫行而未息[⑬]。心凄怆以感发兮[⑭]，意忉怛而憯恻[⑮]。循阶除而下降兮[⑯]，气交愤于胸臆[⑰]。夜参半而不寐兮[⑱]，怅盘桓以反侧[⑲]。

【注释】

① 逾迈，越去越远。意思说，光阴一去不回。

② 河清，见《归田赋》注。这是王粲极力形容想回乡，难于等待的心情。未极，没有到最后阶段。这里王粲又反过来表明自己的勇气和信心，虽然期待很久了，但是希望并没有断绝，还不放弃努力。

③ 冀，希望。王道一平，王朝的统治恢复正常状态。

④ 高衢，大道。骋力，是用马来比方，发挥奔驰的才力。这里意思说：希

望政治清明，让我得有机会可以贡献力量。

⑤ 匏瓜，葫芦。葫芦吊在藤上，是不能吃的。孔子说过："吾岂匏瓜也哉？焉能系而不食？"意思说：我难道是个匏瓜，怎能只是吊起来不吃呢？语出《论语》。这话表明作者和孔子一样，是积极争取发挥能力的。

⑥ 渫(xiè)，除去井中污秽，使水清洁。《易》上说："井渫不食，为我心恻。"井被掏清后，它的水仍无人去吃，比喻自己有才而不被任用，是伤心的事。

⑦ 栖迟，游息。《诗·陈风·衡门》："衡门之下，可以栖迟。"徙倚，徘徊；又带有沉思遥想的意思，这句从《楚辞》"步徙倚而遥思"一句变化出来。

⑧ 匿(nì)，躲藏。以下再进一步叙述自己作赋时的见闻和心理状态，作为缠绵不尽的结束。首先点明时刻已经快天黑了。在徘徊遐思的时候，太阳忽然就要下沉了。

⑨ 萧瑟，见《鹦鹉赋》注。

⑩ 这里说：四面八方刮起风来，天色惨淡无光。

⑪ 这里说：由于风声怒号，走兽都像发狂一样，各找各的同类；飞鸟也一边叫一边鼓翅膀。

⑫ 阒(qù)，寂静无声。

⑬ 征夫，行人。这里说：原野中种田的人是没有了，只有行路的人还不停息。王粲在这里又暗示乱世的人飘流无定的苦处。

⑭ 感发，感动触发。

⑮ 忉(dāo)、怛(dá)、憯(cǎn)、恻(cè)，都是心里悲伤的形容词，在赋里是不妨重叠使用的。

⑯ 阶除，楼阶。

⑰ 臆(yì)，胸怀。

⑱ 参半，差不多一半。寐(mèi)，睡觉。

⑲ 怅(chàng)，难过。盘桓，与"徘徊"相近，不过盘桓可以指心理，不一定指动作。反侧，睡不着觉，翻来覆去。

洛　神　赋 并序

曹　植

【题解】 曹植(192—232),字子建,曹操第三子。他在我国文学史上是有重要地位的。他既继承了两汉文风中质朴劲健的一面,又充分地体现了时代气氛和自己独特的风格,广泛运用了新的文学语言,增加了文章的色泽。脱离了扬、马、班、张传统的体制,另开境界。这篇赋虽还受着宋玉《高唐赋》、《神女赋》的影响,但他在结构技巧方面,则已大大地向前推进,表现出更高度的形象化和更丰富的想象力。

由于骨肉之间有着争竞权位的矛盾,在他的长兄曹丕、侄子曹叡在位的时代,他都备受猜忌,终于抑郁而死。所以他的诗文带有苦闷难言的情调。从他的身世出发来了解他的作品,就更可以体会到他的内心深处。以《洛神赋》而论,全篇以浪漫主义的手法,通过梦幻的境界,描写神人之间的真挚爱情,但终于无从结合而含恨分离,充满着强烈的抒情气息与传奇意味。当然作者是意有所指的。看来,他是在发抒对曹丕的猜忌而产生的失望和痛苦心情,和自己忠于君臣兄弟之间的亲密关系。旧说为了感念甄后而作,与事实不尽相符,不能作为定论。

从《洛神赋》里可以看到词赋家怎样将一个优美的妇女形象刻画得这样生动细腻,具有艺术的感染力。固然这有赖于词藻和比喻的烘托运用,错综变化,明暗得宜,而主要是由于作者对美好理想的追求,因此非常动人,成为词赋中代表作。

黄初三年①,余朝京师②,还济洛川③。古人有言,斯水之神，名曰宓妃[④]。感宋玉对楚王神女之事[⑤]，遂作斯赋。其辞曰：

【注释】

① 黄初，魏文帝曹丕年号。

② 朝京师，到京城洛阳朝见文帝。但据《三国志》，曹植封鄄城王是黄初三年事，而这一年文帝到许昌去，直到次年才回洛阳，曹植朝京师也是次年的事。似乎作者有意不写真实年代，以表明所写的是寓言而不是事实。

③ 济，渡。洛川，即洛水，源出陕西，流经河南洛阳，纳伊水注入黄河。

④ 宓，读如“伏”，古代伏羲氏之“伏”作“宓”，传说宓妃即伏羲氏之女。

⑤ 宋玉，战国时楚国人，屈原的弟子，为“赋”体的开创者之一。《神女赋》见《文选》。按，据《文选》注云：“魏东阿王（曹植）汉末求甄逸女既不遂，太祖（曹操）回与五官中郎将（曹丕），植殊不平。昼思夜想，废寝与食。黄初中入朝，帝示植甄后玉镂金带枕，植见之，不觉泣。时已为郭后谗死，帝意亦寻悟，因令太子留宴饮，仍以枕赉植，植还度轘辕（山名），少许时将息洛水上，思甄后，忽见女来，自云：我本托心君王，其心不遂，此枕是我在家时从嫁与五官中郎将，今与君王……王答以玉佩，悲喜不能自胜，遂作《感甄赋》，后明帝见之，改为《洛神赋》。”此是小说家附会，后来学者都认为不足据。

余从京域，言归东藩[①]。背伊阙，越轘辕[②]。经通谷，陵景山[③]。日既西倾，车殆马烦[④]，尔乃税驾乎蘅皋，秣驷乎芝田[⑤]。容与乎阳林[⑥]，流眄乎洛川。于是精移神骇，忽焉思散。俯则未察，仰以殊观[⑦]。睹一丽人，于岩之畔。乃援御者而告之曰[⑧]：“尔有觌于彼者乎[⑨]？彼何人斯[⑩]，若此之艳也？”御者对曰：“臣闻河洛之神，名曰宓妃。然则君王所见[11],无乃是乎?其状若何?臣愿闻之。”

【注释】

① 言,发端的语助词,常见于《诗经》。藩,指诸侯之国,为皇室作屏藩。

② 伊阙、轘辕,洛阳附近的山岳和险隘。

③ 通谷、景山,都是洛阳附近的地名。

④ 殆,通“怠”。殆、烦,都是疲倦的意思。

⑤ 税驾,解脱马的勒缰;秣驷,喂马。这是说中途休息,准备继续出发。蘅皋、芝田,都是形容野地的美妙词令。

⑥ 容与,舒闲。这里指悠闲地在阳林游息。阳林,地名,或作杨林。以下各句,是说在精神恍惚之中若有所遇。

⑦ 殊观,凝视。

⑧ 援,用手拉着。

⑨ 觌(dí),遇见。

⑩ 斯,语助词,与“兮”相似。

⑪ 君王,对王者的尊称。

余告之曰:其形也,翩若惊鸿,婉若游龙[1]。荣曜秋菊,华茂春松[2]。仿佛兮若轻云之蔽月,飘飖兮若流风之回雪[3]。远而望之,皎若太阳升朝霞;迫而察之,灼若芙蕖出渌波。襛纤得衷[4],修短合度[5]。肩若削成,腰如束素。延颈秀项,皓质呈露。芳泽无加,铅华弗御[6]。云髻峨峨,修眉联娟[7]。丹唇外朗,皓齿内鲜。明眸善睐,靥辅承权[8]。瑰姿艳逸,仪静体闲。柔情绰态[9],媚于语言。奇服旷世[10],骨像应图[11]。披罗衣之璀粲兮,珥瑶碧之华琚[12]。戴金翠之首饰,缀明珠以耀躯[13]。践远游之文履[14],曳雾绡之轻裾[15]。微幽兰之芳蔼兮[16],步踟蹰于山隅[17]。

【注释】

① 惊鸿、游龙，都形容美人体态的轻盈。

② 秋菊、春松，是以草木的芳鲜茂盛比美人。

③ 仿佛二句：形容美人的踪迹忽隐忽现。以下二句更细致地描写美人的容色。

④ 秾纤，肥瘦。衷，同“中”。得衷，即恰到好处。

⑤ 修短，长短。

⑥ 铅华，粉。弗御，不必施用。

⑦ 联娟，细长而弯曲。

⑧ 权，同“颧”。靥（yè），酒涡。这句说：有酒涡的两颊在颧骨下面。

⑨ 绰态，婉和的姿态。

⑩ 奇服旷世，奇异的服饰为世上所无。

⑪ 应图，合乎图画的标准。

⑫ 珥（ěr），耳环，此处作动词用，是戴的意思。瑶碧，玉名。华琚，雕刻的玉佩。

⑬ 这句说：镶嵌的珠子更显出容光焕发。

⑭ 远游，一种鞋子的名称。文履，绣花鞋。

⑮ 雾绡，轻纱。

⑯ 这句说：微微透出兰花般的香气。

⑰ 这句说：在山旁缓步。

于是忽焉纵体[①]，以遨以嬉[②]。左倚采旄，右荫桂旗[③]。攘皓腕于神浒兮[④]，采湍濑之玄芝[⑤]。余情悦其淑美兮，心振荡而不怡[⑥]。无良媒以接懽兮[⑦]，托微波而通辞[⑧]。愿诚素之先达兮[⑨]，解玉佩以要之[⑩]。嗟佳人之信修[⑪]，羌习礼而明诗[⑫]。抗琼珶以和余兮[⑬]，指潜渊而为期[⑭]。执眷眷之款实兮[⑮]，惧斯灵之我欺[⑯]。感交甫之弃言兮[⑰]，怅犹豫而狐疑[⑱]。收和颜而静志兮[⑲]，申礼防以自持[⑳]。

【注释】

① 纵体,舒散身体,作自然洒脱的动作。

② 这句说:边散步边游戏。

③ 采旄、桂旗,都是指神人的仪仗。

④ 攘皓腕,捋起袖子,露出雪白的手腕。神浒,神所经过的岸边。

⑤ 湍濑(lài),流水很急的河滩。

⑥ 这句说:为神女的美好姿态而心情激动不安。

⑦ 这句说:没有介绍人可以互通情好。懽,同"欢"。

⑧ 这句说:只好凭借水波传达言语。一说,波指目光,即《楚辞》"忽独与余兮目成"之意。

⑨ 诚素,内心的真情。

⑩ 这句说:解下玉佩,作为信物来订交。

⑪ 信,确实。修,美好。

⑫ 羌,发语词。习礼明诗,指有高度的文化修养。

⑬ 琼珶,美玉。和,和答。

⑭ 这句说:指着深渊发誓。

⑮ 眷眷,恋恋的情意。款实,真诚。

⑯ 斯灵,这位神人。

⑰ 交甫,指郑交甫。古代传说:郑交甫遇见神女,要求神女解玉佩给他,神女给了他,可是顷刻之间,连玉佩和神女都不见了。事见《韩诗外传》。

⑱ 这句说:将信将疑。

⑲ 这句说:收敛笑容,使自己冷静下来。

⑳ 这句说:重申礼法的约束,以控制自己。

于是洛灵感焉,徙倚徬徨。神光离合①,乍阴乍阳②。竦轻躯以鹤立,若将飞而未翔。践椒涂之郁烈,步蘅薄而流芳③。超长吟以永慕兮④,声哀厉而弥长。

【注释】

① 神光，指女神的身影。离合，若隐若现。

② 阴阳，明暗。

③ 椒涂、蘅薄，和上文的“蘅皋”、“芝田”一样，同为形容河畔的环境的词令。

④ 这句说：高声吟咏，深切爱慕。

尔乃众灵杂遝[①]，命俦啸侣[②]。或戏清流，或翔神渚[③]，或采明珠，或拾翠羽。从南湘之二妃[④]，携汉滨之游女[⑤]。叹匏瓜之无匹兮[⑥]，咏牵牛之独处[⑦]。扬轻袿之猗靡兮[⑧]，翳修袖以延伫[⑨]。体迅飞凫[⑩]，飘忽若神。陵波微步，罗袜生尘[⑪]。动无常则，若危若安。进止难期，若往若还。转眄流精[⑫]，光润玉颜。含辞未吐，气若幽兰。华容婀娜[⑬]，令我忘飡。

【注释】

① 杂遝(tà)，纷纭众多。

② 命、啸，都是呼唤邀集的意思。

③ 渚，水中的小洲。

④ 南湘二妃，指唐尧嫁给虞舜的二女娥皇、女英。传说虞舜南巡而死，二妃成为湘水之神。

⑤ 汉滨游女，语出《诗·汉广》：“汉有游女，不可求思。”

⑥ 匏瓜，星名，不与别的星相接，所以比喻没有配偶。匹，配偶。

⑦ 牵牛，星名，与织女星相隔，所以比喻孤独。

⑧ 袿(guī)，女子的上衣。猗靡，轻柔飘忽之状。

⑨ 延伫，见《鹦鹉赋》注。这句说：洛神举起长袖来遮额远眺，不忍舍去。

⑩ 这句说：身体比飞凫还要轻捷。

⑪ 陵，通“凌”，与“踩”字意近。这两句形容在水上微步，依稀留有足迹。

⑫ 这句说：目光转动，精光四射。
⑬ 婀娜，娇媚。

于是屏翳收风[1]，川后静波[2]，冯夷鸣鼓[3]，女娲清歌[4]。腾文鱼以警乘[5]，鸣玉鸾以偕逝[6]。六龙俨其齐首，载云车之容裔[7]。鲸鲵踊而夹毂[8]，水禽翔而为卫。

【注释】
① 屏翳，风神。
② 川后，水神。
③ 冯(píng)夷，水神。又称冰夷、无夷。
④ 女娲，初作笙簧的神话人物。
⑤ 警乘，准备驾车出发。
⑥ 玉鸾，车上的铃。鸾，通“銮”。偕逝，一同离去。
⑦ 容裔，与“容与”同义。
⑧ 夹毂(gǔ)，围绕在车的左右。

于是越北沚[1]，过南冈；纡素领[2]，回清阳[3]。动朱唇以徐言，陈交接之大纲[4]。恨人神之道殊兮，怨盛年之莫当[5]。抗罗袂以掩涕兮[6]，泪流襟之浪浪[7]。悼良会之永绝兮，哀一逝而异乡。无微情以效爱兮[8]，献江南之明珰[9]。虽潜处于太阴[10]，长寄心于君王。忽不悟其所舍，怅神宵而蔽光[11]。

【注释】
① 沚，水中的陆地。
② 这句说：转过雪白的颈项。

③ 清阳，阳当作“扬”，指人的眉目之间，见《诗·齐风·猗嗟》。
④ 这句说：陈述彼此交往的大道理。
⑤ 这句说：可惜少壮时没有相逢。
⑥ 抗，举。
⑦ 浪浪，就是滚滚的意思，读平声。
⑧ 效爱，就是表爱。
⑨ 明珰，明珠制的耳环。
⑩ 太阴，指鬼神所居的异境。
⑪ 神霄，指茫茫的天空。

于是背下陵高，足往神留。遗情想象，顾望怀愁。冀灵体之复形[①]，御轻舟而上溯[②]。浮长川而忘反，思绵绵而增慕。夜耿耿而不寐[③]，沾繁霜而至曙。命仆夫而就驾，吾将归乎东路。揽骓辔以抗策[④]，怅盘桓而不能去。

【注释】

① 这句说：希望神的形体重新出现。
② 上溯，逆流而上。
③ 耿耿，睡不安之意。
④ 骓，车辕旁边的马。抗策，举鞭。

西征赋

潘岳

【题解】 辞赋中有一类纪叙旅途见闻的，相等于韵文体的游记。《文选》所收的，有班彪的《北征赋》和他女儿班昭的《东征赋》，以及这篇《西征赋》。二班的作品体制较早，还只是这类赋的雏形；潘赋则规模宏大，描写有时很细腻，超过了前人之作，可作这一类赋中的代表。《晋书》本传中也提到本赋，极为推重。

潘岳(247—300)，字安仁，中牟(今属河南)人，与侄潘尼并称“二潘”，是晋初文坛上有名的作家。在晋初统治者内部斗争中，他先依附后党杨骏，杨骏以惠帝母杨太后的关系，任太傅辅政。元康元年，杨骏被贾后所杀，潘岳也险遭不测，幸而获免，出为长安县令。后来潘岳又依附第二个后党贾谧，终于在永康元年赵王伦之乱时，为孙秀所诬杀。传世的著名作品有《秋兴赋》、《寡妇赋》等篇。

《西征赋》便是潘岳在元康二年赴长安时所记述的旅途见闻。但其主要用意倒不在于描绘沿途风物，而是追怀所经过地方的史迹，并发抒自己对历史人物和事件的评价。从文中也可以看出他具有渊博的历史地理知识。写作上的特点是善于翻用成语，融会史事，颇见匠心。特别在宏大的结构中，运用各种的语调，充分表现生动变化的崭新风格，显然已经超越了汉赋的陈规，而开启了后来作家的许多门径。

岁次玄枵①，月旅蕤宾②，丙丁统日③，乙未御辰④。潘子凭轼西征⑤，自京徂秦⑥。乃喟然叹曰⑦：古往今来，邈矣悠哉[⑧]！寥廓惚恍[⑨]，化一气而甄三才[⑩]。此三才者，天地人道。唯生与位，谓之大宝[⑪]。生有修短之命，位有通塞之遇[⑫]。鬼神莫能要[⑬]，圣智弗能豫[⑭]。

【注释】

① 玄枵(xiāo)，天文上星宿的位次。这句说：这一年岁星经过玄枵的位次。根据潘岳其他的文章，他这一回西征是晋元康二年五月的事。

② 蕤(ruí)宾，古代十二律名称之一，每一律配一月，蕤宾是配五月的。旅，经过。

③ 丙丁统日，指夏季。《吕氏春秋》："仲夏，其日丙丁。"古代以丙丁属火，火是夏天的征象。

④ 乙未，是年五月十八日。辰，日子。

⑤ 凭，依靠；轼，车前的横木。征，旅行。

⑥ 徂(cú)，前往。京，指晋朝的京城洛阳。秦，指长安。

⑦ 喟(kuì)然，叹声。

⑧ 邈(miǎo)，遥远。

⑨ 寥廓，空洞。惚恍，不可捉摸貌。

⑩ 一气，指宇宙最初的状态。甄(zhēn)，制造瓦器，引申为"造成"的意思。三才，指天、地、人。这句说：本来是一片虚空，逐步有了天、地和人。

⑪ 生，寿命。位，禄位。《易·系辞》："天地之大德曰生，圣人之大宝曰位。"

⑫ 通塞之遇，人的遭遇有顺利有失败。

⑬ 要(yāo)，预先约定。

⑭ 豫，预期。起首这一段带着宿命思想，这是因为如前面"题解"所述，他旅行前几乎遭了杀身之祸，幸而不死，奉命作长安县令，耳目所触不免兴身世之感。加以自己的一个小儿子死在途中，也不免添些悲痛。所以在这篇极长的记述中，开始时带有一些悲伤消极的情调。

当休明之盛世[1],托菲薄之陋质[2]。纳旌弓于铉台[3],赞庶绩于帝室[4]。嗟鄙夫之常累,固既得而患失[5]。无柳季之直道,佐士师而一黜[6]。

【注释】

① 休明盛世,就是太平时代。潘岳在这时已经饱受乱世的危害和痛苦,但不得不颂扬当时的统治者一句,以防再度遭祸。

② 托,秉赋。菲薄,自谦才质薄弱。

③ 旌、弓,古代用来招聘贤人的象征物。铉,抬鼎的杠子。台,天文上的三台星。古代以“鼎”与“三台”比喻王朝的辅佐。“铉”又是“鼎”的代字。潘岳曾经受过宰相的招聘,所以说将旌弓交还给铉台。

④ 赞,赞助。庶,众。庶绩,指一切政事。

⑤ 患失,《论语》:“鄙夫可与事君也欤哉?其未得之也,患得之,既得之,患失之。”常用的成语中“患得患失”,就从这里来的。潘岳自己说:免不了一般鄙夫的毛病,得到一件职事,就唯恐失去。

⑥ 柳季,即春秋时的柳下惠。曾经三次作士师(法官),三次被黜退。他说:“直道而事人,焉往而不三黜?”也出于《论语》。潘岳引用这个典故,他自己承认,不如柳下惠的正直,所以曾经作过法官的助理,只黜退过一次。

武皇忽其升遐[1],八音遏于四海[2]。天子寝于谅闇[3],百官听于冢宰[4]。彼负荷之殊重,虽伊、周其犹殆[5]。窥七贵于汉庭[6],畴一姓之或在[7]?无危明以安位[8],只居逼以示专[9]。陷乱逆以受戮[10],匪祸降之自天[11]。孔随时以行藏[12],蘧与国而舒卷[13]。苟蔽微以缪章[14],患过辟之未远[15]。悟山潜之逸士[16],卓长往而不反[17]。陋吾人之拘挛[18],飘萍浮而蓬转[19]。寮位偪其隆替[20],名节漼以隳落[21]。

危素卵之累壳[22]，甚玄燕之巢幕[23]。心战惧以兢悚[24]，如临深而履薄[25]。夕获归于都外，宵未中而难作[26]。匪择木以栖集[27]，鲜林焚而鸟存[28]。遭千载之嘉会[29]，皇合德于乾坤[30]；弛秋霜之严威[31]，流春泽之渥恩[32]；甄大义以明责[33]，反初服于私门[34]。

【注释】

① 武皇，晋武帝司马炎。升遐，飞升到远方。古代称皇帝死亡为“升遐”，以讳言其死。

② 这句说：天下停乐举哀。语出《书·舜典》：“四海遏密八音。”遏，停止；八音，古代的八类乐器，即金（钟）、石（磬）、丝（琴、瑟）、竹（箫、笛）、匏（笙）、土（埙）、革（鼓）、木（柷）。

③ 天子，指晋惠帝司马衷，武帝之子。谅闇，一作“亮阴”，原是沉默的意思，皇帝居丧称为“谅闇”，居丧的地方也就称为“谅闇”，这里的“谅闇”，就是指居丧的地方。

④ 冢宰，相当于首相。“百官总己，以听于冢宰”，语见《论语》。皇帝既然居丧，不处理政务，一切官吏就都将本身的职务呈候首相的指示。这里的冢宰，指太傅杨骏，在惠帝即位初年，他处于摄政的地位。

⑤ 这里说：杨骏所负的责任这样特别重大，即使是古代的伊尹、周公也不免陷于危险。伊尹为商汤的宰相，商汤死后，太甲继位，伊尹不满意他，曾经发生过冲突，这是古代史上一件疑案。周公是周武王的兄弟，奉武王的命令辅佐武王的儿子成王，也有人造谣言说周公有不利于成王的意图。当时杨骏的地位正与伊尹、周公相似。

⑥ 七贵，指西汉的七家外戚，即吕氏、霍氏、上官氏、丁氏、赵氏、傅氏、王氏。

⑦ 畴（chóu），谁。这句说：看看汉朝的七家外戚，哪一家能够存在呢？意思是：倚仗皇后母家的势力，是并不可靠的。杨骏和他的政敌，都是后党，所以作这样的议论。

⑧ 危明,见危之明的略词,就是知道地位显要的危险。有见危之明就可能保地位的安全。从这句起是分析杨骏受祸的原因。

⑨ 这句说:反而处在逼近君主的地位,表示自己的威权在手。

⑩ 受戮,指杨骏被惠帝的皇后贾氏所杀。这本是两个后党间争权和私仇所致,潘岳这样说,当然是为了要附和反对杨骏的人,不如此说,自己是有危险的。

⑪ 匪,不是。《诗·大雅·瞻印》:“乱匪降自天,生自妇人。”引用这句话,有双关的意思。可能指杨太后,也可能指贾后。可能是骂杨骏,也可能是同情杨骏,总之,表面上是追咎杨骏自作自受。

⑫ 行藏,《论语》上孔子说:“用之则行,舍之则藏。”意思是遇到可以出来任事的时机,就出来任事;时机不对就退隐。

⑬ 蘧,指春秋时卫国的贤人蘧伯玉,《论语》中记有孔子称赞他的话:“邦有道则仕,邦无道则卷而怀之。”意思是:在君主治国有道的时候,就出来任事;在无道的时候,就把自己的一番抱负收起来,好像把东西卷起来收在怀里。

⑭ 蔽微,不能觉察隐微。缪章,显明的事都看错了。缪(miù),错误。章,显著。

⑮ 辟,作“罪”解。过辟,就是罪过。这里意思说:如果隐微的既不觉察,显明的又看错了,恐怕罪过就在眼前。

⑯ 山潜,隐居在山中。

⑰ 这里意思说:才知道隐居山中的高人所以永远离开是非之场。

⑱ 拘挛(luán),拘束。

⑲ 这里意思说:知道了隐士的明哲,才知道自己被名利牵累的错误,如同浮萍和蓬草一样跟着人东飘西荡。

⑳ 寮,同“僚”;寮位,官位。儡(léi),崩溃貌。隆替,盛衰。隆,在高处;替,倒下来。这里是说忽然从高处倒下。

㉑ 漼(cuī),败坏貌。隳(huī),倒下来。这里说:依附别人,一旦祸发,官位垮台,名誉节操也都毁坏。

㉒ 素卵,洁白的蛋。累壳,把蛋叠起来。春秋时,晋国的荀息,垛起十二

个棋子，再在上面一层一层竖放九个鸡蛋，用来谏诤晋灵公，表明局势的危险。事见《说苑》。这句就是运用这个典故。

㉓ 玄燕，黑色的燕。“燕巢幕上”，也是《左传》上形容危险的话。这一联是说处境的危险，有如竖放的鸡蛋，更甚于帷幕上的燕巢。

㉔ 兢悚（jīng sǒng），恐惧。

㉕ 临深、履薄，“如临深渊，如履薄冰”的略词。这是《诗·小雅·小旻》中的句子。

㉖ 难（nàn），患难，事变。据《晋书》本传，潘岳在发生政变的这一夜，恰好请了假在城外，所以当时幸免。这里说傍晚出城回家，不到半夜祸事就发作了，是完全写实的。

㉗ 择木，以鸟择木而栖，比喻做官的应当择人而事。这是古语。

㉘ 鲜（xiǎn），少有。这里说：既然不能择木而栖，就很少有树木被焚而鸟还能活着的。

㉙ 嘉会，好的时运。

㉚ 乾坤，天地。这句说：皇帝的恩德有天地一样的宽大。

㉛ 弛（shí），放松。

㉜ 渥（wò），深厚。这里说：从宽处理，赐给恩惠。

㉝ 甄，这里作表明解。这句说：只是为了伸张法纪，不能不判明责任。

㉞ 初服，平民本来的服色。做官的退职下来，称为“反初服”。这句说：幸而不死，只被免官回家。

皇鉴揆余之忠诚[①]，俄命余以末班[②]。牧疲人于西夏[③]，携老幼而入关[④]。丘去鲁而顾叹[⑤]，季过沛而涕零[⑥]。伊故乡之可怀，疚圣达之幽情[⑦]。矧匹夫之安土，邈投身于镐京[⑧]。犹犬马之恋主，窃托慕于阙庭[⑨]。眷巩、洛而掩涕[⑩]，思缠绵于坟茔[⑪]。

【注释】

① 鉴揆，鉴察。

② 俄，不久。这里说：皇帝知道我的忠诚，不久又给我一个小小的位置。
③ 牧，古时称治理百姓曰“牧”。疲人，疲困的百姓。西夏，中国的西部。指去作长安县令。
④ 老幼，指家属。潘岳还有老母，所以一家老幼同行。
⑤ 丘，孔子名。孔子离开鲁国，是怀着不得已的心情的。
⑥ 季，指汉高祖刘邦，字季，他作了皇帝后，再到他的故乡沛邑，恋恋不舍而哭泣。
⑦ 疚，伤痛。幽情，内心。这里意思说：讲到故乡的令人怀念，即使是个圣贤和达观的人都不能不引起内心的感伤。
⑧ 镐京，指长安。周武王建都在镐京，在今西安市之西。这里说：何况我是一个普通人，住在本土，久已相安，现在却远远地向长安投奔。
⑨ 阙庭，指皇帝所居。这里说：正如狗马一样，舍不得离开主人。我的私心是想寄托在皇帝左右的。
⑩ 巩，河南巩县，洛，洛阳。潘岳的上代坟墓在这里。
⑪ 茔(yíng)，墓地。这里表示从此要往西去了，撇下先人坟墓，依依不舍。

尔乃越平乐[①]，过街邮[②]；秣马皋门[③]，税驾西周[④]。远矣姬德[⑤]，兴自高辛[⑥]。思文后稷[⑦]，厥初生民[⑧]。率西水浒[⑨]，化流岐豳[⑩]。祚隆昌、发[⑪]，旧邦惟新[⑫]。旋牧野而历兹[⑬]，愈守柔以执竞[⑭]；夜申旦而不寐[⑮]，忧天保之未定[⑯]；惟泰山其犹危，祀八百而余庆[⑰]。鉴亡王之骄淫[⑱]，窜南巢以投命[⑲]；坐积薪以待然[⑳]，方指日而比盛[㉑]。人度量之乖舛[㉒]，何相越之辽迥[㉓]！

【注释】

① 尔乃，于是。以下开始叙述旅行的经过和所见景物的感想。平乐，东汉时代留下来的一座别宫。

② 街邮，城外的邮亭。

③ 秣马，以草料喂马。皋门，古代王都的外城门叫“皋门”；旧注说，“皋门”是石桥名。

④ 税驾，见《述行赋》注。西周，周末，周考王封其弟揭于王城，称河南公，亦称西周君，国境在洛阳以西不远。

⑤ 姬，周王室的姓。

⑥ 高辛，上古五帝之一。

⑦ 思文后稷，出在《诗・周颂・思文》篇。原文是“思文后稷，克配彼天。”意思说：想念有文德的后稷，功德之大可以与天相配。后稷是周朝的祖先，据说首先教人耕种五谷。

⑧ 厥初生民，出在《诗・大雅・生民》篇。原文是“厥初生民，时维姜嫄”。根据旧注，生民指后稷，姜嫄是后稷的母亲。意思说：当初生下后稷的，就是那姜嫄。为什么称后稷为生民呢？因为周民族是从后稷一代一代传下来的。

⑨ 率，沿着。浒(hǔ)，水边。“率西水浒”出在《诗・大雅・绵》篇。原文是“古公亶父，来朝走马，率西水浒，至于岐下”。根据旧注，古公亶父是周文王的祖父，诗意说：他很快奔来，沿着西边的河岸，到了岐山之下。周的基业从此奠定。

⑩ 豳同“邠”(bīn)，是亶父原住的地方，从这里迁到岐。

⑪ 祚(zuò)，福运。昌，周文王名；发，武王名。周朝的福运在这时最兴隆。

⑫ 旧邦惟新，引“周虽旧邦，其命维新”句。是古人常引的《诗・大雅・文王》篇中的话，指周虽是一个古老的诸侯之国，后来成了王业，就有了新的生命了。

⑬ 旋，归回。牧野，周武王伐商纣决战得胜的地方。这句追想武王从牧野回来，经过此处。

⑭ 守柔，保持和平。执竞，保持强盛。这句意思说：周武王虽然战胜，却不专靠武力，所以更能保持强盛。

⑮ 申旦，一直到天亮。

⑯ 天保,天所赐给的禄位。这里意思说:周武王还担心统治不稳定,以致彻夜不能安眠。

⑰ 祀,年。这里意思说:即是已经像泰山一样的安稳,还认为是危险,所以能享有八百年的国运。

⑱ 亡王,指夏桀,周武王推翻了商朝,不能不想到商朝开始时怎样推翻夏朝的。

⑲ 南巢,商汤放逐夏桀的地方。

⑳ 坐积薪以待然,见《刺世疾邪赋》注。

㉑ 指日比盛,是夏桀自己说的话。他的意思是太阳存在一天,他也能存在一天。以上四句说:夏桀骄奢淫逸的结果,只有度流亡逃命的生活。他早已处在极危险的境地,还自以为无忧。

㉒ 乖舛(chuǎn),不齐。

㉓ 辽迥,遥远。这里说:以周武王的谨慎和夏桀的骄纵相比,人的度量之不同,距离是多么远呀!

考土中于斯邑①,成建都而营筑②;既定鼎于郏鄏③,遂钻龟而启繇④。平失道而来迁⑤,繄二国而是祐⑥;岂时王之无僻?赖先哲以长懋⑦。望圉、北之两门⑧,感虢、郑之纳惠⑨。讨子颓之乐祸⑩,尤阙西之效戾⑪。重戮带以定襄⑫,弘大顺以霸世⑬。灵壅川以止斗⑭,晋演义以献说⑮。咨景、悼以迄丐⑯,政陵迟而弥季⑰。俾庶朝之构逆,历两王而干位⑱。逾十叶以逮赧,邦分崩而为二⑲。竟横噬于虎口⑳,输文、武之神器㉑。

【注释】

① 土中,四方之中。这句说:周初已经考定洛阳这个地方是四方的中心。

② 成,指周成王,营建洛阳为王都,是成王时的事。

③ 定鼎，将传国的宝鼎安置在此处；后世就用作开国建都的代用语。郏鄏（jiá rǔ），就是洛阳的王城。

④ 钻龟，占卜。繇（zhòu），占卜辞。古代大事必先占卜吉凶，成王定鼎时所卜的结果，据《左传》的追叙，说预示有三十代，七百年的命运。

⑤ 平，指周平王。平王时国势衰颓，从镐京迁到洛阳。这句就是指这事。

⑥ 繄（yī），发语词，与“维”字的用法相同。二国，指晋、郑。《左传》上说：“我周之东迁，晋、郑焉依。”在古史上认为周王室的危而复安，是由于中原同姓诸侯的拥护，晋、郑两国是其中主要的。祐，同“佑”，帮助，支持。

⑦ 懋，与“茂”同义，隆盛。这两句说：难道当时没有邪僻的君主吗？依赖先代贤王的余荫，所以才能保住兴隆。

⑧ 圉（yǔ）、北，圉门、北门，是周王城的城门。

⑨ 惠，指周惠王，当时惠王被逐，郑伯拥戴惠王，和虢（guó）伯分别从两门攻进。惠王是这样被两国护送复辟的，所以称为“纳惠”。这几句是叙述周东迁以后王室的内乱史事。按周平王东迁后，王室的威信逐步下降。到了庄王，有个庶出的儿子名叫子颓，颇有势力，庄王死后，他的孙子惠王在位，子颓和惠王争夺王位，各有党羽。燕、卫两国拥护子颓，虢、郑两国则拥护惠王。结果子颓失败。

⑩ 乐祸，子颓一度称王，尽情歌舞，郑伯就以“乐祸”的罪名声讨他。

⑪ 尤，谴责。惠王复辟以后，郑伯也在阙西作乐，同样受到批评。効，与“效”古通；效，效法。戾，罪恶。

⑫ 重，指晋文公重耳。带，指太叔带。襄，指周襄王。这是叙述周王室又一次内乱。惠王的下一代是襄王，他又有一个和他争位的兄弟名叫太叔带。太叔带率领狄人，迫使襄王退位出奔。后来晋文公要争取霸主的资格，以“勤王”为名，援助襄王复辟，太叔带就被杀了。参阅《述行赋》注。

⑬ 弘，推广。古人认为襄王是嫡子，应该继承王位；太叔带又率领外族入侵，所以晋文公援助襄王，是助“顺”而不是助“逆”，因而被认为霸主。

⑭ 灵，指周灵王。谷、洛两条河改道合流，水势汹涌，好像两相争斗。灵

王准备筑堤壅塞水势。

⑮ 晋，指太子晋。当时太子晋劝他不要这样做，但灵王没有听他。在古代认为这是一种灾变，象征政事的衰败。所以说太子晋是发挥正义而进言。

⑯ 咨，嗟叹。景，指周景王。悼，指王子猛，是敬王的同母兄，即位不久即死。丐，敬王名，景王子。

⑰ 陵迟，走下坡路。弥，更。季，衰世。这里说：从景王、悼王到敬王，越来越衰败。

⑱ 庶朝，指周景王的庶出长子王子朝。王子朝与嫡子子猛、丐争位，王子朝曾经一度为王，但因晋国反对，终于被逐，仍立丐为王（参阅《述行赋》注）。这句意思说：庶子王子朝造成叛乱，图谋杀害王子猛（悼王）和丐（敬王）而篡位。干，篡夺。

⑲ 十叶，十代。赧（nǎn），指周朝末代王赧王。这句说：又经过十代，到了赧王。赧王时代，所剩的国土已经不多，还分为两部分，另外在巩邑成立东周，所以说邦分崩而为二。

⑳ 噬（shì），吞食。虎口，指秦。战国时代，各国都把秦国比作虎狼。东西二周毕竟都被秦所灭。

㉑ 神器，帝位，统治权。这句说：断送了文王武王传下来的统治权。

澡孝水而濯缨①，嘉美名之在兹②。夭赤子于新安③，坎路侧而瘗之④。亭有千秋之号，子无七旬之期⑤。虽勉励于延、吴⑥，实潜恸乎余慈⑦。

【注释】

① 孝水，水名。在洛阳西十余里。缨，系冠的带子。意思说：因为水清，就在这里清洗一下尘土。用《孟子》“沧浪之水清兮，可以濯我缨”语。

② 这句意思说：喜爱这里孝水的好名字。

③ 夭（yāo），短命而死。赤子，婴儿，指自己的小儿子。新安，今属河南。

④ 坎，挖坑。瘞(yì)，埋葬。

⑤ 这一联说：亭虽名为千秋，而小孩子还没有活到七十天。据潘岳另一篇文章说：他的小儿子是三月间生的，五月间前往长安，路过新安县的千秋亭，小儿子病了，耽搁三天，终于死去。

⑥ 延，指春秋时的延陵季子(吴国的季札)到齐国去，儿子在路上死了，就在当地浅浅埋下。吴，指《列子》书中所载的魏人东门吴。他的儿子死了，却不伤心。有人问他什么原故，他说：我没有儿子的时候，并不发愁，现在也不过和没有儿子的时候一样，何必发愁呢？

⑦ 潜，暗中。这里说：尽管勉强学季札和东门吴的榜样，实在由于慈爱的心肠，而暗中伤痛。

眄山川以怀古[①]，怅揽辔于中涂[②]。虐项氏之肆暴[③]，坑降卒之无辜[④]。激秦人以归德，成刘后之来苏[⑤]。事回沇而好还，卒宗灭而身屠[⑥]。

【注释】

① 眄(miǎn)，瞻望。

② 揽辔，勒住马缰，停车缓进。

③ 虐，这里作为项羽行为太暴虐的评价。肆，极，任意而为。

④ 坑，埋。项羽击败秦军以后，接受了秦军的投降，又恐怕他们谋叛，乘其不备，将二十几万已降的秦军都打死了，挖了一个大坑，埋在新安城南。

⑤ 刘后，指汉高帝刘邦。古人称天子亦称后。来苏，摘引《书·仲虺之诰》“后来其苏”一语。意思是在暴君压迫之下，盼望有一个好的君主来，可以获得苏息。这句说：项羽的暴行，激起了秦人归向刘邦，正好成全了刘邦。

⑥ 回沇(jué)，邪僻。这句说：邪僻的事终久自食其报。项羽败于乌江，自杀后被人分尸，家族也被消灭了。

经渑池而长想[①]，停余车而不进。秦虎狼之强国[②]，赵侵弱之余烬[③]，超入险而高会，杖命世之英蔺[④]。耻东瑟之偏鼓，提西缶而接刃[⑤]；辱十城之虚寿[⑥]，奄咸阳以取儁[⑦]。出申威于河外[⑧]，何猛气之咆勃[⑨]；入屈节于廉公，若四体之无骨[⑩]。处智勇之渊伟[⑪]，方鄙吝之忿悁[⑫]，虽改日而易岁，无等级以寄言[⑬]。

【注释】

① 渑(miǎn)池，今属河南。这一段因经过渑池而想到蔺相如、廉颇的事。

② 这句说：秦国已经很强盛，有如虎狼，其余六国都受到威胁。

③ 烬，烧残的余木。余烬，比喻大败后的残存力量。但这时赵国还没有直接受秦军的侵犯，这是概括以后局势而言的。

④ 高会，相会。秦王约赵王相会于渑池，这在赵国是一件危险的事，因为不久以前，秦王就是把楚怀王扣留不放的。这里说：在非常冒险的情况下，居然能够高会，是仗着盖世英才蔺相如。超，超然不群意。命世，一世少有。

⑤ 东，指赵。西，指秦。在渑池会中，秦王请赵王鼓瑟，而蔺相如请秦王击缶，秦王却不肯，蔺相如认为这是赵国的耻辱，便用威胁的语气请秦王击缶，秦王的左右侍卫几乎要对蔺相如使用武力。提缶、接刃，即指这一紧张场面。

⑥ 寿，献礼。秦王的大臣们请赵国献出十五座城池为秦王寿，这又是对赵国故意侮辱。所谓“为秦王寿”，不过口头的空话。所以说“虚寿”。

⑦ 奄(yǎn)，占有。取儁，取得优胜，占上风。儁同“俊”。这句指蔺相如提出请秦国献出都城咸阳，比秦国对赵国的侮辱更厉害，这样就占了上风。

⑧ 申威，申张威风。河外，指渑池，因在黄河以南，古代称为河外。

⑨ 咆勃，愤怒貌。这里指蔺相如不屈于强秦。

⑩ 廉公，指廉颇。他仗着战功，看不起蔺相如，不甘心位居蔺相如之下，

扬言要羞辱他。蔺相如不和他计较，避免和他见面，蔺相如的门客都认为他太懦弱。他说：秦国所以不敢欺赵国，就是为了有我们两人在，两虎相斗，必有一伤。我并非懦弱，而是以国事为重。廉颇受了他的感动，负荆请罪，结成生死之交。这里说：在渑池会上何等威猛？对于廉颇却又这样柔若无骨。

⑪ 处，处理事情。渊伟，深沉而伟大。这句说：以他深博的智勇处理公私关系。

⑫ 方，比较。忿悁（juān），愤怒躁急。这句说：和廉颇的鄙浅躁急相比较。

⑬ 等级，差别。这里说：两人气量的距离，即使以短短的一天比长长的一年，还觉得不够表示等级间的差别。

当光武之蒙尘①，致王诛于赤眉②。异奉辞以伐罪③，初垂翅于回溪④；不尤眚以掩德⑤，终奋翼而高挥⑥。建佐命之元勋⑦，振皇纲而更维⑧。

【注释】

① 光武，指汉光武帝刘秀。蒙尘，皇帝遭难。这里感述渑池附近地方的另一史事。

② 赤眉，西汉末农民起义军。因在眉间涂赤色为号，故称。旧时统治者把起义者一律诬为盗贼，所以说“致王诛”，意思是行帝王的诛伐。

③ 异，指光武帝所派的征西将军冯异，担任与赤眉军作战。“奉辞伐罪”是《书·大禹谟》中的成语。

④ 垂翅，受挫，吃败仗。冯异与赤眉军初次接触，在回溪阪大败，以后才转败为胜。光武帝写信给他说：“始虽垂翅回溪，终能奋翼渑池。”

⑤ 尤，责怪。眚（shěng），过失。《左传》中秦穆公说：“吾不以一眚掩大德。”意思是：不为小的过失抹杀大的好处。穆公事见下文。

⑥ 挥，同“翚”，飞。

⑦ 佐命,帮助帝王建立基业。元勋,首功。
⑧ 皇纲,朝廷的政令纪纲。更维,重新结起来。指东汉重新建立了统治。

登崤坂之威夷[①],仰崇岭之嵯峨[②]。皋托坟于南陵[③],文违风于北阿[④]。蹇哭孟以审败[⑤],襄墨缞以授戈[⑥]。曾只轮之不反[⑦],缧三帅以济河[⑧]。值庸主之矜愎[⑨],殆肆叔于朝市[⑩]。任好绰其余裕[⑪],独引过以归己[⑫]。明三败而不黜[⑬],卒陵晋以雪耻[⑭]。岂虚名之可立?良致霸其有以[⑮]。

【注释】

① 崤(yáo),崤山,在渑池以西,陕县以东。威夷,即“逶迤”,曲折貌。
② 嵯峨,高峻貌。这里描写由平地逐步登上山坡,抬头看见山峰插天,另是一番景象。
③ 皋,夏朝一个君主的名字。托,李注本作“记”,今从五臣本。
④ 文,指周文王。这一联是《左传》上秦国大夫蹇叔的话,他说:殽有二陵,南陵是夏后(王)皋的坟墓。北陵是周文王在此避风雨的地方。托坟,依山而建坟墓。违风,避风。陵,阿,山丘。
⑤ 蹇,指蹇叔。孟,指秦将孟明。秦穆公派了孟明等三个将领去侵袭郑国,间接就是向晋国挑衅,蹇叔认为这种战争注定要失败。军队出发时,蹇叔哭着送行,预言晋军必定在崤山一带阻击,结果秦军必至全军覆没。后来果然应验了。
⑥ 襄,指晋襄公。这时晋文公刚死,他的儿子襄公还穿着丧服,立刻出兵击秦。墨缞(cuī),黑色的丧服。授戈,分配兵器,古代集合军队的准备。
⑦ 这句说:这次战役,秦军大败,没有匹马只轮幸免的,这是据《公羊传》的记载。
⑧ 缧(xiè),捆缚。这次战役,三个秦军将领都被晋军俘虏,渡河押解到

晋国。

⑨ 矜愎(bì),固执自大,不肯认错。

⑩ 肆,陈列。古代杀罪人要在朝市之中陈尸示众。叔,指蹇叔。这里说:假使遇到一个庸劣的君主,必定会恼羞成怒,杀掉蹇叔。

⑪ 任好,秦穆公名。绰,宽阔貌。意思说秦穆公度量宽宏。

⑫ 引过归己,把过失归在自己身上。

⑬ 明,指孟明。《左传》上所记只败过两次,说三败是约举大概的说法。黜,免职。

⑭ 陵,制服。指后来孟明毕竟打败了晋军。

⑮ 良,诚然。这两句是说:难道名声是可以虚传的吗,秦穆公之所以成为霸主,是有原因的。

降曲崤而怜虢①,托与国于亡虞②。贪诱赂以卖邻,不及腊而就拘③。垂棘反于故府,屈产服于晋舆④。德不建而民无援,仲雍之祀忽诸⑤。

【注释】

① 曲崤,地名,属于春秋时的虢国。虢,在今山西平陆境。这里是追想虞、虢两国亡国的故事。

② 托,寄身;指虢公丑被晋灭后奔虞事。与国,盟国。虞、虢是很接近的邻邦,在晋国灭亡两国前,一向唇齿相依。

③ 这两句,指晋灭虢、虞故事。晋国用美玉和骏马向虞国行贿,请求假道伐虢,虞公贪贿,出卖了盟国。等到晋军得胜而回,便借口虢公逃亡在虞,顺便就把虞也灭了。虞国大夫宫之奇曾经苦口劝过虞公,说:如果中了晋国之计,等不到过腊月,就要亡国,结果便是如此。

④ 垂棘、屈产,就是晋国送给虞国的美玉和骏马。这里说:玉仍旧收回晋国的府库,马也仍旧替晋国驾车了。

⑤ 仲雍,周太王次子,武王的叔祖,虞国是武王分封给仲雍后嗣的。祀,

宗庙祭祀，这里作封地的象征。忽诸，忽然而亡。这是运用《左传》成语："皋陶庭坚，不祀忽诸，德之不建，人之无援。""德之不建"两句，意思是：不树立恩德，就没有人支援。

我徂安阳，言涉陕郛[①]，行乎漫渎之口，憩乎曹阳之墟[②]。美哉邈乎！兹土之旧也，固乃周、邵之所分[③]，二南之所交[④]。麟趾信于关雎，驺虞应乎鹊巢[⑤]。

【注释】

① 陕，即今河南陕县。郛，外城。安阳，与下漫渎、曹阳，都是附近地名。

② 憩(qì)，休息。

③ 周、邵，指周公和邵公。周朝初年，周公、召公分掌政事，陕以东归周公，陕以西归召公。邵，亦作"召"。

④ 二南，《诗经》的《国风》中有《周南》与《召南》两地的诗歌。

⑤《关雎》，《周南》的首篇；《麟趾》是末篇。《召南》的首篇是《鹊巢》，末篇是《驺虞》。这里说：《麟趾》由《关雎》而得到证实，而《驺虞》又与《鹊巢》遥遥相应。这是古人所歌颂的太平盛世，所以这里特别使用赞美的语气。

愍汉氏之剥乱[①]，朝流亡以离析[②]。卓滔天以大涤[③]，劫宫庙而迁迹[④]。俾万乘之盛尊，降遥思于征役[⑤]。顾请旋于傕、汜，既获许而中惕[⑥]；追皇驾而骤战[⑦]，望玉辂而纵镝[⑧]。痛百寮之勤王[⑨]，咸毕力以致死[⑩]，分身首于锋刃，洞胸腋以流矢[⑪]；有褰裳以投岸，或攘袂以赴水[⑫]；伤桴檝之褊小[⑬]，撮舟中而掬指[⑭]。

【注释】

① 剥，分裂。

② 离析，四分五裂。

③ 卓，指东汉末年的董卓。涤，冲洗。这句说：董卓带来的祸害如同漫天大水的冲洗一样。

④ 宫庙，朝廷。这是指董卓逼迫汉帝放弃洛阳，迁都长安。

⑤ 万乘，皇帝的代称。这里说：叫皇帝也放下了尊严的架子，和平常行路人一样有迢迢长路的感慨。

⑥ 傕，李傕；汜，郭汜；是董卓部下两个将领。董卓被杀以后，他们应允皇帝迁回洛阳，但以后又变了计，将皇帝百官拘押。这里说的是这件史事。中惕，中途翻悔。

⑦ 骤战，指李傕等人追赶皇帝，和保皇官军在曹阳地方大战。

⑧ 玉辂（lù），皇帝坐的车辇。镝（dí），箭头。这是说：直接对皇帝进行攻击。

⑨ 勤王，出力援助王室。

⑩ 毕力，竭尽一切力量。

⑪ 洞，穿透。

⑫ 攘袂，捋起袖子。

⑬ 桴（fú），木筏。檝（jí），小船。

⑭ 撮（cuō），收集。掬，用手把握。《左传》上记晋军被楚军击败，纷纷溃退，争先渡河，船上的人恐怕船要翻，只得拔出刀来砍掉那些攀住船舷的人的手，以至“舟中之指可掬也”。

升曲沃而惆怅[①]，惜兆乱而兄替[②]；枝末大而本披[③]，都偶国而祸结[④]。臧、札飘其高厉[⑤]，委曹、吴而成节；何庄、武之无耻[⑥]，徒利开而义闭[⑦]！

【注释】

① 曲沃，在山西闻喜，春秋晋国土地。晋曾派将守御桃林之塞以防秦，因系以曲沃来的人守桃林，故桃林亦被称为曲沃。桃林在今河南及陕西

交界处。

② 替,衰落。这句指当初晋国分封在曲沃的成师,原是小兄弟;后来愈来愈强大,而长兄仇的一支倒灭亡了。在兄弟命名的时候,已经有了祸事的预兆。这都是《左传》上的话。

③ 本,树的主干。披,倾倒。这是以树木作比,枝太大了,树身就会倒。

④ 都,城邑;偶国,与国家的势力相等。在封建的国家里,所分封的城邑,若与它的宗主形成对等力量,必然造成兵连祸结的局势。

⑤ 臧,指春秋时曹国的公子臧。札,指吴国的季札。两人都是因不肯和人争国位而远远离开的。高厉,远走高飞。

⑥ 庄、武,指春秋晋国的庄伯和武公,都是成师的后代;由曲沃兴师,征服了仇的后代。

⑦ 替、闭,本来是去声,但古人这类的字是可以与入声相通的,所以可以与"结"、"节"二字同押。

蹑函谷之重阻①,看天险之衿带②,迹诸侯之勇怯③,筭嬴氏之利害④:或开关以延敌,竞遁逃以奔窜⑤;有噤门而莫启,不窥兵于山外⑥。连鸡互而不栖⑦,小国合而成大⑧。岂地势之安危?信人事之否泰⑨。

【注释】

① 蹑(niè),脚踏。重阻,层层险阻。

② 衿,衣领相交之处。衿带,用衣服比喻地势的扼要。函谷关是著名的险要地方,战国时秦国所倚仗为出攻入守的战略要地。

③ 迹,追踪。

④ 筭,同"算"。嬴氏,秦王室姓嬴。这里意思说:秦国根据各国勇怯之不同,而计算各种不同的对付方法的利弊。

⑤ 这里说:有时秦国敞开关门,静待敌人,而列国都不敢进攻,纷纷逃窜。

⑥ 这里说：有时则紧闭关门，不向东方窥伺。噤，紧闭。山外，指秦国以东的地方。

⑦ 连鸡，指小国的连横。《战国策》："诸侯之不可一，犹连鸡之不能俱止栖。"是说各国联合，终不能齐心协力，团结抗秦。

⑧ 这句说：但如果小国真的联合起来，仍然可以成为一股大的力量。

⑨ 否（pǐ）泰，是《易经》的两个卦名。否，闭塞。泰，通畅。这里说：难道地势决定安危吗？实在还是因为人事有利有不利啊。

汉六叶而拓畿①，县弘农而远关②。厌紫极之闲敞③，甘微行以游盘④。长傲宾于柏谷，妻睹貌而献餐⑤；畴匹妇其已泰⑥，胡厥夫之缪官⑦！昔明王之巡幸，固清道而后往⑧；惧衔橛之或变，峻徒御以诛赏⑨。彼白龙之鱼服，挂豫且之密网⑩。轻帝重于天下，奚斯渐之可长⑪？

【注释】

① 六叶，六代，西汉到了武帝是第六个皇帝。这里由函谷关又追怀汉武帝的史迹。畿，封建时代国都附近的区域。

② 这句说：汉武帝为了要扩展都城附近的区域，把函谷关移到新安，以旧关为弘农县。

③ 紫极，皇宫的代称。

④ 微行，化装作平民游行。盘，游乐。这里说：在宽敞的皇宫里住得厌烦了，反而情愿私自出游。

⑤ 长，指柏谷地方的亭长。这里是说武帝出游，在柏谷地方，被亭长拒绝了，投宿旅店，受到窘辱，旅店女主人却看出武帝相貌不像平常人，做了好的饭菜招待。

⑥ 畴，与"酬"同义。泰，过分。

⑦ 胡，与"何"同义。这里说：武帝后来报酬这个女主人一笔重金，已经未免过分，为什么还给她丈夫官做呢？谬官，是说给予官职是不合

理的。

⑧ 这里意思说：从前贤明的君主出巡，先要清道警戒。

⑨ 衔橛，马口中的嚼铁。这里说：唯恐马惊遭到意外，所以对于驾车和护卫的人规定严格的赏罚。封建时代认为这是保护君主安全的好办法。

⑩ 豫且(jū)，古传说中的力士。据《说苑》：白龙变成鱼，被一个名叫豫且的人射中了眼睛。比喻帝王化装出游，有被人谋害的危险。

⑪ 这里意思说：在天下人面前自己不尊重皇帝的威严，这种作风怎么可以发展呢？

吊戾园于湖邑①，谅遭世之巫蛊②。探隐伏于难明，委谗贼之赵虏③。加显戮于储贰④，绝肌肤而不顾⑤。作"归来"之悲台⑥，徒"望思"其何补？

【注释】

① 戾园，武帝太子的墓地，戾是他的谥号。湖邑，今河南阌乡附近。

② 巫蛊(gǔ)，古代传说中咒人致死的法术。《汉书》中说：武帝晚年多病，疑心有人用巫蛊术咒他，派江充去密查。江充平日与太子有嫌怨。趁此诬陷太子，说在太子宫里找到证据，太子急了，用武力抵抗，把江充杀了。于是皇帝的武力和太子的武力发生一场混战，太子战败，逃到湖邑地方自杀。这句意思说：实在是遭遇了世间所谓巫蛊的横祸。

③ 赵虏，指江充。他原是赵王手下的人，因为告密得到武帝的信任，太子因此骂他作"赵虏"。汉朝人常用"虏"字骂人。这里意思说：所谓巫蛊的案子本来是没有踪影可以追究的，武帝却交给这样一个阴险进谗的人去办。

④ 储贰，皇位继承者。

⑤ 肌肤，骨肉之亲。这里意思说：杀了自己的继承人，连骨肉之亲也不顾惜而决绝了。

⑥ 悲台，指武帝在湖邑所建的“归来望思之台”。武帝后来知道太子冤死，筑思子宫和望思台表示悼念。下句“望思”，即指台名。

纷吾既迈此全节，又继之以盘桓①。问休牛之故林，感征名于桃园②。发阌乡而警策③，愬黄巷以济潼④。眺华岳之阴崖⑤，觌高掌之遗踪⑥。忆江使之反璧，告亡期于祖龙⑦。不语怪以征异，我闻之于孔公⑧。

【注释】

① 全节，一名全鸠里，在阌乡东。戾太子死处。这里说：我怀着纷乱的心情，走到这个地方，又停留了一个时期。

② 休牛，放牛。《书·武成》篇上说：周武王灭商后，放牛于桃林之野，表示不再用兵。这里意思说：访问那个放牛的旧林，与现在桃园的地名相印证，发生一种感想。

③ 警策，扬起马鞭。

④ 愬（sù），通“溯”，趋向。黄巷，潼水的渡口，在陕西华阴境。

⑤ 阴崖，山的峭壁。

⑥ 高掌之遗踪，古传说，华山有仙人的手掌印。

⑦ 祖龙，指秦始皇。秦始皇南巡，投一块玉璧祭江神。以后始皇的使者走到华阴地方，有人把这块璧交给他，叫他带信说：“明年祖龙死。”祖，射“始”字；龙，是帝皇之象，“祖龙”，即是始皇两字的隐语。

⑧ 孔公，指孔子。《论语》上说：“子不语怪力乱神。”

愠韩、马之大憝①，阻关、谷以称乱②。魏武赫以霆震③，奉义辞以伐叛④。彼虽众其焉用？故制胜于庙算⑤。砰扬桴以振尘⑥，缅瓦解而冰泮⑦。超遂遁而奔狄⑧，甲卒化为京观⑨。

【注释】

① 愠（yùn），愤恨。韩、马，指三国时的西凉地方军首领韩遂和马超。憝（duì），凶恶。

② 关、谷，指潼关和函谷。这里是指韩遂、马超据险反抗曹操的那件史事。潘岳是站在曹操这边说话的。阻，据守险要。

③ 魏武，指曹操。赫，大怒。霆震，比喻发怒如同打雷。

④ 义辞，正当的理由。

⑤ 庙算，朝廷的策略。这里说：曹操名正言顺，对方的兵力虽多也无用，早已有必胜的把握了。

⑥ 砰，鼓声。桴，这里作鼓槌解。

⑦ 缅，破裂的声音。泮，冰融化。这里说：这一方面擂鼓扬尘，那一方面就瓦解冰消，纷纷溃散。

⑧ 狄，指西凉。韩遂马超败后，奔回凉州。

⑨ 京观，古代战胜者于战事结束后，收集阵亡的敌兵尸体埋在一个高坟里，名为京观。京，高大。观（guàn），土台。

倦狭路之迫隘，轨崎岖以低仰[①]；蹈秦郊而始辟，豁爽垲以宏壮[②]。黄壤千里，沃野弥望[③]。华实纷敷，桑麻条畅[④]。邪界褒、斜[⑤]，右滨汧、陇[⑥]，宝鸡前鸣[⑦]，甘泉后涌[⑧]；面终南而背云阳[⑨]，跨平原而连嶓冢[⑩]。九嵕巀嶭，太一巃嵸[⑪]；吐清风之飂戾[⑫]，纳归云之郁蓊[⑬]。南有玄灞素浐[⑭]，汤井温谷[⑮]；北有清渭浊泾[⑯]，兰池周曲[⑰]。浸决郑、白之渠[⑱]，漕引淮海之粟[⑲]，林茂有鄠之竹[⑳]，山挺蓝田之玉[㉑]。班述"陆海珍藏"[㉒]，张叙"神皋隩区"[㉓]。此西宾所以言于东主[㉔]，安处所以听于凭虚也，可不谓然乎？

【注释】

① 这里说：以前走的山路，又狭窄又高低不平。

② 垲(kǎi),高燥的土地。这里说:踏进秦地的郊野,感觉豁然开朗,气势宏壮。

③ 这里说:秦地宽广肥沃。

④ 这里说:秦地农作物茂盛。

⑤ 邪,同“斜”。褒斜(yé),指褒谷和斜谷,长安东南山谷名。两谷从东北斜向西南,所以说“邪界”。

⑥ 汧(qiān),水名,也是山名。陇,山名。汧、陇都在长安之西,所以说“右滨”。

⑦ 宝鸡,即今陕西宝鸡。在长安之南,所以说“前”。这个地名由来于古代的神话,据说当地有神,声音像野鸡叫。

⑧ 甘泉,在长安北,所以说“后”。

⑨ 终南,即秦岭。在长安南,故称终南山。云阳,古县名,在长安北,即今淳化境。

⑩ 嶓(bō)冢,山名,一在陕西南部汉中地区,一在甘肃东部。两山都在长安近境,这里不知是指哪一山。

⑪ 九嵕(zōng),山名,在陕西醴泉。太一,终南山的别名。巀嶭(jié niè)、嵸(lóng zōng),山峰高峻貌。

⑫ 飂(liáo)戾,形容风声。

⑬ 郁蓊,形容云气。这里写风云,含有山川高深的意思。以上专叙秦地的山。

⑭ 灞、浐,长安附近两水名。水的颜色一黑一白,所以分别用“玄”、“素”两字形容。

⑮ 汤井温谷,指骊山的温泉。

⑯ 清渭浊泾,相传渭、泾两条水有清、浊的区别。两水均在长安附近。

⑰ 兰池、周曲,长安附近的池沼。

⑱ 浸,灌溉。决,引水。郑、白是两个水利工程师的姓,渠因他们而得名。

⑲ 这句说:淮水流域及沿海地方的粮食都由水道运来。

⑳ 鄠(hù),即今陕西鄠县。古语单字的国邑名往往加冠一“有”字。

㉑ 蓝田,今陕西蓝田,古以产玉出名。

㉒ 班,指班固。"陆海珍藏",是班固《西都赋》里的话,陆海,是说陆地上的物产和海一样广多。

㉓ 张,指张衡。"神皋隩区",是张衡《西京赋》里的话,"神皋"与"神州"同义,隩,同"奥",都是夸大地方美好的词句。

㉔ 西宾,《西都赋》中假设西都宾与东都主人问答。下"安处"和"凭虚",是《西京赋》所假设的凭虚公和安处先生。

劲松彰于岁寒,贞臣见于国危[①]。入郑都而抵掌[②],义桓友之忠规[③]。竭股肱于昏主[④],赴涂炭而不移[⑤];世善职于司徒[⑥],缁衣弊而改为[⑦]。

【注释】

① 这里说:国家在危难中,才显出忠臣,如同冬天才显出松树的强健。上句出自《论语》:"岁寒然后知松柏之后凋。"下句出自《老子》:"国家昏乱有贞臣。"

② 郑都,指春秋郑国原来的国境,即今陕西华县附近。后周朝东迁,又建国在今河南郑州,是为新郑。抵掌,拍手。

③ 桓友,郑桓公名友,作周幽王的司徒,曾向幽王进忠告。

④ 股肱,腿和膀子;古语以臣子比作君主的股肱。

⑤ 这里说:对昏君尽忠,结果和他一同被杀。

⑥ 司徒,周朝三公中的一员,相当于宰辅。郑桓公的儿子武公继续担任司徒,也能尽忠职务。

⑦ 缁衣,武公任职时的衣服。《诗·郑风》的第一篇《缁衣》:"缁衣之宜兮,敝予又改为兮。"诗意说:如果破了,我们愿意再做一件。这是诗人歌颂他的贤德,祝他长久任职。弊、敝二字通用。

履犬戎之侵地[①],疾幽后之诡惑[②]。举伪烽以沮众[③],淫嬖褒以纵慝[④];军败戏水之上[⑤],身死骊山之北。赫赫宗周，威为亡国[⑥]。

【注释】

① 犬戎，周代西方少数民族。西周末，犬戎攻杀周幽王于骊山，侵地，即指此。

② 幽后，指周幽王。幽王宠爱褒姒，屡次举起告急的烽火，骗得诸侯发兵来救援，博得她的一笑，后来犬戎真来攻击，诸侯的援兵一个也不来了，结果被杀在骊山之下。这几句都是说这段史事。下"嬖褒"，即指褒姒。

③ 沮(jǔ)，使人失望。

④ 慝(tè)，邪恶。

⑤ 戏水，在今陕西临潼附近。

⑥ 这里说：有名的周朝竟被褒姒送掉了。语出《诗·小雅·正月》："赫赫宗周，褒姒威之。"威，同"灭"。宗周，意即天下所拥戴的周朝。

又有继于此者，异哉秦始皇之为君也！倾天下以厚葬，自开辟而未闻[①]。匠人劳而弗图，俾生埋以报勤[②]。外罹西楚之祸[③]，内受牧竖之焚[④]。语曰：行无礼必自及[⑤]。此非其效与[⑥]？

【注释】

① 这里，指秦始皇骊山的陵墓，穷奢极侈，是开天辟地以来所不曾有过的。

② 这里说：对筑墓工人的劳苦，不加体恤，反而把他们活埋在里面，算是酬报他们的辛勤。

③ 西楚，指西楚霸王项羽。他到了关中，烧毁了秦的一切建筑。

④ 牧竖之焚，据刘向说：骊山陵墓留有一个洞穴，本来没有人知道，有一次放羊的小孩失了一只羊，追踪到这里，以为羊失足掉了下去，点了火

把进去寻找，火种遗落在里面，就把内部也烧毁了。竖，小孩。

⑤ 行无礼必自及，是《左传》上引古书的话，就是说：做了不讲道理的事，一定要自食其报。

⑥ 效，证明。按，这一段和下一段夹入散行的格调，文势极有变化。

乾坤以有亲可久①，君子以厚德载物②。观夫汉高之兴也，非徒聪明神武、豁达大度而已也③；乃实慎终追旧④，笃诚款爱；泽靡不渐，恩无不逮⑤。率土且弗遗⑥，而况于邻里乎？况于卿士乎？

【注释】

① 乾、坤，是《易经》上最基本的两个卦。这句说：天地间的道理，由于亲爱团结，才能维持久远。

② 君子以厚德载物，也是《易经》上的话。以地的厚重能载万物，比喻君子的道德。

③ 非徒，非但。聪明神武，豁达大度，都是《汉书》称颂汉高祖的话。

④ 慎终，关怀人的死。追旧，不忘旧情。

⑤ 渐（jiàn），浸润。这里说：恩惠没有不沾到的。逮，达到。

⑥ 率土，普天下。

于斯时也，乃摹写旧丰，制造新邑①；故社易置，枌榆迁立②。街衢如一，庭宇相袭；浑鸡犬而乱放，各识家而竞入③。

【注释】

① 新邑，指新丰。汉高祖的家乡，是沛郡丰邑。他的父亲想念家乡，他就按照丰邑的模样，在长安附近建造了一座新丰城，把丰邑的饮食店、小商贩也都搬了过来。

② 枌榆，丰邑的社树。古代一个地方立一个社，是祭神的地方，也是人们聚会的地方。一个社必有一种树作代表。枌（fén），白榆。

③ 这里极写新丰和丰邑的酷似。据《西京杂记》说：新丰的建造出于一个著名工程师吴宽之手，他能把旧的丰邑街道房屋都照样仿造出来，以至鸡狗混合起来，仍然各自认识自己的家。

籍含怒于鸿门[①]，沛局蹐而来王[②]。范谋害而弗许，阴授剑以约庄[③]。擵白刃以万舞[④]，危冬叶之待霜[⑤]。履虎尾而不噬[⑥]，实要伯于子房[⑦]。樊抗愤以卮酒[⑧]，咀彘肩以激扬[⑨]。忽蛇变而龙摅[⑩]，雄霸上而高骧。曾迁怒而横撞，碎玉斗其何伤[⑪]？

【注释】

① 籍，项羽名。鸿门，即在新丰附近，在今陕西临潼东，刘项鸿门宴即在此地。

② 沛，指刘邦。初起事时，刘邦称沛公。局蹐，低头弯腰。来王，来朝。

③ 范，指范增。庄，指项庄。范增坚请项羽杀刘邦，不许；便暗地令项庄以舞剑为名，刺杀刘邦。

④ 擵（lǐn），挺起。万舞，舞名。

⑤ 这句说：刘邦的生命危于冬叶之待霜。

⑥ 噬（shì），咬。这句话出在《易经》，意思是：在虎口中逃生。

⑦ 伯，指项伯。子房，张良字。这句说：全靠项伯和张良。按，项伯是张良的朋友，项庄起舞时，项伯也起舞来掩护刘邦。

⑧ 樊，指樊哙。卮（zhī），酒杯。

⑨ 咀（jǔ），嚼。彘（zhì）肩，猪腿。这里是叙樊哙闻讯，愤怒奔入，项羽赐他酒肉，他慷慨地指责项羽的事。

⑩ 摅（shū），伸展。这句是说刘邦逃脱后，就从此升腾得志了。

⑪ 曾，同“增”，即范增。他见项羽不听其计，愤愤地将玉斗击碎。玉斗是

刘邦赠送他的礼品。这里意思说：范增迁怒于玉斗，将它撞碎以泄愤，但这对刘邦又有什么损害呢！

婴罥组于轵涂，投素车而肉袒[①]。踈饮饯于东都，畏极位之盛满[②]。金墉郁其万雉[③]，峻崄峭以绳直[④]。戾饮马之阳桥[⑤]，践宣平之清阈[⑥]。都中杂遝[⑦]，户千人亿；华夷士女，骈田逼侧[⑧]。展名京之初仪，即新馆而莅职[⑨]；励疲钝以临朝[⑩]，勖自强而不息[⑪]。

【注释】

① 婴，指秦朝的末代皇帝子婴。罥(juàn)，系，挂。刘邦攻入关中，子婴用绳子系在自己颈上，在长安城外的轵道旁投降。素车白马和肉袒都是屈服的表示。肉袒，脱去一边衣服。投，从车上下来。

② 踈，指汉朝的踈广、踈受两叔侄，踈广为太子太傅，受为少傅；深恐自己地位太高，好像水盛得太满就会漫溢出来，于是坚决告老回乡，临走的时候，满朝的官都在东都门外把酒饯行。东都，指长安东门。以上两件史事都发生在长安的东郊，作者行程至此，因而就地叙史。

③ 金墉，形容城墙坚固，好像金属铸成的。郁，堆积。雉，古代以城高三丈、长一丈为一雉。万雉，极言其高大。

④ 崄(yàn)峭，高峻貌。这两句描写长安城垣。

⑤ 戾，到达。饮马，桥名，在长安城东七里渠上。阳桥，“桥阳”的倒词，指桥的南面。

⑥ 宣平，城门名，为长安东北门。阈(yù)，门限。清，形容门的华丽清洁。

⑦ 杂遝(tà)，繁忙众多貌。

⑧ 骈田逼侧，形容拥挤。

⑨ 这里说：自己初次和这座有名的都城见面，在新的馆舍中就县令的职。

⑩ 临朝，指升堂视事。

⑪ 勖(xù),勉励。

于是孟秋爰谢[①],听览余日[②],巡省农功,周行庐室[③]。街里萧条,邑居散逸。营宇寺署[④],肆廛管库[⑤],蕞芮于城隅者,百不处一[⑥]。所谓尚冠[⑦]、修成,黄棘、宣明,建阳、昌阴,北焕、南平,皆夷漫涤荡[⑧],无其处而有其名。尔乃阶长乐[⑨],登未央[⑩],泛太液[⑪],凌建章[⑫];萦驱娑而款骀荡,轥枍诣而轹承光[⑬];徘徊桂宫,惆怅柏梁[⑭]。鹜雉雊于台陂[⑮],狐兔窟于殿旁[⑯];何黍苗之离离[⑰]而余思之芒芒[⑱]!洪钟顿于毁庙[⑲],乘风废而弗县[⑳];禁省鞠为茂草[㉑],金狄迁于灞川[㉒]。

【注释】

① 孟秋,秋季的第一个月,就是阴历七月。爰,语助字,一般用在动词之上。

② 听,指听讼。览,看公文。这些是旧时代县官的主要职务。

③ 以上四句是说:七月底有了闲工夫,就视察农事,周历民居。

④ 寺,汉朝人称官署为“寺”。

⑤ 肆廛,店铺。管库,仓库。

⑥ 蕞芮(zuì ruì),稀少渺小貌。这句是说:当时这些建筑,只有一小撮留在城的一隅,抵不上从前百分之一了。

⑦ 尚冠,连同下七处,都是汉朝长安城内的里名。

⑧ 夷漫,划平。涤荡,一扫光。

⑨ 长乐,汉宫名。

⑩ 未央,汉宫名,为皇宫的中心,长乐宫和它相连,所以取道长乐,登上未央。

⑪ 太液,池名。

⑫ 建章，宫名，楼台极高。凌，登临。

⑬ 驭娑（sà suō）、骀（dài）荡、枍诣（yì yì）、承光，都是宫殿名。萦，回绕；款，访问；辚（lìn）、轹（lì），都是车轮经过的意思。

⑭ 桂宫、柏梁，也是汉朝两座宫殿。这一联说：为这两座宫殿而徘徊感慨。

⑮ 鷩（bì）雉，锦鸡。雊（gòu），野鸡叫声。

⑯ 这一联描写故宫荒凉无人迹的景象。

⑰ 离离，茂盛貌。《诗·国风·黍离》有“彼黍离离”之句。是写亡国以后经过旧都，看到废墟上已种植庄稼时的感慨。

⑱ 芒芒，心情烦乱之状。

⑲ 洪钟，巨大的钟。顿，抛在地上。

⑳ 乘风，一种钟的名字。县，通“悬”。

㉑ 禁省，宫内。鞠，长满。

㉒ 金狄，铜人。秦代收天下兵器，铸金人十二，东汉时，董卓熔制为钱，只剩了两座；魏明帝要迁到洛阳，运到霸城，因为太重，运输困难而作罢。这句就是指这事。

怀乎萧、曹、魏、邴之相[①]，辛、李、卫、霍之将[②]；衔使则苏属国[③]，震远则张博望[④]；教敷而彝伦叙[⑤]，兵举而皇威畅[⑥]；临危而智勇奋，投命而高节亮[⑦]。暨乎秺侯之忠孝淳深[⑧]，陆贾之优游宴喜[⑨]；长卿、渊、云之文[⑩]，子长、政、骏之史[⑪]；赵、张、三王之尹京[⑫]，定国、释之之听理[⑬]；汲长孺之正直[⑭]，郑当时之推士[⑮]；终童山东之英妙[⑯]，贾生洛阳之才子[⑰]。飞翠緌，拖鸣玉，以出入禁门者众矣[⑱]。或被发左衽，奋迅泥滓[⑲]；或从容傅会，望表知里[⑳]。或著显绩而婴时戮[㉑]；或有大才而无贵仕[㉒]。皆扬清风于上列[㉓]，垂令闻而不已[㉔]。想佩声之遗响，若铿锵之在耳[㉕]。

当音、凤、恭、显之任势也[26]，乃熏灼四方[27]，震耀都鄙[28]。而死之日，曾不得与夫十余公之徒隶齿[29]。才难，不其然乎[30]？

【注释】

① 萧，萧何；曹，曹参；汉高祖时代的宰相；魏，魏相；邴，邴吉；宣帝时代的宰相。

② 辛，辛庆忌；李，李广；卫，卫青；霍，霍去病；都是汉朝对匈奴作战的名将。

③ 衔使，奉有使命。苏属国，指苏武，他奉使匈奴十九年，回国后官为典属国（主管属国事务的官）。

④ 震远，使远人畏服。张骞是为汉朝打通西域的第一人，封为博望侯。

⑤ 敷，宣布。彝（yí）伦，封建社会中君臣、父子、兄弟、夫妇、朋友之间的伦常关系。这句说：做宰相的人能够广施教化，使人与人之间秩序安定。

⑥ 这句说：作将帅的人能用兵力，使国威远扬。

⑦ 这里说：苏武、张骞一班人能在艰难困苦之中显出自己的智勇和忠节。

⑧ 秺（dù）侯，金日磾（dī）的封爵。金日磾本是匈奴的贵族，归化了汉朝。他的母亲是个贤德妇人，武帝在甘泉宫里画有她的遗像，金日磾每次走过，必定哭泣。后来武帝几乎遇刺，是被金日磾救免的。因此说他忠孝淳深。

⑨ 陆贾，汉高帝至文帝时代的太中大夫，他从出使南越得来的千金，都分给五个儿子，晚年由儿子供养，很享福。优游燕喜，是描写他无忧无虑，快活一生。

⑩ 长卿，司马相如字；渊，即子渊，王褒字；云，即子云，扬雄字；都是西汉著名的文学家。

⑪ 子长，司马迁字；政，即子政，刘向字；骏，即子骏，刘歆字；都是西汉的

著名史学家。

⑫ 赵,赵广汉;张,张敞;三王是王遵、王章、王骏,都做过京兆尹。京兆尹的职务非常繁重,他们都有能干的名声。

⑬ 定国,于定国;释之,张释之;两人都是有名的法官。听理,受理和判断讼事。

⑭ 汲长孺,汲黯字,其人以正直著名。

⑮ 郑当时,武帝时大司农,最热心推举人才。

⑯ 终童,即终军;武帝极赏识他的文学,死时仅二十几岁,所以称为终童。他是济南人,所以说是山东之英妙。

⑰ 贾生,指贾谊,洛阳人。也是少年有才的。

⑱ 绥(ruí),冠缨上的垂带。鸣玉,身上的玉佩。这句说,穿着朝服出入宫门的人很多,不能一一列举。

⑲ 被发左衽,是当时少数民族的装束。奋迅泥滓,意思是从泥滓之中自拔出来,这是指金日磾。

⑳ 从容傅会,《汉书・陆贾传》的赞词里的话,是说陆贾善于词令。望表知里,是说他通达人情。

㉑ 这一句,指赵广汉等人,有了显著的功绩,却在当时受到残害。

㉒ 这一句指贾谊等人有大才,却不居高位。

㉓ 上列,高等的地位。

㉔ 令闻,好的名声。这里说:他们的遭遇虽不同,都有很高的地位,名垂不朽。

㉕ 铿锵(kēng qiāng),金玉击碰时的清脆声。这里说:至今还仿佛听到他们玉佩玎珰的声音。

㉖ 音,王音;凤,王凤;堂兄弟两人都是西汉末年专权的外戚。恭,弘恭;显,石显,是专权的宦官。

㉗ 熏灼,形容势力像火一样的炽热。

㉘ 都鄙,都市和乡村。

㉙ 这句说:这种腐朽势力一旦消亡,比那十几位贤人的仆役都比不上。

㉚ “才难,不其然乎”,是《论语》上的话,意思说:人才果然是难得的。

望渐台而扼腕[1]，枭巨猾而余怒[2]。揖不疑于北阙[3]，轼樗里于武库[4]。酒池鉴于商辛[5]，追覆车而不寤[6]；曲阳僭于白虎，化奢淫而无度[7]。命有始而必终，孰长生而久视[8]？武雄略其焉在？近惑文成而溺五利[9]。侔造化以制作，穷山海之奥秘[10]。灵若翔于神岛，奔鲸浪而失水[11]；曝鳞骼于漫沙，陨明月以双坠[12]。擢仙掌以承露[13]，干云汉而上至[14]。致邛、蒟其奚难[15]？惟余欲而是恣[16]。纵逸游于角觝[17]，络甲乙以珠翠[18]。忍生民之减半，勒东岳以虚美[19]。超长怀以遐念[20]，若循环之无赐[21]。

【注释】

① 渐台，太液池中的一座高台。扼腕，表示愤恨。

② 枭(xiāo)，把首级挂起来示众称“枭”。巨猾，指王莽。前人认为王莽篡夺了汉朝，是大奸巨猾。他在渐台被杀。这句说：虽然把这个大恶人枭首，还使人愤怒不息。

③ 不疑，姓隽(juàn)，汉昭帝时为京兆尹。当时，武帝的太子早已遭了横祸(见上文)，还有人传说他没有死，竟有人冒充是太子，出现在宫门口。那时霍光正执政权，满朝的人都不敢断定真假，隽不疑一到宫门，就命令将这人逮捕起来，果然追究出假冒的情节，这一句就是指这件事。

④ 轼，古人在车上敬礼的表示。樗(chū)里，指战国时秦惠王弟疾，封于樗里(今陕西渭南境)，故称樗里子。他生前遗命指定葬处，预言一百年之后，会有皇宫在墓的两旁兴建起来。后来他的墓正是汉朝皇宫中的武库所在。

⑤ 商辛，就是商纣，据说他以酒为池，穷奢极欲。

⑥ 覆车，翻车。“前车覆，后车戒”，是古代的谚语，意思是：前人的失败就是后人的教训。寤，同“悟”。这句说：尽管有这样的鉴戒，还是走向失败的道路，不肯觉悟。

⑦ 曲阳，指曲阳侯王根，是汉朝的贵族。他以奢侈著名，造的府第与皇宫的白虎殿相同。以上四句是一般地指出西汉统治阶级的腐朽生活。

⑧ 这两句是说：人有生就有死，谁能永远活着？

⑨ 文成，指文成将军李少翁；五利，指五利将军栾大。两人都以方士得官。这两句说：武帝被这两人的邪说迷惑住了，他的雄才大略到哪里去了呢？

⑩ 这里意思说：建筑与天公争巧（古代以"造化"指"天"），山海中的秘密和珍奇都搜罗到了。这是指汉武帝妄信方士求仙的欺骗，大造台观宫室事。

⑪ 灵若，神话中的海神。太液池中有神山，大概造有海神飞翔的像在山上，鲸鱼乘浪而来，潮退就死在沙滩上，太液池中有这样的石像。

⑫ 骼，骸骨。漫沙，平坦的沙滩。鲸鱼的眼睛相传是明月珠。这两句描写石鲸的形状。

⑬ 擢（zhuó），挺出。武帝听信方士的话，造了一座铜铸的仙人，掌上捧着承露盘，求天神赐给甘露。

⑭ 干，侵犯，接触。这句说，承露盘的高度，可以上侵云霄和天河。汉，即银河。

⑮ 邛（qióng），邛竹杖；蒟（jǔ），蒟酱，都是西南的特产。

⑯ 这两句说：武帝只顾自己想什么就要什么，运来这样远地的特产，又有何难？

⑰ 角觝（dǐ），角力竞技的游戏。

⑱ 甲乙，帐幕名。是武帝的两套富丽的帷帐，用珠玉穿成缨络作为装饰。

⑲ 这里意思说：忍心残害人民，还要举行所谓"封禅"粉饰门面。据《汉书》，武帝奢侈，使户口减半。勒，刻石称颂功德，这是指武帝封禅泰山一事而言。

⑳ 遐，远。

㉑ 赐，穷尽。这里说：封建统治阶级此起彼仆，循环无穷。

较面朝之焕炳[①]，次后庭之猗靡[②]。壮当熊之忠勇[③]，深辞辇之明智[④]。卫鬒发以光鉴[⑤]，赵轻体之纤丽[⑥]。咸善立而声流，亦宠极而祸侈[⑦]。

【注释】

① 较，考校，观察。面朝，指皇宫前面临朝的大殿。焕炳，辉煌。

② 次，到达，接触。猗（yī）靡，华丽。这里说：参观了前殿的辉煌景象，又去看秀丽的后宫。

③ 当熊，指元帝的妃嫔冯婕妤（jié yú）的故事。婕妤，汉朝的妃号。元帝游览到了养野兽的地方，一只熊跑了出来，攀上栏杆，妃嫔都吓得逃命，冯婕妤却挺身出来抵挡。

④ 辞辇，指成帝妃嫔班婕妤的故事，成帝要和她同车共坐，她认为这种举动不正当。

⑤ 卫，指武帝的皇后卫子夫，以头发的丰美光泽著名。鬒（zhěn），头发多而且黑。光鉴，像镜子一样的光亮。

⑥ 赵，指成帝的皇后赵飞燕，以身轻善舞著名。

⑦ 这里说：前面两个女性是善良的，留下了美名；后面两个女性恃宠而骄，得祸也重。

津便门以右转[①]，究吾境之所暨[②]。掩细柳而抚剑，快孝文之命帅[③]。周受命以忘身[④]，明戎政之果毅[⑤]；距华盖于垒和[⑥]，案乘舆之尊辔[⑦]；肃天威之临颜，率军礼以长揖[⑧]。轻棘、霸之儿戏，重条侯之倨贵[⑨]。

【注释】

① 津，渡。便门，是后宫的一座桥，武帝时建。

② 究，尽。暨，到。这里说：渡便门桥向右转，一直走到县的边界尽头。

③ 细柳，指细柳营，汉文帝时将军周亚夫的兵营。文帝时，匈奴入侵，汉朝派了三个将军，在长安附近驻防，其中两个别的将军驻在棘门和霸

上，周亚夫驻在细柳。文帝亲自出来慰劳军队，到了细柳军营门口，就被守卫官拦阻住了。侍卫们说：这是皇帝驾到。守卫官说：在军队里，只遵守将军的命令，不知道皇帝的命令。文帝派人拿了证明向周亚夫说明以后，才下令开了营门。守卫官还交代：按照军营的规矩，只可慢慢地行走，文帝也答应了。周亚夫见了文帝，只行一个军礼，他说：甲胄在身，不能下拜。文帝出来，对人说，像周亚夫才是真将军，那棘门、霸上的军营，不过是儿戏罢了。这里说：走到细柳，摸摸身边的佩剑，想起文帝选择将帅的这件事，心里为之一快。

④ “受命忘身”，是古代指将帅的责任而言的一句成语。

⑤ 果毅，威武。

⑥ 华盖，皇帝的伞，表示最高的尊严。垒和，军营的大门。

⑦ 乘舆，御驾。这两句是指在营门口留住御驾的事。

⑧ 天威，指皇帝的威严；临颜，当面。这里说：当着皇帝的面，应当非常肃敬，但他还是只作一个揖。揖，通“揖”。

⑨ 条侯，周亚夫的封号。

索杜邮其焉在？云孝里之前号①。惘辍驾而容与②，哀武安以兴悼。争伐赵以徇国③，定庙筭之胜负；扞矢言而不纳，反推怨以归咎④；未十里于迁路，寻赐剑以刎首⑤。嗟主暗而臣嫉，祸于何而不有⑥？

【注释】

① 杜邮，咸阳以西古地名，秦将白起死地。后来的名字是孝里。这两句说：想寻访杜邮在什么地方，据说这是孝里的旧名称。

② 惘，怅闷。辍(chuò)驾，停车。

③ 武安，白起封武安君。白起本来是秦军的统帅，曾立很大的战功，宰相范雎妒忌他的声望，两人有了嫌隙。后来秦昭王发兵伐赵，想派白起担任指挥，白起无论如何不肯去，说伐赵一定不能成功，后来战事果然

不利，白起因此夸说自己有先见之明。这两句就是说白起力争不应当伐赵。徇国，在国内大事宣传。

④ 扞(hàn)，抗拒。矢言，直言。这是说：秦昭王因为白起不赞成伐赵，果然失利，恼羞成怒，归罪白起，把他押解到远方。

⑤ 寻，不久。白起被押解出城才十里，秦王就与范雎密谋，赐白起一把剑，叫他自杀了。

⑥ 这里说：昏愚的君主和妒忌的臣子在一起，什么祸事不会发生？

窥秦墟于渭城[①]，冀阙缅其堙尽[②]；觅陛殿之余基，裁岥岮以隐嶙[③]。想赵使之抱璧[④]，浏睨楹以抗愤[⑤]。燕图穷而荆发，纷绝袖而自引[⑥]。筑声厉而高奋，狙潜铅以脱膑[⑦]。据天位其若兹[⑧]，亦狼狈而可愍[⑨]！简良人以自辅[⑩]，谓斯忠而鞅贤[⑪]。寄苛制于捐灰[⑫]，矫扶苏于朔边[⑬]。儒林填于坑阱，诗书炀而为烟[⑭]。国灭亡以断后，身刑轘以启前[⑮]。商法焉得以宿，黄犬何可得牵[⑯]？野蒲变而为脯，苑鹿化以为马[⑰]；假谗逆以天权[⑱]，钳众口而寄坐[⑲]；兵在颈而顾问，何不早而告我[⑳]？愿黔黎其谁听，惟请死而获可[㉑]。健子婴之果决，敢讨贼以纾祸[㉒]；势土崩而莫振，作降王于路左[㉓]。萧收图以相刘，料险易与众寡[㉔]；羽天与而弗取，冠沐猴而纵火[㉕]。贯三光而洞九泉，曾未足以喻其高下也[㉖]。

【注释】

① 墟，故址。渭城，就是咸阳。

② 冀阙，秦孝公时所筑的宫门。缅，远望。堙(yīn)，灭没。

③ 裁，同“才”。岥岮，倾颓貌。隐嶙，凸起貌。这是说：寻访殿基，只剩一片高低不平的废墟。

④ 赵使，指蔺相如。

⑤ 浏，清亮，指蔺相如的目光。睨(nì)，斜着眼望。这里是追想蔺相如抱着玉璧预备撞碎的情景。

⑥ 燕图，燕国地图；荆，指荆轲。荆轲向秦始皇行刺，假作献燕国督亢地图，中间藏有一柄匕首，图穷匕首现，荆轲一手抓住始皇的衣袖，一手拿匕首，始皇在惊惶扰乱之下，起身逃走，扯断了袖子。这里指这件事。

⑦ 筑，一种弦乐器。荆轲失败以后，他的好友音乐家高渐离替他报仇。始皇爱听他奏乐，又怕他行刺，就弄瞎了高渐离的两眼。高渐离逐步摸着了始皇的所在，用铅灌在乐器里，猛然向始皇扑去，可是仅仅打着他的膝骨。膑(bìn)，膝骨。这里指这件事。

⑧ 天位，指皇位。

⑨ 这里意思说：像这样的做皇帝，也就狼狈得可怜了。

⑩ 简，选择。

⑪ 斯，李斯；鞅，商鞅；均秦相。

⑫ 捐，抛弃。这句说：商鞅的法令太苛，抛弃灰烬在路上也要处刑。

⑬ 矫，欺诈。扶苏，秦始皇的太子。朔，北方。秦始皇死后，扶苏在北方边境上，李斯信了赵高的话，假传始皇的命令，逼杀了他。

⑭ 炀(yáng)，火势猛烈貌。这里是说坑儒焚书。

⑮ 轘(huán)，用车分尸的刑罚。这里说：秦国灭亡，绝了后代，而商鞅、李斯自己也受了惨酷的刑罚，替秦亡开道。

⑯ 商法，商鞅的法令。这是指商鞅作法自毙。他定的法令没有证件是不许留人寄宿的，后来商鞅自己亡命，拿不出证件，就没有人敢收容他。下句指李斯临刑故事。李斯就刑时对他的儿子说：想要在家乡同你牵着黄犬去打猎，再也办不到了。

⑰ 这里指秦末赵高事。赵高要作威作福，当着二世的面，硬说野蒲是肉脯，鹿是马，竟没有人敢说不是的。

⑱ 天权，指皇帝的权柄。

⑲ 钳(qián)众口，不许人自由发言。这里意思说：像赵高这种好进谗作

乱的人，二世偏要把政权交托给他，不许众人开口，自己只坐个虚位。

⑳ 这里说：各处起义的消息，二世一点也不知道，一直到刀落在头颈，才说：你们为什么早不告诉我。

㉑ 黔黎，老百姓。这时二世只希望作个平民，谁也不肯听从了，只有求死的一法。

㉒ 健，相等于"壮哉"之意。子婴继承二世为帝，把赵高杀了。这里是赞扬他有决断，敢于划除这个邪恶的人。

㉓ 振，挽救。这两句说：秦王朝垮台之势已成，无法挽救，只得在轵道旁作个降王。

㉔ 萧，指萧何。刘邦入关以后，萧何首先把秦政府的图书档案收集保存，根据这些资料，就能掌握全国的地形和人口。险易，指地形。众寡，指户口。

㉕ 羽，指项羽，项羽入关，把秦的宫室和文物都毁坏。沐猴，一种猴子，有人骂项羽，不过是戴了人帽的猴子。上句说：项羽有现成的机会，自己放弃了。"天与不取"，是一句成语。

㉖ 三光，日、月、星；九泉，地下极深之处。贯，洞，彻头彻尾。这里说：刘邦项羽两人的高下之分，比之天上地下，还嫌不够。

感市阎之菆井[①]，叹尸韩之旧处[②]。丞属号而守阙[③]，人百身以纳赎[④]。岂生命之易投？诚惠爱之洽著[⑤]。讦望之以求直，亦余心之所恶[⑥]。想夫人之政术，实干时之良具[⑦]。苟明法以释憾，不爱才以成务；弘大体以高贵，非所望于萧傅[⑧]。

【注释】

① 菆(zōu)，麻秸，做火炬用，井，市井。菆井，即卖麻秸的街市。以下一段是说萧望之、韩延寿两人闹气，以致韩延寿冤死的故事。

② 韩，指韩延寿，西汉时良吏，因与御史大夫萧望之有怨，互相攻讦，韩被

杀于蒿市。

③ 号(háo),大哭。韩延寿被判死刑,部下的官佐在宫门前嚎啕大哭。

④ 这一句,引《诗·秦风·黄鸟》“如可赎兮,人百其身”语。意思说:如果能够赦免他的罪,一百个人代他死也是情愿的。

⑤ 这两句意思说:难道这样容易舍得替死吗?实在是因为韩延寿平素留有深切的恩情啊!

⑥ 讦(jié),过分的直言,含有攻击别人以图报复的意思。这里说:韩延寿为了替自己辩解而反击萧望之,我也不能没有反感。

⑦ 夫人,那个人。这里说韩延寿政绩优良,在当时是一个有用的人才。

⑧ 萧傅,萧望之曾做太子太傅的官,故称。以上四句都是指萧望之说的。意思是:只图借法律替自己雪恨,却不为国家爱惜人才,共同完成事业;应当宽宏大量,顾全大体,才是高尚的品德,不料萧望之这样的人,竟作出这种事来,使人失望。

造长山而慷慨[①],伟龙颜之英主[②]。胸中豁其洞开[③],群善凑而必举[④]。存威格乎天区[⑤],亡坟掘而莫御[⑥]。临揜坎而累抃[⑦],步毁垣以延伫[⑧]。

【注释】

① 造,到达。长山,即长陵。高祖墓。以下每一陵都换一个字眼,这是赋家运用词藻以求变化。

② 伟,敬慕;龙颜,《汉书》描述高祖相貌不凡的词语。

③ 豁,开朗。这是说他胸无城府。

④ 凑,会合。这是说他能合群策群力,各得其用。这两句解释称高祖为英主的道理。

⑤ 格,到。天区,天地之间。

⑥ 这里说:生存的时候,有这样大的威势,死后连坟墓都不能保。按,西汉亡后,赤眉军到了长安,陵墓都被发掘。

⑦ 坎,坟穴。抃,拍手,可以表示欢欣,也可以表示愁恨。
⑧ 延伫,见《鹦鹉赋》注。这里说:走近重新掩盖的坟穴,巡行已经毁坏的墙垣,不觉怅望哀悼。

越安陵而无讥[1],谅惠声之寂寞[2]。吊爰丝之正义,伏梁剑于东郭[3]。讯景皇于阳丘[4],奚信谮而矜谑[5]?陨吴嗣于局下,盖发怒于一博[6];成七国之称乱[7],翻助逆以诛错[8]。恨过听而无讨[9],兹沮善而劝恶[10]。

【注释】

① 安陵,惠帝陵墓。无讥,没有什么可批评的。
② 谅,体察,感到。这句说:感到惠帝的名声已经默默无闻了。
③ 爰,通“袁”;袁丝,为袁盎字。因为反对梁王为太子,被梁王派人刺死在安陵的郭门外。
④ 讯,追问。阳丘,即阳陵,景帝墓地。
⑤ 谮(zèn),谗言。这两句说:追问景帝,为什么听信谗言,纵情游戏?
⑥ 陨(yǔn),坠落,死。吴嗣,吴王的继承人。局,棋局。这是指景帝做太子的时候,与吴王的太子赌博,争吵起来,景帝抓起赌具把吴太子打死一事。
⑦ 七国之称乱,指景帝时,吴、楚为首的七国叛乱,叛乱系以景帝信晁错之议,削诸侯封地引起,但上述景帝杀吴太子事,亦系远因。
⑧ 翻,同“反”。这句说:景帝反而把晁错杀了,恰恰是帮助了吴王。
⑨ 过听,指景帝听信袁盎的谗言,冤杀了晁错;无讨,指不追讨袁盎的罪。
⑩ 这句说:此事使好人失望,恶人得意。

呰孝元于渭茔[1],执奄尹以明贬[2]。褒夫君之善行,废园邑以崇俭[3]。过延门而责成[4],忠何辜而为戮?陷社稷之王章[5],俾幽死而莫鞠[6];忕淫嬖之凶忍[7],剿皇统之孕育[⑧]。张舅氏之奸渐，贻汉宗以倾覆[⑨]。

【注释】

① 呰，通作訾（zǐ），指出毛病。渭茔，即渭陵，元帝的墓园。

② 奄尹，是宦官。这句说：元帝信任宦官，这一点是应当加以贬斥的。

③ 褒（bāo），赞美。这里说：另一方面，他能停止园邑的制度，崇尚俭朴，是值得称赞的。园邑，设置县邑专供守护陵墓。

④ 延门，延陵的墓门。成帝的陵称延陵。

⑤ 社稷，“社稷之臣”的简词，社稷之臣，是忠实而可大用的臣子。王章曾谏成帝不要重用外戚王凤，成帝知其忠而并不采纳，以至被王凤陷害而死于狱中。

⑥ 幽死，被囚禁含冤而死。鞠，审讯。这句说：以致使王章被囚禁含冤而死，不能得到审讯昭雪。

⑦ 忲（tài），奢侈。此处当系“忕”字之误。忕（shì），惯习，纵容之意，此句与《史记·汉兴诸侯年表》中“忕邪臣计谋为淫乱”句法同。淫嬖，指赵飞燕。

⑧ 剿，灭绝。这里说：成帝纵容赵飞燕的凶残，不让妃嫔孕育。

⑨ 张，开启，导致。这里说：导致了舅家（王氏一家）逐步掌握政权的阴谋，留下汉室颠覆的大祸。

刺哀主于义域[①]，僭天爵于高安[②]。欲法尧而承羞[③]，永终古而不刊[④]。瞰康园之孤坟[⑤]，悲平后之专絜[⑥]。殃厥父之篡逆，蒙汉耻而不雪[⑦]；激义诚而引决，赴丹焰以明节[⑧]；投宫火而焦糜，从灰熛而俱灭[⑨]。

【注释】

① 刺，讥议；域，坟地，哀帝的陵称义陵。

② 天爵，高贵的爵位。高安侯，董贤的封号。哀帝宠爱董贤，无功封侯，

所以说是滥赐高爵。僭，非分。

③ 法尧，指哀帝打算效法帝尧禅位故事，把皇帝让给董贤的笑柄。承羞，传下丑名。

④ 不刊，无法消除。

⑤ 瞰(kàn)，下望。康园，指康陵，平帝的墓园。平帝以后，西汉就亡了，所以说是孤坟。

⑥ 平后，平帝的皇后，是王莽的女儿。专絜，贞洁。

⑦ 殃，怨愤。厥父，其父。指王莽。这里说：平后反对父亲篡汉。认为是汉室的耻辱，无法洗清。

⑧ 烱，同“焰”。这里说：被正义和忠诚所激动，当汉兵讨灭王莽的时候，投身烈火中自杀，表明不肯失节。

⑨ 熛(biāo)，飞扬的火焰。

骛横桥而旋轸[①]，历敝邑之南垂[②]。门磁石而梁木兰兮[③]，构阿房之屈奇[④]。疏南山以表阙[⑤]，倬樊川以激池[⑥]。役鬼佣其犹否，矧人力之所为[⑦]？工徒斫而未息[⑧]，义兵纷以交驰[⑨]。宗祧污而为沼[⑩]，岂斯宇之独隳[⑪]？

【注释】

① 骛(wù)，趋向。横桥，长安以北跨渭水的桥。旋轸，回车。

② 敝邑，谦称自己居官的县分。南垂，南面的边界。

③ 门，指阿房宫前殿的门。磁石，吸铁石。秦筑阿房宫，以吸铁石嵌在门上，以防暗藏兵器的刺客。木兰，一种名贵的木料，用作屋梁。

④ 屈奇，曲折奇丽，指阿房宫的建筑形式。

⑤ 疏，整理。将终南山修饰成宫前的门阙。

⑥ 倬，扩大。将樊川扩大起来，引成池沼，樊川是秦岭下的水道。

⑦ 否，错误，不该。这里说：这样浩大艰难的工程，即使役使鬼来做，尚且不该，何况叫人来做。这两句运用了《史记》的一段典故：秦穆公建

筑华丽的宫室,夸示由余,由余说:如果叫鬼来担任这些工事,那末,神也要愤怒起来;如果叫人来担任,人就未免太苦了。

⑧ 斫(zhuó),雕刻。

⑨ 这里说:工人雕刻还未完毕,起义军已纷纷而来了。

⑩ 宗祧(tiāo),宗庙,王朝的象征。

⑪ 这里说:连宗庙都毁作池沼了,岂止阿房宫一处被铲平呢?

由伪新之九庙①,夸宗虞而祖黄②。驱吁嗟而妖临③,搜佞哀以拜郎④。诵六艺以饰奸⑤,焚诗书而面墙⑥。心不则于德义,虽异术而同亡⑦。

【注释】

① 由,经过。新,王莽的国号。

② 宗虞而祖黄,王莽以黄帝为始祖,以虞舜为第二代祖。这是他自己夸饰家世。

③ 临,国家有大灾难,聚众而哭,称为"临"。这句指王莽因为反抗势力越来越大,心中忧惧。就带了多人哀哭于南郊,企图求福免灾。妖,作者对王莽的贬词。

④ 佞哀,指迎合他的心思哭得最悲哀的人。郎,汉朝一种没有固定员额和固定职务的官名。

⑤ 六艺,六经。王莽是托古改制的,故说他用六经掩盖阴谋。

⑥ 面墙,指不读书的人,如同对墙站着发呆一样。

⑦ 这四句说:王莽用六经粉饰他的诈伪,秦始皇却烧诗书不讲学问,两人似乎相反。由于不以道德正义为准则,尽管所走的道路不同,同归于灭亡。

宗孝宣于乐游①,绍衰绪以中兴②。不获事于敬养,尽加隆于园陵③。兆惟奉明④,邑号千人⑤。讯诸故老,造自帝询[⑥]。隐王母之非命[⑦]，纵声乐以娱神；虽靡率于旧典[⑧]，亦观过而知仁[⑨]。

【注释】

① 宗，祭祀。宣帝的庙称为乐游。

② 绍，继承。武帝传位于昭帝，在位不久死了，没有子嗣，以昌邑王继承，而昌邑王又因为行为不端被废，然后立了宣帝，汉朝的皇统已经衰弱，由于宣帝比较贤明，号称中兴。

③ 这里指宣帝崇厚父母的陵寝一事。宣帝是戾太子（见上文）的孙，戾太子得祸，连儿子媳妇都被杀了，只剩宣帝一人得保性命。他因为没有能够对自己父母尽孝，所以只好极力尊崇父母的坟墓。

④ 兆，坟地。这个坟园称为奉明园。

⑤ 千人，乡村名；即奉明园旧址。

⑥ 这里说：向老辈请问，知道是汉宣帝所经营。询，宣帝名。

⑦ 隐，悲痛。王母，宣帝的母亲姓王。非命，惨死。

⑧ 靡，无。

⑨ 这四句说：宣帝痛心于自己的母亲死于非命，在祭祀的时候大奏音乐，安慰亡灵，虽然这不是遵行古礼，也可以算得观过知仁。“观过，斯知仁矣”，是《论语》上的话。意思是：虽然做得不对，其心是好的。这一段专说宣帝，因为宣帝的陵独在长安之南。

凭高望之阳隈[①]，体川陆之污隆[②]。开襟乎清暑之馆，游目乎五柞之宫[③]。交渠引漕[④]，激湍生风[⑤]，乃有昆明池乎其中[⑥]。其池则汤汤汗汗[⑦]，滉瀁弥漫[⑧]，浩如河汉；日月丽天[⑨]，出入乎东西；旦似汤谷[⑩]，夕类虞渊[⑪]。昔豫章之名宇[⑫]，披玄流而特起[⑬]，仪景星于天汉[⑭]，列牛女以双峙[⑮]。图万载而不倾，奄摧落于十纪[⑯]；擢百寻之层观，今数仞之余趾[17]。振鹭于飞[18]，凫跃鸿渐[19]。乘云颉颃[20]，随波澹淡[21]。瀺灂惊波[22]，唼喋菱芡[23]。华莲烂于渌沼[24]，青蘋蔚乎翠澂[25]。

【注释】

① 凭，登临。高望，长安延兴门南郊的土阜名；阳隈，向南的一面。

② 体，察看。污，低处；隆，高处。

③ 清暑馆、五柞宫，都是汉朝离宫别馆的名称。开襟、游目，都是随意游览的意思。

④ 漕，水运。

⑤ 这里说：水道纵横，波涛汹涌。

⑥ 昆明池，武帝时所造的人工湖，用来练习水师的。

⑦ 汤（shāng）汤汗汗，水流动貌。

⑧ 滉瀁（huǎng yǎng）弥漫，水势浩大貌。

⑨ 丽天，附着在天上。

⑩ 汤谷，即旸（yáng）谷，古神话中的日出处。

⑪ 虞渊，古神话中的日入处。这四句是说昆明池的广大，竟像日月出没之处。

⑫ 豫章馆，昆明池上有名的建筑。

⑬ 披，分开。玄流，黑水。

⑭ 仪，摹拟。景星，光辉吉祥的星。

⑮ 这句说：造成牛女星宿的石像，对立于池上。

⑯ 纪，十二年。这里说：本来企图万年不坏，谁料一百二十年就倒坍下来了。

⑰ 寻，古代八尺为一寻。观，高台上的建筑。这里说：巍然挺立的百丈高台，至今只余下低低的一片废基了。

⑱ 振鹭于飞，是《诗·周颂·振鹭》中的成语。意思说：鹭鹚正在飞着。

⑲ 凫（fú），野鸭；鸿，雁；跃，飞出水面；渐，没入水中。

⑳ 颉颃(xié háng),忽上忽下的飞。

㉑ 澹淡,漂浮状。

㉒ 瀺灂(chán zhuó),出没貌,指水禽浮沉游戏。

㉓ 唼喋(shà dié),鸟吃食的声音。

㉔ 烂,盛开。

㉕ 蕃,一种水草。潋,微波。

伊兹池之肇穿[1],肄水战于荒服[2];志勤远以极武[3],良无要于后福[4]。而菜蔬芼实[5],水物惟错[6],乃有赡乎原陆[7]。在皇代而物土[8],故毁之而又复[9]。凡厥寮司[10],既富而教[11]。咸率贫惰,同整楫棹[12]。收罟课获[13],引缴举效[14]。鳏夫有室[15],愁民以乐[16]。徒观其鼓枻回轮[17],洒钩投网[18],垂饵出入[19],挺叉来往[20]。纤经连白[21],鸣桹厉响[22]。贯鳃罥尾[23],掣三牵两[24]。于是弛青鲲于网钜[25],解赪鲤于黏徽[26];华鲂跃鳞[27],素鲔扬鬐[28]。饔人缕切[29],鸾刀若飞[30],应刃落俎[31],靃靃霏霏[32]。红鲜纷其初载[33],宾旅竦而迟御[34]。既餐服以属厌[35],泊恬静以无欲[36]。回小人之腹,为君子之虑[37]。

【注释】

① 肇(zhào),开始。穿,凿,开辟。

② 肄,操练。荒服,辽远的边疆。

③ 这句意思说:武帝的本意在于劳师远征,穷兵黩武。

④ 要(yāo),获得。这句意思说:实在不是为获得以后的福利。

⑤ 芼,野菜。实,水生的果实。

⑥ 错,品类复杂。

⑦ 这句说:可以补足陆地所缺乏。

⑧ 皇代，指晋朝。物土，物产合于土性所宜。

⑨ 这两句，是解释昆明池所以恢复的原因：恢复后不再是为了练习水战，而是为了水中的物产。

⑩ 厥，与“其”同义。寮司，指自己县里的官属。

⑪ 既富而教，百姓富足，才可以施教化，这是《论语》上的话。

⑫ 这里说：大家把游惰的贫民带领着，修好船只，以便水上工作。檝棹(zhào)，行船的工具。

⑬ 罟(gǔ)，鱼网。

⑭ 缴(zhuó)，射鸟的箭上的丝条。这里说：每次渔猎，都要有实在收获。

⑮ 鳏(guān)，老而无妻为鳏。

⑯ 这里说：没有娶妻的有了家室，苦人也都享到快乐。

⑰ 枻(yì)，楫。鼓枻，划动船楫。轮，收钓绳的车。

⑱ 洒钩，把钓钩投下水去。

⑲ 饵，引鱼食。

⑳ 叉，刺鱼用具。

㉑ 纤经连白，鱼网投入水中，网随船动，两人相对牵网。

㉒ 榔(láng)，长木，用来叩击船边，发出响声，驱鱼入网。

㉓ 贯鳃，鱼被钓住。罚(dí)尾，鱼被网住。

㉔ 掣三牵两，接二连三。

㉕ 弛，解开，取下。鲲，青色大鱼。钜，钩。

㉖ 赪(chēng)，赤色；黏，被缠住；徽，网丝。

㉗ 鲂，鱼名。跃鳞，鲜活之状。

㉘ 鲔，鱼名。扬鬐，鱼活动状。鬐，通“鳍”。

㉙ 饔(yōng)人，厨子。缕切，细切。

㉚ 鸾刀，带铃的刀。

㉛ 俎，切菜板，

㉜ 霍(huò)霍霏霏，轻细散落貌。

㉝ 红鲜，指脍好的鱼。初载，刚刚端上。

㉞ 宾旅，宾客。竦(sǒng)，恭敬，专心。迟御，等待进食。

㉟ 属厌,饱足。

㊱ 这里说:已经饱餐之后,转而心中淡泊无所贪恋了。

㊲ 这里是用《左传》"愿以小人之腹,为君子之心"句。意思是希望上层人士的心也和穷人的肚子一样容易满足。

尔乃端策拂茵[①],弹冠振衣[②],徘徊丰镐,如渴如饥[③]。心翘勤以仰止[④],不加敬而自祗[⑤]。岂三圣之敢梦[⑥]?窃十乱之或希[⑦]。经始灵台,成之不日[⑧];惟丰及镐,仍京其室。庶人子来[⑨],神降之吉;积德延祚,莫二其一[⑩]。永惟此邦[⑪],云谁之识[⑫]?越可略闻[⑬],而难臻其极[⑭]。子赢锄以借父,训秦法而著色[⑮];耕让畔以闲田[⑯],沾姬化而生棘[⑰]。苏张喜而诈骋[⑱],虞芮愧而讼息。由此观之,土无常俗[⑲],而教有定式[⑳]。上之迁下,均之埏埴[㉑]。五方杂会,风流溷淆[㉒],惰农好利,不昏作劳[㉓]。密迩猃狁[㉔],戎马生郊[㉕];而制者必割[㉖],实存操刀[㉗]。人之升降,与政隆替[㉘]。杖信则莫不用情[㉙],无欲则赏之不窃[㉚]。虽智弗能理,明弗能察;信此心也,庶免夫戾[㉛]。如其礼乐,以俟来哲[㉜]。

【注释】

① 端策,举起马鞭。茵,车上的垫子。

② 弹冠振衣,抖去身上灰尘。

③ 如渴如饥,想念殷切之状。

④ 翘勤,盼望。仰止,瞻仰佩服。

⑤ 祗(zhī),肃敬恐惧。

⑥ 三圣,指文王、武王、周公。孔子曾梦见周公,所以潘岳说自己不敢比孔子。

⑦ 十乱,《论语》上说:"予有乱臣十人。"是引武王的话。乱臣,治国的能臣。潘岳说:私心只愿勉强学"十乱"的样子。

⑧ 这句引用《诗·大雅·灵台》:"经始灵台,不日成之。"意思说:文王要兴建什么,百姓都愿意立刻替他完成。

⑨ 庶人,平民。子来,和儿子一样相亲。

⑩ 莫二其一,没有贰心,大众一致。以上几句是说这个地区在周初是风俗敦厚之地。

⑪ 永惟,长想,深思。

⑫ 云谁之识,谁能了解呢?

⑬ 越,发语词。这里有"容或"之意。

⑭ 臻,到。这里说:容或可知其大概,可是难于理解透彻。

⑮ 这里意思说:儿子拿一把锄头借给父亲用,在秦时,因为习染了秦朝的法权思想,为这样的小事便有卖个大人情的表情。这是翻引《汉书》所载贾谊评议商鞅法令的话"商君遗礼义,秦俗日败,借父耰锄,虑有德色"而来的。

⑯ 耕让畔以闲田,引周初的故事:虞、芮两国争田,向周文王请求公断,一到周国,看见种田的人对于田间的分界总是互让,自己受了感动,回去就息讼了,双方都不肯占据所争的田。

⑰ 姬,周文王姓。这句说:受了周德的感化,彼此互让田地不种,以致闲田生了荆棘。

⑱ 苏,苏秦;张,张仪;喜,得意。这句说:苏、张等权诈之士得势,诈术就流行了。

⑲ 土无常俗,一个地方的风俗不是一成不变的。

⑳ 教有定式,教化的方法有一定准则。

㉑ 均,通"钧",模型。埏(shān),捶击和土。埴(zhí),黏土。这里说:上层带动下层,正如造器的模型之于和成的黏土一样。

㉒ 风流,风气。溷,通"混"。

㉓ 这里运用《书·盘庚》"惰农自安,不昬作劳"句,意思说:人民不愿务农,而愿作商贾取利。

㉔ 密迩，紧接。猃狁(xiǎn yǔn)即匈奴。

㉕ 戎马生郊，是《老子》上的话，意思是郊外随时发生战事。

㉖ 制者必割，是说治理民事，必须使用有效的手段。

㉗ 实存操刀，是说在乎所用的手段。这几句是说：虽然居民风气不良而又有受到侵袭的危险，但治理得法仍然可以获得良好效果。

㉘ 这里说：人的品质高下，随着政治的兴衰，政治好，人也变好了。

㉙ 杖信，倚靠信用。这句说：能待人以信，人没有不老实的。“上好信则人莫敢不用情”，是《论语》上的话。

㉚ 这句说：上面的人不贪财利，即使悬赏鼓励，下面的人也不肯盗窃了。“苟子之不欲，虽赏之不窃也。”是《论语》上孔子对季孙说的话，指斥季孙不能廉洁，所以酿成贪污的风气。

㉛ 这几句说：虽然智慧不善于治理，聪明不足以周知一切，只要实践这种思想，或许能免得陷于罪过吧。戾，罪过。

㉜ 这里引用《论语》：“如其礼乐，以俟君子。”潘岳自己谦虚说：若讲到兴礼制乐的事，我的才力更达不到，只有留待后来的贤达了。

文　　赋 并序

陆　机

【题解】 陆机(261—303),字士衡,吴郡华亭(今上海松江)人。出身于吴国的大家族,他的祖父陆逊和父亲陆抗都居吴国的将、相之位。所以陆机在少年时代就曾经继承父亲带领过军队。晋武帝灭了吴国,他与弟弟陆云到了洛阳,由于家世显赫和才学优异,享有极高的声誉,当时晋王朝虽然统一了南北,其实统治极不巩固,各派势力斗争激烈。陆机投靠了成都王颖,作他的幕僚长。在成都王颖同长沙王乂作战时,陆机受命统兵二十多万,进攻洛阳,结果军事败绩,又为人所谗间,成都王颖认为陆机企图倒戈,就此将他杀死。

在政治上,陆机没有什么大的成就,但在文学上,他却有不少优秀的作品。以前的一般辞赋总是抒情写景的方面多,而陆机则以说理与抒情融成一片,即使是抒情之作,也不离开说理。试举他的《叹逝赋》中一段为例:

> 川阅水以成川,水滔滔而日度。世阅人而为世,人冉冉而行暮。人何世而弗新,世何人之能故?野每春其必华,草无朝而遗露。经终古而常然,率品物其如素。譬日及之在条,恒虽尽而弗寤。

推阐人生一代一代互相接替的道理,虽是常谈,说得何等精切动人!凡是前人的陈词滥调,他总不愿重复,经过他的手里,能使平凡的语言崭然一新。他在《文赋》中说:“论精微而朗畅。”“精微朗畅”四字正是对他自己的文章最适当的评价。

这篇《文赋》是赋体的文学论,相传是陆机二十岁时所作。赋中谈到了文艺创作的各个方面的问题,提出了他自己的文艺批评的标准。特别值得指出的是，陆机提出了思想内容是作品的主干，而文采是主干上的枝叶的看法，以及文贵创新的见解，可说都十分精辟。其中对古典文学各种体裁的分析也很精当；对创作实践中的甘苦，更发抒了许多经验之谈。但另一方面，他又过分夸大了技巧的性能，以极大部分的篇幅来讨论辞藻、音节、结构等表现手法，过高地估计了它们在创作中的作用。这也是那时文风的趋势和历史的条件所使然的。

余每观才士之所作，窃有以得其用心①。夫放言遣辞②，良多变矣，妍蚩好恶③，可得而言④。每自属文⑤，尤见其情⑥。恒患意不称物⑦，文不逮意⑧。盖非知之难，能之难也⑨。故作《文赋》，以述先士之盛藻⑩，因论作文之利害所由⑪，它日殆可谓曲尽其妙⑫。至于操斧伐柯，虽取则不远⑬，若夫随手之变⑭，良难以辞逮⑮。盖所能言者具于此云⑯。

【注释】

① 用心，相当于创作思想或创作意图。

② 放言，立言，写作。遣辞，使用语言。

③ 妍（yán），美。蚩，同“媸”（chī），丑。

④ 这里意思说：文章的写法虽有多种多样，总可以分辨它们的美丑好坏的。

⑤ 属文，把字句连贯起来，也就是作文章。

⑥ 这里说：每当自己作起文章来，更加深知其中情况。

⑦ 意不称物，意象不能完全符合描写对象的真实。

⑧ 文不逮意，字句不能完全表达意象。

⑨ 能，行，实践。这里说：困难还不在于体认，而在于实践。

⑩ 先士，前辈作家。盛藻，光辉的写作成就。

⑪ 利害所由，有利或不利条件的根源。

⑫ 它日，当日的意思。这句说：当日作这篇赋，也差不多可以说很深入很透彻了。

⑬ 柯，斧头的木柄。则，法则，规格。“伐柯伐柯，取则不远”，是《诗·豳风·伐柯》中句。这句说：拿着斧头去斫伐做斧柄的木材，斧柄本身就近可以作标准。比喻有古人的作品在，可以就近取法。

⑭ 随手之变，指写作中各种具体变化。

⑮ 难以辞逮，不易用语言一一说到。

⑯ 盖，发语词，这里有“大概”的意思。这句说：大概文字所能表达的差不多都在这里了。这篇短序是作者自述作这篇赋的原委。有许多古赋的序，是后人编纂时所加的说明，这篇则是作者的自序。

伫中区以玄览[①]，颐情志于典坟[②]。遵四时以叹逝[③]，瞻万物而思纷[④]。悲落叶于劲秋[⑤]，喜柔条于芳春[⑥]。心懔懔以怀霜[⑦]，志眇眇而临云[⑧]。咏世德之骏烈[⑨]，诵先人之清芬[⑩]。游文章之林府[⑪]，嘉丽藻之彬彬[⑫]。慨投篇而援笔[⑬]，聊宣之乎斯文[⑭]。

【注释】

① 伫（zhù），长期呆着，这里作“立身”解。中区，区中，宇宙之中。玄览，深远地观察。

② 颐，颐养。坟典，即三坟五典，是上古时代的书籍。这句意思说：在古书中求得精神上的营养。

③ 叹逝，感叹时间的消失。这句说：顺着四季的推移，感叹时间的飞速逝去。

④ 瞻，观察。这句说：观察千变万化的世间万物，而思虑纷纭。

⑤ 劲秋，风力强劲的秋天。

⑥ 柔条,柔嫩的枝条。芳春,气息芬芳的春天。

⑦ 懔(lǐn)懔,恐惧貌。怀霜,比喻内心的纯洁,好像抱着霜雪一样。

⑧ 眇(miǎo)眇,高远貌。临云,比喻人有高尚远大的志趣,如同上到云端一样。

⑨ 世德,先代的业绩。骏烈,英伟而有功勋。陆机的上代是吴国有名的人,所以自己时常歌咏先世的英伟事业。

⑩ 清芬,好名声。这句与上句相对,意思也相近。骈文有时故意利用这样板滞的对偶来增加语气的重量。这是作者着重指出家世和文学渊源。

⑪ 林府,指大规模的文学作品。游,欣赏。

⑫ 嘉,喜悦,爱。彬彬,文雅貌。

⑬ 投篇,把读的书丢开。援笔,抓起笔来写。这句说:慨然丢开书本,抓起笔来。

⑭ 聊,且。宣,发挥。这句说:姑且在这篇文章里发挥我的感想吧!

其始也[①],皆收视反听[②],耽思傍讯[③]。精骛八极[④],心游万仞[⑤]。其致也[⑥],情曈昽而弥鲜[⑦],物昭晰而互进[⑧]。倾群言之沥液[⑨]、漱六艺之芳润[⑩]。浮天渊以安流[⑪],濯下泉而潜浸[⑫]。于是沉辞怫悦[⑬],若游鱼衔钩,而出重渊之深[⑭];浮藻联翩[⑮],若翰鸟婴缴[⑯],而坠曾云之峻[⑰]。收百世之阙文[⑱],采千载之遗韵[⑲]。谢朝华于已披[⑳],启夕秀于未振[㉑]。观古今于须臾,抚四海于一瞬[㉒]。然后选义按部,考辞就班[㉓]。抱景者咸叩,怀响者毕弹[㉔]。或因枝以振叶[㉕],或沿波而讨源[㉖]。或本隐以之显[㉗],或求易而得难[㉘]。或虎变而兽扰,或龙见而鸟澜[㉙]。或妥帖而易施,或岨峿而不安[㉚]。罄澄心以凝思[㉛],眇众虑而为言[㉜]。笼天地于形内[㉝],挫万物于笔端[㉞]。始踯躅于燥吻[㉟],终流离于濡翰㊱。理扶质以立干㊲，文垂条而结繁㊳。信情貌之不差㊴，故每变而在颜㊵。思涉乐其必笑㊶，方言哀而已叹㊷。或操觚以率尔㊸，或含毫而邈然㊹。

【注释】

① 其始也，指作文章的开始一个阶段。

② 收视反听，不视不听；也就是说为了专心致志，不滥用视官和听官。

③ 耽（dān）思，深思。傍讯，从侧面讯问研究。傍，通“旁”。

④ 精，精神。骛（wù），驰逐。八极，八方。这句说：精神追逐到很远的地方。

⑤ 这句说：心思游到很高的地方。这是说开始构思的远思冥索。

⑥ 其致也，归根到底。

⑦ 曈昽，逐渐明晰貌。这句说：心思逐步开朗，越来越鲜明了。

⑧ 昭晰，清楚。这句说：事物以清晰的形态依次呈现出来了。

⑨ 沥液，精华。这句说：吸取了各种文章的精华的液汁，倾泻出来。

⑩ 六艺，即六经：《易》、《诗》、《书》、《礼》、《乐》、《春秋》。芳润，芬芳而润泽的液汁，也即“精华”。漱，含。这句说：含着六艺的芳香的液汁。

⑪ 天渊，天上的泉水。这句意思说：上可以到天上的泉水中自在浮游。

⑫ 这句意思说：下可以到地下的泉水深深浸洗。以上是说思路一打开，路路都通了。

⑬ 沉辞，深沉的词意。怫悦，当作“怫郁”，《汉书》“鱼弗郁兮柏冬日”可证。怫（fú）郁，不痛快；这里形容文词的艰深和沉闷。

⑭ 这一句，将钓出在深水里衔钩的鱼的困难，来比喻作文时冗繁的辞句阻碍着意思的表达。

⑮ 浮藻，修饰的词语。联翩，形容文思如涌，源源而来，有如鸟飞之联翩。

⑯ 翰鸟，高飞的鸟。缴（zhuó），箭上的丝绳。婴缴，中箭。

⑰ 曾，同“层”。曾云，高处的云。这句描写写作中的另一种情况，即“灵感”来了的时候，写作非常顺利。

⑱ 阙文，古人所未曾写过的文章。收，收拾起来补缀其空缺。

⑲ 采，采集。遗韵，古人所忽略的佳妙的韵味。以上两句是说文章应当在题材上和表现方法上超出古人。

⑳ 谢，辞谢不用。已披，已经开了的。这句说：放弃早晨已经开过了的花。

㉑ 启，促使开放。夕秀，晚上开的花。未振，未开。这句说：要使未开的晚间的花开放。以上两句是说不要重复前人已有的成就，而要创新。

㉒ 这里意思说：要把眼界放宽些，思索一下所描写的事物的发展过程，以及各种现象的形态。须臾、一瞬，都是形容思想的迅捷性和概念内涵的广阔性。

㉓ 选义，选择所要表述的内容。考辞，考究表达内容的语言。按部、就班，指有次序，按先后层次加以布局。

㉔ 景，同"影"。抱影、怀响，是一切能照影能发声的东西。这里意思说：要充分掌握和使用能够构成形象的事物的一切特征。

㉕ 因枝以振叶，抓住树枝，叶子自然被掌握，这是说抓住基本特征，以显示细节。

㉖ 沿波讨源，循着水道，追寻它的泉源，这是说通过细节，显示事物的基本特征。

㉗ 本隐以之显，从深奥难明说到明白浅显。之，往，到。

㉘ 求易而得难，从浅易入手，一步步阐发难解的道理。

㉙ 虎变而兽扰，虎一起来，兽都驯服。扰，驯服。龙见而鸟澜，龙一出现，鸟却贴在水上安静地飞翔了。这是比喻掌握了中心，其他的枝节也就一一有所归附了。"虎变"、"龙见"都是《易经》上的话。

㉚ 妥帖，平顺稳当。岨峿(jǔ yǔ)，互相抵触。这是说：文章的表现，有平易的，有奇险的。

㉛ 罄(qìng)，竭尽。这句说：尽量将心思澄定下来，专心思考。

㉜ 这句说：种种的想法达到了深透的境界，然后说出来。

㉝ 笼，笼罩。形，形象。这句说：天地虽大，可以概括在形象之中。

㉞ 挫，挫折，改变其形态。万物虽然各有不同，可以通过笔尖，改变它的

形状，集中凝聚，使之具体而微地收摄到文章以内。

㉟ 踯躅(zhí zhú)，行步徘徊不定貌。这里借来形容有话在口里而说不出来。燥吻，枯涩的嘴唇。

㊱ 流离，流泻；濡(rú)翰，沾满墨汁的笔。这句说：终于通过笔尖倾泻出来。

㊲ 理扶质以立干，思想内容是基本骨架，有如树木必须有树干。理，事理，思想。

㊳ 文垂条而结繁，文采犹如枝叶和花果，附在思想之上。

㊴ 信，确实；这里有"如果真的"之意。情貌之不差，思想感情和所表现出来的文字外貌相符合。

㊵ 每变而在颜，那末感情变化了，外貌也会跟着起变化。比喻文随情变。

㊶ 这句说：思想一牵涉到快乐事情，自然一定会笑。

㊷ 这句说：正在说悲哀的事情，不知不觉已发出了叹声。

㊸ 觚，古人习字的工具。古时没有纸，只用方形的木头写字，可以随时揩去重写。操觚，是手里拿着觚，预备写字。率尔，不假思索。这句说：有时一下笔就成文章，不需要费什么力。

㊹ 毫，笔上的毛。含毫，嘴里含着笔尖，描写下笔前静想的神情。邈然，缓慢貌。这句说：有时拿着笔一个字也写不下去，文思非常迟钝。

伊兹事之可乐，固圣贤之所钦①。课虚无以责有②，叩寂寞而求音③。函绵邈于尺素④，吐滂沛乎寸心⑤。言恢之而弥广⑥，思按之而逾深⑦。播芳蕤之馥馥⑧，发青条之森森⑨。粲风飞而猋竖⑩，郁云起乎翰林⑪。

【注释】

① 兹，此。钦，敬重。这里意思说：提起这件事令人快乐的地方，本来圣贤都非常重视的。这件事，指文章。

② 课，追索。责，要求。这句说：向虚无之中追求实在。换句话说，从抽

象的东西取得具体的形态。

③ 叩，敲打。这句说：要在静寂之中敲出声音来，意思和上句相似。

④ 函，同“含”。绵邈，辽远貌。素，古时写字的绫绢。尺素，一尺大小的篇幅。这句说：在这一短篇文章中能将很辽远的气势包括进去。

⑤ 滂沛，丰盛貌。与“绵邈”都是双声的联绵词，绵邈以 m 为声母，滂沛以 p 为声母，两两相对，显得非常整齐和谐。这句说：可以倾吐内心中丰盛无穷的意象。即说文章可以包罗万象。

⑥ 恢，扩张。这句说：话可以越引申越宽阔。

⑦ 按，研究，寻味。这句说：思想越寻索越深入。

⑧ 蕤（ruí），花草柔嫩披垂貌。馥馥，香气。

⑨ 森森，茂盛貌。这两句形容文章的美妙，可以比作馥郁的香花，茂密的绿树。

⑩ 粲，光明华美。猋（biāo），向上刮的风。竖，立。

⑪ 郁，浓厚。翰，文词；翰林，文学领域。云起，与上文的“风飞”、“猋竖”，是用三种自然现象来比方文章的蓬勃气象。

体有万殊①，物无一量②。纷纭挥霍③，形难为状④。辞程才以效伎⑤，意司契而为匠⑥。在有无而僶俛⑦，当浅深而不让⑧。虽离方而遁圆，期穷形而尽相⑨。故夫夸目者尚奢⑩，惬心者贵当⑪。言穷者无隘⑫，论达者唯旷⑬。

【注释】

① 体有万殊，体，指文体，也指文章所描述的事物。这些是千变万化的。

② 物无一量，世间事物不能用单一的尺度加以衡量。

③ 挥霍，变化迅捷。

④ 这句说：即使要形容，也难得恰合。

⑤ 这句说：语言譬如人的才能和长处各有不同一样，要按照其性能，使其发挥作用。程，衡量。效，发挥。

⑥ 这句说：思想是文章的主宰，譬如兴修工事，必须掌握计划，像工程师一样指挥着进行。

⑦ 僶俛(mǐn miǎn)，是勉力的意思。一作黾勉。这句出自《诗・邶风・谷风》："何有何亡，黾勉求之。"意思是说，不论资料充足或缺乏，都要勉力求得确切的言语来表达，这句承上文"辞程才"一句而来。

⑧ 这句从《论语》"当仁，不让于师"一句化出，意思说：只要立意正确，不论理论高深或肤浅，都可大胆发言。这句承上文"意司契"一句而来。

⑨ 遁，脱离。离方遁圆，就是脱离了规矩。规，画圆形仪；矩，画方形仪。这里意思说：为了尽情刻画对象的真实，没有一成不变、非守不可的清规戒律。

⑩ 夸目，爱好富丽。尚，崇尚。这句说，炫耀文采的人注重文词的奢华。

⑪ 惬(qiè)心，恰合心思。这句说：要求文章适当表达感情的人重视表现的精确。

⑫ 言穷者，讨论事物寻根究柢的人。无隘，不嫌文章的范围狭隘。

⑬ 论达者，议论旷达的人。唯旷，只求文章的内容放旷。

诗缘情而绮靡①，赋体物而浏亮②。碑披文以相质③，诔缠绵而凄怆④。铭博约而温润⑤，箴顿挫而清壮⑥。颂优游以彬蔚⑦，论精微而朗畅⑧。奏平彻以闲雅⑨，说炜晔而谲诳⑩。虽区分之在兹，亦禁邪而制放⑪。要辞达而理举，故无取乎冗长⑫。

【注释】

① 这句说：诗是因情感而生的，所以诗要温柔细腻。从这句起，历举几种不同的文体。

② 这句说：赋是以某种事物为对象而加以描绘的，所以要清楚响亮。浏亮，即嘹亮。

③ 这句说：碑有记事的价值，所以要放弃过多的文饰，叙出实事。披，去

掉;相,描绘。

④ 诔(lěi),是对于死者哀悼的文章,所以要缠绵悲切,使人感伤。

⑤ 铭,题刻在器物上的文章,所以意思要由博反约,词气温婉。

⑥ 箴(zhēn),含有警惕训诫意义的文字,所以意思要顿挫,音节要清壮。

⑦ 颂,歌颂的文章,所以语气要从容洒脱,词藻要丰富。优游,从容洒脱。彬蔚,文采丰盛。

⑧ 论,说理的文章,所以理论要精深微妙而措词要清爽畅达。

⑨ 奏,向君主陈奏的文章,所以要平正透彻,而又措词得体。闲雅,是比喻人的态度的文雅有礼。

⑩ 说,辩论的文章,所以要说得漂亮,带煽动性。炜晔(wěi yè),灿烂漂亮。谲诳,说得天花乱坠。

⑪ 这里说:文章的体裁和写法虽然有这些区别,但也要在各自的范围以内适当制约,不使表现得太过分。

⑫ 这里说:以话说得明白,道理站得住为要着,篇幅过分的冗长是不足取的。

其为物也多姿,其为体也屡迁①;其会意也尚巧②,其遣言也贵妍③。暨音声之迭代,若五色之相宣④。虽逝止之无常⑤,固崎锜而难便⑥。苟达变而相次,犹开流以纳泉⑦;如失机而后会,恒操末以续颠⑧。谬玄黄之秩叙,故淟涊而不鲜⑨。

【注释】

① 物,客观事物。体,主观感受。这里说:事物的形态多采多姿,主观的感受也就时常变动。

② 会意,领悟物象的精神;巧,灵活。

③ 遣言,使用语言;妍,优美。

④ 暨(jì),及。迭(dié),相互更替。宣,鲜明。这里说:及至语言音节相

互更替连属,就与五颜六色配合得更鲜明一样。

⑤ 这句的大意是:意思和言词本来有时一去而不能留,有时一静而不能动,没有一定的。

⑥ 崎锜(qí),不安貌。这里的大意是:尽管意思和言词都是活动的,但配合起来,往往难以妥帖稳当。

⑦ 相次,李注本作"识次",今从五臣本。这里的大意是:如能应顺着思路的变化,按次叙写,正和开河渠引泉水一样容易。

⑧ 这里的大意是:如果错过时机,再迎头赶上去,就往往等于拿线尾去接线头,把次序弄颠倒了。恒,时常。这是指布局和叙述的逻辑关系而言的。

⑨ 谬(miù),错乱。秩叙,次序。淟涊(tiǎn niǎn),一塌糊涂。这里意思说:颜色涂上去不按次序,所以不能鲜明夺目。

或仰逼于先条[①],或俯侵于后章[②];或辞害而理比[③],或言顺而义妨[④]。离之则双美,合之则两伤[⑤]。考殿最于锱铢[⑥],定去留于毫芒[⑦];苟铨衡之所裁,固应绳其必当[⑧]。

【注释】

① 先条,前面所列举的。仰逼,和前面抵触。这句说:后面的话和前面的话发生抵触。

② 这句说:前面的话已经侵入后面的范围。条与章都是指文章的布局。无论后犯前,前犯后,都是不好的。

③ 辞害,语言与意思不切合,以辞害意。比,切合。这是说立意是对的,而用语不精确。

④ 言顺,言词通顺。义妨,理论有窒碍。这是说尽管词句漂亮,而言之不近理。

⑤ 这里说:好的文意离开坏的表述法,好的表述法离开了坏的文意,原是很美的,如果这两者勉强合起来,徒然两败俱伤。

⑥ 殿最，高低。殿，末尾，下等。最，高等。是汉朝公文上的用语。锱(zī)铢，古代的量名。二十四铢为一两，六铢为一锱。这句说：在很轻微的分量上分出高低。

⑦ 毫芒，极细的尖端。这句说：在极细微的部分也要分别去留。这是引申上面一句，即一字一句的去留，都要力求精当。

⑧ 铨衡，衡量。绳，木匠所用的墨线。这里说：凡是衡量起来，若有轻重不当之处，就必须删改得使之合于绳墨。

或文繁理富，而意不指适①。极无两致②，尽不可益③。立片言而居要④，乃一篇之警策⑤；虽众辞之有条，必待兹而效绩⑥。亮功多而累寡⑦，故取足而不易⑧。

【注释】

① 这里说：有些文章，长篇大论，而意思不能指出中心。适，作“中心”解。

② 致，结论。这句说：内容已经推阐到了尽头，不能有两种结论。

③ 这句说：文章已经写得很充分，到了不能再添加一个字的境界。尽，达到饱和。益，增加。以上大约都是说：文章不妨写得淋漓、尽致，但必须建立一个中心思想。

④ 片言，一句或一段短短的话。居要，点明题意，作为纲领。

⑤ 警策，使马警动的鞭策。这里借代为文章的纲要。

⑥ 这里说：无论其他的词句怎样有条理，也必须倚靠这个纲要获得效果。

⑦ 亮，同“谅”，实在，果真。果真好处多而缺点少，就能于此取得满足，不须再加以改动了。

⑧ 这里说：所以应该撷取其能总括全文内容，而铸造成不能更换的文句。

或藻思绮合[①],清丽千眠[②]。炳若缛绣[③],凄若繁弦[④]。必所拟之不殊,乃闇合乎曩篇[⑤]。虽杼轴于予怀[⑥],怵他人之我先[⑦]。苟伤廉而愆义[⑧],亦虽爱而必捐[⑨]。

【注释】

① 藻思,美妙的文思。绮合,像织锦那样的美丽而天衣无缝。

② 千眠,华美。

③ 炳,光耀。缛绣,色彩富丽的锦绣。

④ 凄若繁弦,声调像复杂的音乐一样悲哀动人。

⑤ 这里说:定然是由于所描摹的对象没有两样,那才与前人的文章不谋而合的了。闇同“暗”,暗合,不谋而合。

⑥ 杼(zhù)轴,借织机比喻作文的经营苦心。

⑦ 怵(chù),恐怕。这两句是说:虽然我心里费了一番心思才想出来的,恐怕别人已经先我而说了。

⑧ 愆(qiān),违反。这句说:如果抄袭了别人的话,既妨害了廉洁的操守,也是违反正义的行为。

⑨ 捐,抛弃。这句说:如果有上述的情况,即使是心爱的文章,也只可抛弃了。

或苕发颖竖[①],离众绝致[②]。形不可逐,响难为系[③]。块孤立而特峙[④],非常音之所纬[⑤]。心牢落而无偶[⑥],意徘徊而不能揥[⑦]。石韫玉而山辉[⑧],水怀珠而川媚[⑨]。彼榛楛之勿翦[⑩],亦蒙荣于集翠[⑪]。缀《下里》于《白雪》[⑫],吾亦济夫所伟[⑬]。

【注释】

① 苕(tiáo),草的尖梢。颖,禾穗的芒。苕发颖竖,形容文章精妙突出的

地方。

② 离众，与众不同；绝致，是达到最精粹的地步。

③ 这两句用形影和音响作比，说文章精彩的部分，既追不上，也系不住。

④ 块，孤独。特峙，突出。

⑤ 纬，交织。这是说绝对与众不同，就不能用平常的音调伴奏了。

⑥ 牢落，单调孤寂。无偶，找不到伴侣。

⑦ 揥（dì），离去，捐弃。这是说一部分极好的文章意境，虽然显得单调些，毕竟不能舍弃。

⑧ 韫（yùn），蕴藏。这句说：玉是藏在石头里的，有了玉，整个的山都显得有光辉了。

⑨ 这句说：水里有了珍珠，整个一条河都显得秀媚了。

⑩ 榛、楛（hù），都是不好的树木。

⑪ 翠，翠鸟。这里说：树木虽然不好，由于翠鸟栖在上面，也沾到了光荣，不至于遭到剪伐。

⑫《下里》，是低劣的乐曲；《白雪》，是优秀的乐曲。

⑬ 伟，重视。这里说：即使将低劣的乐曲搀杂在优秀的乐曲中，也不妨为了成全我所重视的部分而这样做。

或托言于短韵[①]，对穷迹而孤兴[②]，俯寂寞而无友，仰寥廓而莫承[③]；譬偏弦之独张，含清唱而靡应[④]。或寄辞于瘁音[⑤]，徒靡言而弗华[⑥]，混妍蚩而成体，累良质而为瑕[⑦]；象下管之偏疾，故虽应而不和[⑧]。或遗理以存异[⑨]，徒寻虚以逐微[⑩]，言寡情而鲜爱，辞浮漂而不归[⑪]；犹弦么而徽急[⑫]，故虽和而不悲[⑬]。或奔放以谐合[⑭]，务嘈囋而妖冶[⑮]，徒悦目而偶俗[⑯]，固高声而曲下[⑰]；寤《防露》与桑间[⑱]，又虽悲而不雅[⑲]。或清虚以婉约[⑳]，每除烦而去滥[㉑]，阙大羹之遗味[㉒]，同朱弦之清汜[㉓]；虽一唱而三叹[㉔]，固既雅而不艳。

【注释】

① 短韵,短篇文章。

② 穷迹,没有什么可以发挥的地方。孤兴,无所依傍,单独说出自己的意思。

③ 这里说:从下面来看,好像一个孤独的人,没有朋友;从上面来看,好像一片空阔,虚悬而不落实。

④ 这里说:比方用一根弦孤独地绷起来,虽然音调是清的,却没有应和之声。

⑤ 瘁音,纤微憔悴之音。

⑥ 靡,美好。这里说:有些人将要说的话表达在索然无味的声调上,虽然词句美好,但仍然显得没光彩。所以下文说这种文章是美质与丑质相混。

⑦ 瑕(xiá),玉的质地上所含的缺点。这里说:好的丑的混在一起,使原来的良好质地受到连累而变成缺点了。

⑧ 象,比喻。下管,古乐中在堂下所奏的管乐。下管应当与堂上和缓的歌声相和,现在却偏于快速了。不和,不协调。这是说文章中美质与丑质相间,不能协调。

⑨ 遗理,不顾理论。存异,专求与众不同。

⑩ 寻虚,专务浮面。逐微,追求细节。

⑪ 这里说:所要说的内容缺乏情感,所以语言是飘荡而无所归宿的。

⑫ 么,细小。徽,琴上所设的标识;徽的距离远,弹起来声音就和缓,徽的距离近,弹起来声音就急促。

⑬ 这是用弹琴作比方,弦又细小,徽又急促,即使音节和谐,还是不够动人。古人论音乐,用到“悲”字,就是能感动人的意思。

⑭ 奔放,这里有放荡意,与下文“谐合”,都是借音乐来比喻文章。

⑮ 嘈囋,同“嘈杂”。妖冶,带有淫荡意味的美丽。

⑯ 悦目,借姿色的美来比喻音乐的美。偶俗,配合庸俗的胃口。

⑰ 这句说：声音虽好听而乐曲的本身是低级的。

⑱ 寤，与“悟”同义。《防露》，曲名，音调美丽。桑间，地名，以出淫靡之声闻名。

⑲ 这句说：因此明白了像这样的音乐虽然能激动情感，却不是正派的。

⑳ 清虚，空灵，没有渣滓。婉约，婉转而含蓄。

㉑ 每，经常。烦、滥，正是上文“嘈嘈”、“妖冶”的意思。

㉒ 阙，同“缺”。大，同“太”。古语说：太羹不和。意思是祭祀用的汤是不加调味品的，所以是遗味。连这种遗味都缺乏，是极端清淡的意思。

㉓ 朱弦，指琴。清氾(fàn)，单纯的音调。

㉔ 一唱三叹，古代宗庙唱颂歌的方式，一人唱，三人应和。

若夫丰约之裁[①]，俯仰之形[②]，因宜适变[③]，曲有微情[④]。或言拙而喻巧[⑤]，或理朴而辞轻[⑥]；或袭故而弥新[⑦]，或沿浊而更清[⑧]；或览之而必察[⑨]，或研之而后精[⑩]。譬犹舞者赴节以投袂，歌者应弦而遣声[⑪]。是盖轮扁所不得言[⑫]，故亦非华说之所能精[⑬]。

【注释】

① 丰，繁；约，简；裁，文章的体制。

② 俯仰之形，指文势的起伏抑扬。

③ 因宜适变，因事制宜，适应情况而变化。

④ 曲，极。微情，微妙不同的情况。

⑤ 这句说：有的措词虽然钝拙，而指出的意义却很巧妙。

⑥ 这句说：有的说理简单，但措词却轻巧。

⑦ 这句说：有的虽是因袭而能推陈出新，反而更觉新鲜。

⑧ 这句说：有的沿袭污浊的旧套，但能提炼得使之清新。

⑨ 这句说：有的一看就能看透。

⑩ 这句说：有的非细细研究，不能深入理解。

⑪ 袂(mèi),袖子;古时舞蹈用长袖来助姿态。这两句说:这些不同的变化,可以用歌舞来作比喻。舞的人必须按着不同的拍子挥动舞袖,表现不同的姿态。歌的人必须随着不同的弦声,唱出不同的音调。

⑫ 轮扁,事见《庄子·天道》:齐桓公在堂上读书,一个制造轮子的技工名叫轮扁的,在堂下提出自己的见解说:读书有什么用处,这不过是古人的糟粕罢了。像我干这项活,干了七十年,完全靠自己操作的体会得来经验,无法传给别人,单靠古人的话就能行吗?这是说:精深奥妙的地方是言语所不能传达的。

⑬ 华说,表面铺张的话。这句说:单靠表面说得天花乱坠,还是达不到深处。

普辞条与文律[①],良余膺之所服[②]。练世情之常尤[③],识前修之所淑[④]。虽浚发于巧心[⑤],或受蚩于拙目[⑥]。彼琼敷与玉藻[⑦],若中原之有菽[⑧]。同橐籥之罔穷[⑨],与天地乎并育[⑩]。虽纷蔼于此世[⑪],嗟不盈于予掬[⑫]。患挈瓶之屡空[⑬],病昌言之难属[⑭]。故踸踔于短垣[⑮],放庸音以足曲[⑯]。恒遗恨以终篇[⑰],岂怀盈而自足[⑱]?惧蒙尘于叩缶[⑲],顾取笑乎鸣玉[⑳]。

【注释】

① 普,总起来说。辞条、文律,作文章的一些规范。

② 良,实在是。服膺,存在心胸,保持不失。

③ 练,熟悉。尤,过错。这句说:熟悉世上一般人所常犯的过错。

④ 前修,前世的贤人。淑,善。这里说:既然明白一般容易犯的过错,就知道前贤的好处是什么了。

⑤ 浚,深。

⑥ 蚩,同“嗤”,耻笑。这里意思说:尽管我深深启发巧思,有时也许还是被平庸的眼光耻笑。

⑦ 琼，美玉；敷，通“蘛”，花朵。琼敷玉藻，形容美好的文章。

⑧ 这一句，意即“文章本天成，妙手自得之”。取《诗·小雅·小宛》“中原有菽，庶人采之”句。菽，豆子。意思说：田野中的豆子，平民都可以去采取。

⑨ 橐(tuó)，鼓风的囊；籥(yuè)，乐器。或释“橐籥”为一物，即鼓风囊。《老子》说：“天地之间，其犹橐籥乎！”以橐籥比天地之间的气，是无穷尽的。

⑩ 这句说：好文章与天地共存。

⑪ 纷葳，繁多。

⑫ 掬，手中一满把。这里说：虽然好文章在世上是美不胜收的，但我能够掌握的还是少得可怜。

⑬ 挈瓶，提着一个汲水的瓶，比喻一次所得无多，语出《左传》。这句说：所恨的是如同提瓶汲水，一会儿又倒光了。

⑭ 病，苦于。昌言，好的话。这句说：所苦的是：好的话不多，难于继续。

⑮ 踸踔(chěn chuō)，跛脚难行貌。这句的意思是：因此，在几句短文之中，就感觉吃力了。

⑯ 庸音，平庸的音调，这里又是用音乐来比喻文章。因为感觉吃力，所以不得不奏出平庸的音调来凑成一个曲子。

⑰ 这句说：往往文章作完了，还是不满意。

⑱ 盈，自满。这句说：哪里还抱着自满的心思自以为足够呢？

⑲ 蒙尘，蒙羞辱。缶(fǒu)，是可以敲得出声音的一种瓦器。这句说：只恐本来很粗陋的乐器，徒然自招羞辱。

⑳ 顾，反而。鸣玉，指悦耳的声音。这句说：反而被美妙的演奏者在旁边暗笑了。

若夫应感之会[①]，通塞之纪[②]，来不可遏[③]，去不可止[④]，藏若景灭，行犹响起[⑤]。方天机之骏利[⑥]，夫何纷而不理[⑦]？思风发于胸臆[⑧]，言泉流于唇齿[⑨]；纷葳蕤以驱遝[10]，唯豪素之所拟[11]；文徽徽以溢目[12]，音泠泠而盈耳[13]。及其六情底滞[14]，志往神留[15]，兀若枯木[16]，豁若涸流[17]；揽营魂以探赜[18]，顿精爽而自求[19]；理翳翳而愈伏[20]，思轧轧其若抽[21]。是以或竭情而多悔[22]，或率意而寡尤[23]。虽兹物之在我，非余力之所戮[24]。故时抚空怀而自惋[25]，吾未识夫开塞之所由[26]。

【注释】

① 应感，即感应。应感之会，是说外物的相感和内心的相应之间的机会。

② 通，舒畅；塞，阻滞。通塞之纪，是说思路忽然舒畅，忽然阻滞之间的契机。

③ 遏，拦阻。

④ 这里说：文思来的时候，拦也拦不住，去了的时候，也无法扣留。

⑤ 景，即“影”字。这里说：文思失去时仿佛影子的消逝无踪；而发动的时候，也简直与响声的发作一样。

⑥ 天机，自然之势。骏，快。天机骏利，指灵感旺盛，思路通畅之时。

⑦ 这句说：又有什么思想上的紊乱会理不出头绪呢？

⑧ 臆，也是胸。这句说：文思在胸中如同风似的激发起来。

⑨ 这句说：言语就从唇齿之间如同泉水似的流出来了。

⑩ 馺遝（sà tà），形容来往纷纷的样子。这句说：茂美的思想和言语都多得应接不暇。

⑪ 这句说：只需尽量由纸笔去发挥就是了。

⑫ 徽徽，形容华美。溢目，充满于眼前。

⑬ 泠（líng）泠，形容清脆的响声。盈耳，充满在耳中。

⑭ 六情，人的不同情绪，即喜、怒、哀、乐、好、恶。底滞，阻滞。

⑮ 志、神，都是心思、精神的意思。留，停滞。

⑯ 兀，呆呆不动。

⑰ 豁，空空洞洞。涸（hé），枯干。这里用枯了的树和干了的水来形容心

思的枯竭。

⑱ 营魂,魂魄,精神。探赜(zé),探求深奥的道理。

⑲ 顿,积蓄。精爽,人的神智。这里意思说:尽管挟着全副精神,追索深奥的道理,凝聚全神,自己去探求。

⑳ 翳(yì)翳,阴暗貌。

㉑ 轧轧,形容极不容易出来的样子。这里意思说:即使费尽心机,而道理仍然弄不明白,不能揭发出来,思绪也艰涩到抽都抽不出来。

㉒ 这句说:因此有的竭尽了才情,结果反而往往不愉快。

㉓ 这句说:有的是任意而行,结果反而少过错。

㉔ 这里意思说:虽然这东西属于我身,却不是自己所能控制的,常常有力无处使。兹物,指文思。戮(lù),施力。

㉕ 惋,怨惜。这句说:因此我时常按住自己的空洞心怀,自怨自惜。

㉖ 这句说:我始终不明白文思通畅和阻滞的原因何在。

伊兹文之为用,固众理之所因①。恢万里而无阂②,通亿载而为津③。俯贻则于来叶④,仰观象乎古人⑤。济文武于将坠⑥,宣风声于不泯⑦。涂无远而不弥⑧,理无微而弗纶⑨。配沾润于云雨,象变化乎鬼神⑩。被金石而德广⑪,流管弦而日新⑫。

【注释】

① 伊,发语词。这里意思说:若讲到这文章的作用,本是种种道理所积累而成。

② 阂(hé),阻碍。

③ 载,年。津,渡口,桥梁。这里意思说:有了文章,就可以使在空间上无论多远也没有阻碍,在时间上无论多久也可以互相沟通。

④ 贻,遗留。则,法则。叶,世代。这句说:往下可以将法则留给未来的世代。

⑤ 象,模范。《书·益稷》上说:"予欲观古人之象。"这句说:往上,可以从古人学到好的模范。

⑥ 文、武,指周文王、武王。"文、武之道,未坠于地。"是《论语》上的话。这句说:即使文、武之道已经快要坠落了,也能挽救回来。

⑦ 宣,传播。风声,好的风气。泯,沦亡。这句说:可以使好的风气传播下去,不致沦亡。

⑧ 涂,路途。弥,包容。

⑨ 纶,缠裹。这两句是说:无论多遥远的路程,无论多微妙的理论,没有不能包罗的。

⑩ 这里说:文章能使枯干的沾到润泽,好比云雨一样,至于变化不测,又仿佛鬼神一样。

⑪ 被,施用。金石,指铜器和石碑,这都是古代统治阶级纪念功德的方法。这句说:文章施用在金石上,可以使功德传播得广。

⑫ 这句说:文章流传于音乐中,可以与日长新。

三都赋(蜀都)

左　思

【题解】　自从班固有了专门描写京都的一种赋体,张衡继之,作《西京》、《东京》、《南都》三赋,左思又继之作《蜀都》、《吴都》、《魏都》三赋,虽是互相因袭,但较之班氏的《两都赋》并无逊色,就资料的广博而论,甚至可说是后胜于前。所以在这类赋里选出左思的一篇作为代表。

这一类的赋不是仅仅叙述一个都城的建置,还要包括这些地区的历史事迹,地理位置,风土物产,人物习俗,等于一部压缩写成的地方志。若不是有丰富的资料,加以精深的锤炼,是不能出色的。

左思字太冲,临淄(属今山东淄博)人,晋初官居秘书郎。他创作《三都赋》的经过很不简单。据说,他为了要准备《蜀都赋》的资料,特为移家到洛阳,访问熟悉蜀地情形的张载。他家里处处都安放纸笔,偶然得到一两句就赶紧记下来。这样一点一滴地辛勤积累,费了十多年的时间方得完成。这篇作品问世以后,由于当时还不曾发明木版的印刷术,洛阳豪富之家争相传钞,作为新奇的谈助。"洛阳纸贵"的典故即从此而来。当时影响之大,可以想见。

陆机初到洛阳,听说左思要作《三都赋》,就写信给他弟弟陆云说:"这里有一个书呆子,要作什么《三都赋》,等他作了出来,拿来盖酒坛子吧!"及至左思的赋真作成了,陆机也佩服得很,自己说赶不上他。

他这一组赋是三篇,分赋三国的地理风土,当时就有张载替他的《魏都赋》作注,刘逵替他的《蜀都》、《吴都》两赋作注,这还不算,当时第一流的文人显官卫瓘又替他作补注,而西北方面的名人皇甫谧替他作序。《晋书》本传叙述他的生平，几乎大部是关于他作赋的事。

《文选》开篇就是班、张、左三家的赋。在古代是以这种赋为正宗的，司马相如、扬雄的那种赋都难与相比。看了这种赋，才知道辞赋不应当专尚华藻，而应当注重实际内容。

三都赋序

盖诗有六义焉①，其二曰赋。扬雄曰："诗人之赋丽以则。"②班固曰："赋者，古诗之流也。"③先王采焉，以观土风④。见"绿竹猗猗"，则知卫地淇澳之产⑤；见"在其版屋"，则知秦野西戎之宅⑥。故能居然而辨八方⑦。

【注释】

① 六义，《周礼·春官大师》："教六诗：曰风；曰赋；曰比；曰兴；曰雅；曰颂。"《诗大序》之说同。风是所采集的十五国风，也就是地方的歌谣；这种风诗又有三种表现方法，——赋，比，兴。赋是直接将事情叙述出来；比是借事作比；兴是借事起兴。"雅"和"颂"同样也可以有这三种表现方法。后来将"赋"作为一种文体，其实也是由此而来，所以下文说：赋者古诗之流。

② 扬雄，见《酒箴》题解。扬雄说："诗人之赋丽以则，词人之赋丽以淫。"意思是：像古代诗人那样的赋，虽然讲究词句的华美富丽，但是合于准则。后世的词人专讲词句，作起赋来，就华美富丽得过度了。

③ 班固，东汉著名史学家和文学家。即《汉书》作者。这是班固在《两都赋》序里的话，班固总结了西汉一朝作赋的成绩，首先指出赋是古诗的支流。诗，就是三百篇的诗。汉朝所创的赋体，班固认为是三百篇的演变，左思特别着重这一句，表明了赋的重要意义。

④ 这句说：古代的君主采集了风诗，为的是可以看到各地的风土人情。

⑤ 绿竹猗猗,《诗·卫风·淇奥》:"瞻彼淇澳(yù),绿竹猗猗。"淇,卫地的水名。澳,通"奥",水湾。绿竹,据说是一种形状像竹子的草。猗猗,形容长得茂美。这句的意思是:看见这句诗,就知道卫国有这样的特产。

⑥ 在其版屋,是《诗·秦风·小戎》的句子。版,以两板相夹,置土在板中的筑墙方法。秦国西部接近羌族。羌族的风俗,是用版筑的方法盖房子的。

⑦ 居然,坐在那里毫不费力。八方,指各地。这句说:因为这些诗能够反映现实,所以能借它们辨明各地的不同情况。

然相如赋《上林》而引"卢橘夏熟"①,扬雄赋《甘泉》而陈"玉树青葱"②,班固赋《西都》而叹以出比目③,张衡赋《西京》而述以游海若④。假称珍怪,以为润色⑤,若斯之类,匪啻于兹⑥。考之果木,则生非其壤⑦;校之神物,则出非其所⑧。于辞则易为藻饰⑨,于义则虚而无征⑩。且夫玉卮无当⑪,虽宝非用;侈言无验,虽丽非经⑫。而论者莫〔不〕诋讦其研精⑬,作者大氐举为宪章⑭。积习生常,有自来矣⑮。

【注释】

①《上林》,指司马相如作的《上林赋》。上林,是汉朝长安附近的苑囿。"卢橘夏熟",是其中的一句。卢橘,相传即枇杷。左思的意思:汉朝的上林苑里不应当有卢橘,所以司马相如的赋不是写实的。按,据晋人葛洪所作《西京杂记》(伪托为汉刘向作)的记载,汉朝的确已经移植了南方的植物。左思的见解在这一点上可能不一定正确。

②《甘泉》,指扬雄的《甘泉赋》。"玉树青葱",是这赋中的句子。甘泉是汉朝长安以北的离宫。玉树,南齐王俭假托班固之名而作的《汉武故事》中,说是用珊瑚珠宝制成的饰物。唐人韦绚的《刘宾客嘉话录》则

说“汉离宫故地有槐而细,土人为谓之玉树”。既然是“青葱”的,当以后一说为是。

③《西都》,指班固的《西都赋》。赋里描述钓鱼的事,提到比目鱼。

④《西京》,指张衡的《西京赋》。其中提到海若。海若是海神。左思的意思:长安离海很远,不应有这些东西。认为以上四赋中都有不合实际的描述。

⑤ 润色,修饰。

⑥ 匪啻(chì),不但。这句说:像这一类不切实际的浮词还不止于此呢!

⑦ 壤,土壤。这句意思说:像卢橘一类的果木,考究起来,并不是那种地土所生的。

⑧ 这句意思说:像海若一类的神物,考较起来,也不是那样地方所出的。

⑨ 藻饰,用华丽的字句来装点。

⑩ 征,证据。这里说:论词句是很容易用装点门面的词藻,论意义却是虚伪而没有证据的。

⑪ 玉卮无当,《韩非子》上的话。卮(zhī),酒杯;无当,没有底。形容虽然名贵,却不合实用。

⑫ 侈言,夸大的话。这里说:夸大的言词,如没有证验,则虽然美丽,却不合正常的道理。经,常理。

⑬ 莫不,两字重用,成了肯定的意思,在这里应当是否定,所以“不”字大概是多余的。诋讦(dǐ jié),指摘批评。这句说:论者并不指责这些作者缺乏研精的精神。

⑭ 大氐(dǐ),大都。宪章,典型模范。

⑮ 这句意思说:习惯成自然,也不是一天了。

余既思摹《二京》而赋《三都》①,其山川城邑则稽之地图,其鸟兽草木则验之方志②。风谣歌舞③,各附其俗④;魁梧长者,莫非其旧⑤。何则?发言为诗者,咏其所志也⑥;升高能赋者⑦,颂其所见也。美物者贵依其本,赞事者宜本其实[8]。匪本匪实,览者奚信[9]?且夫任土作贡[10],《虞书》所著;辩物居方[11],《周易》所慎。聊举其一隅,摄其体统[12],归诸诂训焉[13]。

【注释】

① 《二京》,指张衡所作的《西京赋》和《东京赋》,并称《二京赋》。《三都》,指作者自己所写的《魏都赋》、《蜀都赋》、《吴都赋》,合称《三都赋》。

② 方志,地方的志书。

③ 风谣,民间歌谣。

④ 各附其俗,各与本地的风俗相合。

⑤ 魁梧长者,指出名的大人物。这句说:所举的大人物,无一不是本地原有的。

⑥ 这两句说:诗本是歌咏心中的事。语出《毛诗序》:"在心为志,发言为诗。"

⑦ 升高能赋,在高处远望的时候,能将所见的事物描述出来。语出《毛诗传》:"升高能赋,可以为大夫。"

⑧ 这里说:赞美事物应当按照其本来面目和实际情况。

⑨ 这里说:如果不是本来面目和实际情况,观者怎能相信呢?

⑩ 任土作贡,是《书·禹贡》上的话。意思是:随其土地所产而定贡赋的品种和数量。

⑪ 辩物居方,各种物产应当各归所宜的地方。语出《易经》:"君子以慎辩物居方。"

⑫ 摄其体统,抓住它的大纲节目。

⑬ 诂训,即故训,古人的言语。

蜀　都　赋

有西蜀公子者,言于东吴王孙曰[1]:盖闻天以日月为纲[2]，地以四海为纪。九土星分[3]，万国错峙[4]。崤、函有帝皇之宅[5]，河、洛为王者之里[6]。吾子岂亦曾闻蜀都之事乎？请为左右扬搉而陈之[7]：

【注释】

① 西蜀公子，和东吴王孙，都是假设人物。

② 盖闻，据我所闻。

③ 九土，九州。夏禹分中国为冀、兖、青、徐、扬、荆、豫、梁、雍九州。但古人的“九”字，常常活用，不可拘泥地理解。

④ 错峙，杂列。

⑤ 崤、函，崤山和函谷关。在这以西就是关中地方，西周、秦、汉都在这里建都，所以说有皇帝之宅。

⑥ 河、洛，东周、东汉及晋朝建都的地方。

⑦ 左右，对于对方的敬称。扬搉（què）而陈之，陈说大概。

夫蜀都者，盖兆基于上世[1]，开国于中古[2]。廓灵关以为门[3]，包玉垒而为宇[4]。带二江之双流[5]，抗峨眉之重阻[6]。水陆所凑[7]，兼六合而交会焉[8]；丰蔚所盛[9]，茂八区而庵蔼焉[10]。

【注释】

① 兆基于上世，是说从上古时代已经开始建立了基础。按，秦灭蜀以前，蜀地有它的地方政权，它的悠久历史，可以直溯到神话时代。

② 开国于中古，指秦代统治以后，才开始筑城置郡。国，城。

③ 灵关，山名，在成都西南。廓，空，大。这句说：灵关像是蜀都的大门。

④ 玉垒，山名，在成都西北。宇，屋边。这句说：玉垒山包在蜀都之后，像它的边墙。

⑤ 二江，江指岷江，源出四川西北岷山，南流至灌县，折东南经成都，再远

往宜宾注入长江。因上流为两水汇成,故称二江。越成都南郊而过,故曰带。秦代李冰凿开离堆,大兴水利,就是现在的都江堰。

⑥ 抗,举起。峨眉是高而且深的山,险阻重重,所以称重阻。

⑦ 凑,四面八方会集。

⑧ 六合,四方上下。这句形容水陆路途四通八达。

⑨ 丰蔚,指丰富的物产。

⑩ 八区,即八方。庵蔼,茂盛貌。

于前则跨蹑犍、牂[①],枕倚交趾[②]。经途所亘[③],五千余里。山阜相属[④]。含溪怀谷[⑤]。岗峦纠纷[⑥]。触石吐云[⑦]。郁葐蒀以翠微[⑧],崛巍巍以峩峩[⑨]。干青霄而秀出[⑩],舒丹气而为霞[⑪]。龙池瀥瀑渍其隈[⑫],漏江伏流溃其阿[⑬]。汩若汤谷之扬涛[⑭],沛若濛汜之涌波[⑮]。于是乎邛竹缘岭[⑯],菌桂临崖[⑰]。旁挺龙目[⑱],侧生荔枝。布绿叶之萋萋[⑲],结朱实之离离[⑳]。迎隆冬而不凋[㉑],常晔晔以猗猗[㉒]。孔、翠群翔[㉓],犀、象竞驰。白雉朝雊[㉔],猩猩夜啼。金马骋光而绝景[㉕],碧鸡儵忽而曜仪[㉖]。火井沉荧于幽泉[㉗],高焰飞煽于天垂[㉘]。其间则有虎珀丹青[㉙],江珠瑕英[㉚]。金沙银砾[㉛],符采彪炳[㉜],晖丽灼烁[㉝]。

【注释】

① 于前,指蜀都的南部各地,因离中原地区较远,故称“前”。蹑(niè),追踪。犍、牂,犍为、牂柯,蜀地的两个郡名。

② 倚,从五臣本。枕、倚,都是靠的意思。交趾,汉朝的郡名,是当时的西南边疆地区。

③ 亘(gèn),延长,连绵。

④ 相属,相连。

⑤ 含溪怀谷，包藏着溪谷。

⑥ 纠纷，错杂。

⑦ 触石吐云，山中的气与石头相碰击，就吐出云来。以上每句协韵，一韵只有两句，是句法上的变化。

⑧ 蒕蒀，或作"纷缊"，烟气郁积貌。翠微，山中云气轻飘的样子。

⑨ 崛(jué)，突起。巍巍峩峩，高峻貌。

⑩ 干青霄，上插青天。秀出，秀丽峭拔。

⑪ 这句说：山中吐出红色的气而成为霞。

⑫ 龙池，和下文"漏江"都是池和江的名字。滈瀑(huò pù)，水沸声。濆(fén)，喷涌。隈，与下文"阿"，都是山的弯曲处。

⑬ 伏流，在地下流行。溃，冲破。漏江在建宁有潜流数里，复冲出地面流行。

⑭ 汩(gǔ)，与下文"沛"，都是水流通畅峻急的样子。汤谷，见《西征赋》注。

⑮ 濛汜(sì)，神话中日入处。以上四句写山，四句写水，山极其高深，水极其壮盛。

⑯ 邛(qióng)，邛崃山，在今四川邛崃，所出的一种竹，叫邛竹，实心而稀节，可以作杖。

⑰ 菌桂，一种药用的桂。临崖，与上文"缘岭"，形容遍山都是。

⑱ 龙目即龙眼，桂圆的别名。旁挺，与下文"侧生"，都是遇有隙地就长出的意思。

⑲ 萋萋，草叶柔嫩状。

⑳ 朱实，红色的果实。离离，错落垂挂貌。

㉑ 隆冬，极冷的冬季。

㉒ 晔(yè)晔，光采貌。

㉓ 孔，孔雀；翠，翡翠鸟。

㉔ 雊(goù)，野鸡叫声。

㉕ 金马，和下文"碧鸡"，都是西南地方传说中的神物。骋光，形容奔驰得和光的速度一样。绝景，不留下影子。

㉖ 儵,同“倏”(shū)。倏忽,飞快。曜仪,显出形状。

㉗ 火井,指蜀地独有的盐井。荧(yíng),小火光。火在井中,好像是幽深的井泉中沉浸着火光。

㉘ 爓,同“焰”。天垂,天际。

㉙ 虎珀,即琥珀,亦作虎魄。丹青,朱砂、石青两种颜料。

㉚ 江珠,据《博物志》,是琥珀的别名。瑕(xiá)英,一种美玉。

㉛ 砾(lì),粗砂。金银矿屑杂在砂砾中,可以淘洗。金沙江就以此得名。

㉜ 符采,珍宝的光采。彪(biāo)炳,光采炫曜。

㉝ 晖丽灼烁(zhuó shuò),光辉灿烂貌。

于后则却背华容[①],北指昆仑[②]。缘以剑阁,阻以石门。流汉汤汤[③],惊浪雷奔,望之天回,即之云昏[④]。水物殊品[⑤],鳞介异族[⑥];或藏蛟螭[⑦],或隐碧玉[⑧]。嘉鱼出于丙穴[⑨],良木攒于褒谷[⑩]。其树则有木兰梫桂[⑪],杞櫹椅桐[⑫],椶枒楔枞[⑬]。楩柟幽蔼于谷底[⑭],松柏蓊郁于山峰。擢修干[⑮],竦长条[⑯]。扇飞云,拂轻霄[⑰]。羲和假道于峻岐[⑱],阳乌回翼乎高标[⑲]。巢居栖翔[⑳],聿兼邓林[㉑]。穴宅奇兽,窠宿异禽。熊罴咆其阳[㉒],雕鹗鴂其阴[㉓]。猨狖腾希而竞捷[㉔],虎豹长啸而永吟[㉕]。

【注释】

① 于后,指蜀都北部地方,离中原较近,所以称“后”。却背,背抵。华容,水名,在四川江油北。

② 昆仑,与下剑阁、石门都是蜀北的山名,都是蜀道的险关。

③ 汤(shāng)汤,水流壮盛貌。

④ 这三句极力形容汉水的壮观,波涛有雷霆的声势,远望起来,好像天旋地转,到了近处,水气蒸成蒙蒙的云雾。即,靠近。

⑤ 水物殊品，水中物产种类不同。

⑥ 鳞，鱼类；介，龟、蚌之类。

⑦ 蛟，穿山甲之类，常随山洪流出，古时误以为能发水。螭（chī），没有犄角的龙，有人认为即鳄鱼。

⑧ 隐，潜藏。碧玉，水中所产的宝石。

⑨ 丙穴，在今陕西沔阳北。嘉鱼，指一种状似鳟鱼的鱼，是当地名产。

⑩ 褒谷，川、陕交界的山谷，南口名褒谷，北口名斜谷。谷中从古出产木材。

⑪ 木兰，一种常青的树，果实可吃。梫（qǐn）桂，木桂。

⑫ 杞（qǐ），杞柳。橚（xiāo），一种落叶乔木。椅（yī），一种可作细木料的乔木。

⑬ 椶，同“棕”。椶枒，即棕榈。楔（xiē），有刺的松。枞（cōng），松类。

⑭ 楩（pián），黄楩木。柟，即“楠”。幽蔼，与下“蓊郁”，都是深密的意思。以上详举褒谷中的特种树木。

⑮ 擢，挺出。修干，长的树身。

⑯ 竦（sǒng），高耸。

⑰ 这两句形容树的枝叶，在云霄之间动荡着。

⑱ 羲和，神话中驾驶太阳的神，因此，就成为太阳的代称。峻岐，指高树的杈丫。

⑲ 阳乌，神话中住在太阳里的三足乌，也是太阳的代称。这两句极力形容树木高而且密，遮蔽了日光，太阳都好像改道了。

⑳ 巢居，指禽鸟。栖翔，指鸟的或停或飞。

㉑ 聿（yù），发语辞，与“此”字略同。兼，加倍。邓林，见《鹦鹉赋》注。这是说比邓林还要加倍。

㉒ 罴（pí），熊类兽，亦称人熊。咆（páo），兽的嗥叫。阳，山的南面。

㉓ 雕鹗，都是鹰类。鴥（yù），飞得迅速。阴，山的北面。

㉔ 猨，同“猿”。狖（yòu），黑猿。希，空处。腾希，在空处纵跳。

㉕ 永，长。

于东则左绵巴中[①],百濮所充[②]。外负铜梁于宕渠[③],内函要害于膏腴[④]。其中则有巴菽、巴戟[⑤],灵寿桃枝[⑥];樊以葅圃[⑦],滨以盐池。蝴蛦山栖[⑧],鼋龟水处。潜龙蟠于沮泽[⑨],应鸣鼓而兴雨[⑩]。丹沙赩炽出其坂[⑪],蜜房郁毓被其阜[⑫]。山图采而得道,赤斧服而不朽[⑬]。若乃刚悍生其方[⑭],风谣尚其武[⑮];奋之则賨旅[⑯],玩之则渝舞[⑰];锐气剽于中叶[⑱],蹻容世于乐府[⑲]。

【注释】

① 于东,指蜀东地带。左,东边。绵,经历。这句说:东面经历巴中地带。后来四川绵州即称为左绵,就是用左思的话。

② 濮,巴中少数民族,细分起来又不止一种,所以称为百濮。《书经》上说西南民族参加周武王伐纣一役的,就有濮人在内。所充,充满了此地。

③ 铜梁,山名,在今四川合川南。又有小铜梁山,在铜梁县境。宕(dàng)渠,汉郡名,即今四川合川、南充等地。

④ 函,包含。要害,险要地方。膏腴,肥饶之地。这一组偶句,上句之中两个实字,下句之中两个虚字,这称为“句中对”,使文章组织增加变化,避免句法的呆板。

⑤ 巴菽,药名的巴豆;巴戟,巴戟天,都是因为出在巴中,所以带“巴”字。

⑥ 灵寿,木名;桃枝,竹类;都可以作手杖。

⑦ 樊,与“藩篱”的“藩”音意均同。葅(zǔ),菜。葅圃,菜园。

⑧ 蝴蛦(bì yí),山鸡类的野禽,也是巴地的特产。山栖,栖于山,下文“水处”,居于水。

⑨ 潜龙,不飞的龙,语出《易经》。沮(jū)泽,沼泽。

⑩ 鸣鼓,传说巴地有个沼泽,中有神龙,听见鸣鼓就会下雨。

⑪ 赩(xì),深红。赩炽,是红得像火一样。坂,山坡。

⑫ 郁毓,丰盛貌。阜,山地。

⑬ 山图、赤斧,都是古代传说中仙人。不朽,不老。以上这些物产,据刘

逵的注释,都是实在的。

⑭ 若乃,相当于“至于”,以上叙物产,以下叙民风。悍(hàn),勇猛。

⑮ 尚,崇尚。这里说:那地方所生的人都是性格刚强勇猛的,歌谣也崇尚勇武精神。

⑯ 賨(cóng),巴地的一种少数民族。賨旅,賨人所编的军队,汉高祖从汉中出发,与项羽争天下,曾经得过他们的援助。

⑰ 玩,娱乐。渝,河川名,在賨人所居的地区。这里说:作为武力,就有賨兵,作为文娱,就有渝舞。

⑱ 剽(piào),轻捷。中叶,指西汉极盛的时代。

⑲ 蹻(jiǎo),武勇貌,这里形容舞姿。乐府,汉朝掌管音乐歌谣舞蹈的机关。世于乐府,是世世代代在乐府中保存。这里意思说:汉朝非常重视。

于西则右挟岷山①,涌渎发川②。陪以白狼,夷歌成章③。坰野草昧④,林麓黝儵⑤。交让所植⑥,蹲鸱所伏⑦。百药灌丛⑧,寒卉冬馥⑨。异类众夥⑩,于何不育⑪?其中则有青珠黄环⑫,碧砮芒消⑬。或丰绿荑⑭,或蕃丹椒⑮。蘪芜布濩于中阿⑯,风连莚蔓于兰皋⑰。红葩紫饰⑱,柯叶渐包⑲。敷蕊葳蕤⑳,落英飘飖㉑。神农是尝㉒,卢、跗是料㉓。芳追气邪㉔,味蠲疠痟㉕。

【注释】

① 于西,指蜀西。岷山,岷江发源的山,在蜀地的西部。所以说右挟。

② 渎(dú),河川。这句指岷江由此发源。

③ 白狼,蜀西的一种少数民族,东汉时代曾用他们的语言写成三首诗歌,送给当时的中央政府。载在《后汉书》中。左思在这里就是使用这件史实。

④ 坰(jiōng),郊野。草昧,草木幽深茂密。

⑤ 麓(lù),山脚。黝儵(yǒu shū),幽暗。

⑥ 交让,一种生在岷山的树木,据说总是两树对生,这一边枯就另一边活,每年互换一次,既不同时枯,也不同时活。所以名为交让。

⑦ 蹲鸱,大芋,也是岷山下的特产。

⑧ 百药,各种各类的药用植物。灌丛,灌木成丛。

⑨ 卉(huì),草的总称。寒卉,耐寒的植物。冬馥,冬天散出香气。

⑩ 众夥,繁多。

⑪ 于何不育,有什么东西不能生长?

⑫ 青珠、黄环,大概都是可以入药的矿物。

⑬ 砮(nǔ),可以作箭头的石类。芒消,就是中药的芒硝。

⑭ 绿荑(tí),即辛夷,俗称木笔。

⑮ 丹椒,红的花椒。蕃,与上"丰",都是说长得茂盛。

⑯ 麋,通"蘼"。蘼芜,香草。布濩(hù),分布。中阿,山坳。

⑰ 风连,中药的黄连。莚蔓,藤蔓牵缠。兰皋,生兰草的平地。

⑱ 葩(pā),与"花"同,古时没有"花"字,只写作"华"或"葩"。

⑲ 渐(jiān)包,语出《书·禹贡》:"草木渐包",即草木丛生的意思。

⑳ 蕊(ruǐ),花心。葳蕤(wēi ruí),花草扶疏下垂之状。

㉑ 英,花。飘飖,飞扬。

㉒ 神农,传说中的古帝王,曾尝百草,辨药性。

㉓ 卢、跗,即扁鹊、俞跗,两人都是传说中的古代名医。料,制药剂。

㉔ 追,驱除。气邪,人所触犯的不正之气。

㉕ 蠲(juān),免除。疠(lì),传染病;痟(xiāo),消渴病(糖尿病)。

其封域之内[①],则有原隰坟衍[②],通望弥博[③]。演以潜沫,浸以绵雒[④]。沟洫脉散[⑤],疆理绮错[⑥]。黍稷油油,粳稻莫莫[⑦]。指渠口以为云门[⑧],洒滮池而为陆泽[⑨],虽星毕之滂沱[⑩],尚未齐其膏液[⑪]。

【注释】

① 封域之内,全境之内。

② 原,平原;隰(xí),低湿的土地;坟,水边的土地;衍,地之平美者。这四种都是良田。

③ 通望弥博,是说一望无边。博,宽广。

④ 潜、沫(méi)、绵、雒,是四条水名。演,水在地下潜流。潜、沫二水,均有一段潜流,故说"演"。浸,沾润。

⑤ 沟洫(xù),沟渠。脉散,形容沟渠散布,像人身的血管。

⑥ 疆理绮错,田亩如同锦绮花纹般错杂排列。疆理,田畴。语出《左传》:"先王疆理天下。"

⑦ 黍,黄米;稷,高粱;粳稻,大米。油油、莫莫,形容禾黍茂盛。

⑧ 渠口,指秦代李冰所修的都江堰,云门比喻渠水如甘霖,渠口如兴云作雨之门。

⑨ 洒,分流,灌溉。滮(biāo)池,古代关中地区的蓄水池。这里引用来指蜀地的水利工程。陆泽,干地上的水源。这两句大意是说蜀地有大规模的水利事业,不怕干旱。

⑩ 星毕滂沱,语出《诗·小雅·渐渐之石》:"月离于毕,俾滂沱矣。"古代传说,月亮所行的轨道,走近毕星,就会下大雨。滂沱,形容大雨。

⑪ 这句意思说:就是下了极大的雨,也比不上这些水利事业所浸灌的多。

尔乃邑居隐赈[①],夹江傍山。栋宇相望,桑梓接连[②]。家有盐泉之井,户有橘柚之园[③]。其园则有林檎枇杷[④],橙柿梬楟[⑤]。榹桃函列[⑥],梅李罗生。百果甲宅[⑦],异色同荣[⑧]。朱樱春熟,素柰夏成[⑨]。若乃大火流[⑩],凉风厉[⑪];白露凝,微霜结。紫梨津润,樼栗罅发[⑫];蒲陶乱溃[⑬],若榴竞裂[⑭]。甘至自零[⑮],芬芳酷烈[⑯]。其圃则有蒟蒻茱萸[⑰],瓜畴芋区[⑱]。甘蔗辛姜[⑲],阳茈阴敷[⑳]。日往菲微[㉑],月来扶疏[22]。任土所丽,众献而储[23]。

【注释】

① 隐赈,充实繁荣貌。

② 桑梓,家乡。语出《诗·小雅·小弁》:“维桑与梓,必恭敬止。”这以上都是说城乡居民稠密。

③ 这两句说:盐井和果园几乎是家家所有。

④ 林檎,花红。

⑤ 楟(yǐng tíng),梨类的果子。

⑥ 榹(sì)桃,山桃。函列,树木成行。

⑦ 甲宅,与“甲坼”同,即开花。

⑧ 异色同荣,百花齐放。

⑨ 柰,苹果类的果子。

⑩ 大火,心星。《诗·豳风·七月》:“七月流火。”心星下流,是秋季到了。

⑪ 厉(liè),凛烈。

⑫ 槫(zhēn),同“榛”,小栗子。罅(xià),裂缝。罅发,指栗皮开坼。

⑬ 蒲陶,即葡萄。溃,熟烂。

⑭ 若榴,即石榴。

⑮ 甘至自零,甜到极点的时候自然从树上落下。

⑯ 酷烈,浓厚。

⑰ 蒟蒻(jǔ ruò),四川特产的一种芋类植物,地下茎成球状。又名魔芋,蒻头。茱萸,椒类的香料。

⑱ 畴,田亩的疆界;区,分种的地段。这句说:有成片连畦的瓜芋作物。

⑲ 蔗是特别甜的,姜是特别辣的,所以加上两个形容词。

⑳ 阳茂(xū),被阳光照耀。阴敷,布满了阴荫。蔗宜暖,姜宜阴。

㉑ 菲微,形容缓缓滋长的叠韵词。日往菲微,一天一天缓缓滋长。

㉒ 扶疏,枝条分布貌。月来扶疏,一月左右,枝条就长得多了。

㉓ 丽,附属。这里说:这些都是属于本地的特产,大众献来储蓄备用。

其沃瀛则有攒蒋丛蒲[①]，绿菱红莲；杂以蕴藻，糅以蘋蘩[②]。总茎柅柅[③]，裛叶蓁蓁[④]。蕡实时味[⑤]，王公羞焉[⑥]。其中则有鸿俦鹄侣[⑦]，振鹭鹈鹕[⑧]。晨凫旦至[⑨]，候雁衔芦[⑩]。木落南翔，冰泮北徂[⑪]。云飞水宿[⑫]，弄吭清渠[⑬]。其深则有白鼋命鳖[⑭]，玄獭上祭[⑮]。鳣鲔鳟鲂，鮷鳢鲨鲿[⑯]，差鳞次色[⑰]，锦质报章[⑱]。跃涛戏濑，中流相忘[⑲]。

【注释】

① 瀛，沼泽。蒋、蒲，与下菱、莲、蕴、藻、蘋、蘩，都是水生植物。攒(cuán)，也是聚的意思。

② 糅，掺杂。

③ 总，聚集。柅(nǐ)柅，茂盛貌。

④ 裛(yì)，包起来。蓁(zhēn)蓁，茂盛貌。

⑤ 蕡(fén)实，果实。时味，时鲜的菜蔬。

⑥ 羞，食物，在这里作动词进食解。《左传》："蘋蘩蕴藻之菜，可荐于鬼神，可羞于王公。"

⑦ 鸿，雁；鹄，天鹅。飞起来总是成群的，所以加上俦侣二字。俦(chóu)，伴侣。

⑧ 振鹭，鹭鸶。鹈鹕，一种吃鱼的水鸟。

⑨ 晨凫(fú)，野鸭。凫常于早晨飞翔，所以称晨凫。

⑩ 候雁，雁每到一定的节候南飞或北往，所以称为候雁。衔芦，雁飞的时候，口中衔一根芦苇，为的是防止遇到罗网。语出《淮南子》。

⑪ 木落，寒季快到了就南飞；冰泮，温季快到了就北去。这是雁的生活规律。

⑫ 云飞水宿，飞在高空，宿在水边沙滩芦丛之中。

⑬ 吭，鸟喉；弄吭，播弄鸣叫的声音。

⑭ 白鼋命鳖，相传鼋叫起来，鳖会响应。

⑮ 獭(tǎ)，食鱼兽；在吃鱼以前要献祭，也是古代的传说。獭是黑色的，

所以称为玄獭。

⑯ 鳣(zhān)、鲔(wěi)、鳟(zūn)、鲂(fáng)、鮷(tí)、鳢(lǐ)、鲨(shā)、鲿(cháng),都是鲜美的大鱼。

⑰ 差(cī)次,按次排比。

⑱ 报章,纺织物上的花纹,语出《诗·小雅·大东》。两句是形容鱼的形色美观。

⑲ 相忘,《庄子》:"鱼相忘于江湖。"形容鱼在水中游行自在,好像彼此都不相理睬,自得其乐。

于是乎金城石郭①,兼帀中区②。既丽且崇③,实号成都。辟二九之通门④,画方轨之广涂⑤。营新宫于爽垲⑥,拟承明而起庐⑦。结阳城之延阁⑧,飞观榭乎云中⑨。开高轩以临山⑩,列绮窗而瞰江⑪。内则议殿爵堂⑫,武义虎威;宣化之闼,崇礼之闱⑬。华阙双邈⑭,重门洞开⑮;金铺交映⑯,玉题相晖⑰。外则轨躅八达⑱,里闬对出⑲。比屋连甍⑳,千庑万室㉑。亦有甲第㉒,当衢向术㉓。坛宇显敞㉔,高门纳驷㉕。庭扣钟磬㉖,堂抚琴瑟㉗。匪葛匪姜㉘,畴能是恤㉙?

【注释】

① 金城石郭,形容城郭之坚固。郭,外城。

② 帀(zā),周遭,包括。兼帀中区,城垣包括中心区在内。

③ 丽,壮丽;崇,高峻。

④ 二九,十八。据《后汉书》:汉武帝始立成都郭的十八门。

⑤ 方轨,车可以并行无阻。

⑥ 爽垲,地势高敞。

⑦ 承明,西汉长安宫内文人学士待诏的地方。这里的新宫、承明,大概是

刘备、刘禅在蜀时所营建的建筑物，摹仿长安的旧规模。

⑧ 阳城，是城门之一。延阁，是接连不断的建筑物，或者像走廊，或者像栈道。

⑨ 观、榭，都是古代的高建筑物。这句说：它们好像在云中飞翔一样。

⑩ 轩，台观前可以展望的部分。临山，面对着山。

⑪ 绮窗，雕刻花纹的窗；古代的窗是空的，所以雕刻极细密的花纹，可以节制阳光，流通空气。瞰(kàn)，俯视。

⑫ 议殿，大概是会议的殿，爵堂，大概是封拜官爵的堂。

⑬ 武义、虎威、宣化、崇礼，都是门的名字。闼、闱，都是宫内的门。

⑭ 邈，这里作“高耸”解。

⑮ 重门，一层层的门。洞开，敞开。

⑯ 铺，古时门环的衬片，是铜制的，所以称为“金铺”。每门都是同样的金铺，所以互相辉映。

⑰ 玉题，门楣上的装饰。以上是成都故宫的建筑大概。刘备、刘禅在成都，怎样建成一个国都的规模，史书已经完全失载了，仅仅依靠左思这篇赋才可以知道一点大概。

⑱ 轨，车迹。躅(zhú)，牛马的脚迹。这里是指道路。

⑲ 闬(hàn)，里巷的门。对出，相对而开；说明民居的稠密。

⑳ 甍(méng)，屋栋，屋脊。

㉑ 庑(wǔ)，大屋边的小屋，此处泛指房屋。以上说一般平民的居处。

㉒ 甲第，高级住宅。

㉓ 衢、术，大街。这句说：高级住宅是对着大街建造的。

㉔ 坛，堂。宇，院。

㉕ 驷，四匹马驾的车，古代以四马驾的车为最上层阶级的享用。能够容纳四马车通过的门，必然是高大的。

㉖ 扣，同“叩”，敲打。

㉗ 这两句形容贵族的生活。

㉘ 葛，指诸葛亮；姜，指姜维。

㉙ 恤(xù)，过问。这句说：如果不是像诸葛亮、姜维那样的上层人物，谁

还有资格过问这种高贵的住宅呢?

亚以少城[1],接乎其西,市廛所会[2],万商之渊[3]。列隧百重[4],罗肆巨千[5]。贿货山积[6],纤丽星繁[7]。都人士女[8],袨服靓妆[9]。贾贸墆鬻[10],舛错纵横[11]。异物崛诡[12],奇于八方[13]。布有橦华[14],面有桄榔[15];邛杖传节于大夏之邑[16],蒟酱流味于番禺之乡[17]。舆辇杂沓[18],冠带混并[19]。累毂叠迹[20],叛衍相倾[21]。喧哗鼎沸[22],则咙聒宇宙[23];嚣尘张天[24],则埃壒曜灵[25]。阛阓之里[26],伎巧之家,百室离房,机杼相和。贝锦斐成[27],濯色江波[28]。黄润比筒[29],籯金所过[30]。

【注释】

① 亚,其次。少城,成都城内的小城,在西区,古代为商业集中地。

② 市廛,市街。

③ 渊,渊海。这是说:各种商货的集中地。

④ 隧,有店铺的街道。

⑤ 巨千,无数千。

⑥ 贿货,商品。山积,形容商品之多。

⑦ 纤丽,细巧美丽的货色;星繁,形容品种的多。

⑧ 都人士女,是《诗・小雅》中的成语,指都城内的男女。

⑨ 袨(xuàn)服,盛装。靓(jìng),鲜明。靓妆,妆扮得漂亮。

⑩ 贾(gǔ)贸,以有易无。墆(dié)鬻(yù),屯积居奇。

⑪ 舛(chuǎn),违反。这句说:有买的,有卖的,五花八门,忙忙碌碌。

⑫ 崛诡,奇怪。

⑬ 奇于八方,各处珍奇的物品都来会集。

⑭ 橦(tóng),木棉,在左思的时代,国内还不知道有棉花。

⑮ 桄榔(guāng láng),热带树,树干中有赤色粉,可以吃。

⑯ 大夏,古代西域国名。张骞在大夏,看见蜀地所产的邛竹杖,语出《汉书》。

⑰ 蒟酱,胡椒类植物,与上文"蒟蒻"系两物。也是蜀地土产。番禺,即今广东的番禺。番禺有蒟酱,也是《汉书》上的话。

⑱ 舆辇,车轿。杂沓,纷纷来去。

⑲ 冠带,上层人士的装束。

⑳ 累毂叠迹,一辆一辆相接。

㉑ 叛衍,稠密。相倾,彼此争夺不让。

㉒ 鼎沸,锅中烧开水的滚响声,形容乱腾腾的样子。

㉓ 哤(páng)聒(guā),杂声。这句说杂声震动宇宙。

㉔ 张,同"涨"。

㉕ 壒(ǎi),尘土。这里作动词用,意思是:尘埃把太阳都遮住了。

㉖ 阛阓(huán kuì),街巷。

㉗ 贝锦,织有花纹的锦。斐,文采。"斐然成章"是《论语》上的话。

㉘ 濯色江波,成都的江水据说最宜于濯锦,使锦色格外鲜明。因此汉朝在这里设立织锦的工场,称为锦官,成都因此又名锦官城。

㉙ 黄润,指筒中细布。筒中细布,是蜀地的特产,司马相如和扬雄的文章里都提过黄润布。

㉚ 籯(yíng),装金子的箱子。这句说:筒布价值高贵,需要黄金来交易。

侈侈隆富①,卓、郑埒名②。公擅山川,货殖私庭③。藏镪巨万④,铱摫兼呈⑤。亦以财雄,翕习边城⑥。三蜀之豪⑦,时来时往。养交都邑,结俦附党⑧。剧谈戏论⑨,扼腕抵掌⑩。出则连骑,归从百两⑪。若其旧俗⑫,终冬始春⑬,吉日良辰⑭,置酒高堂,以御嘉宾⑮。金罍中坐⑯,肴槅四陈⑰。觞以清醥⑱,鲜以紫鳞⑲。羽爵执竞⑳,丝竹乃发㉑。巴姬弹弦,汉女击节㉒。起《西音》于促柱,歌《江上》之飘厉㉓。纡长袖而屡舞㉔,翩跹跹以裔裔㉕。合樽促席㉖,引满相罚㉗。乐饮今夕,一醉累月㉘。

【注释】

① 隆富,巨富。

② 卓、郑,卓氏、郑氏,是汉初蜀地的大地主,拥有矿山和千百名的奴隶,垄断平民的生计。载在《史记》、《汉书》的《货殖传》。埒(liè)名,齐名。

③ 这里说:他们公然占有了山川,为自己一家积累财富。

④ 镪(qiǎng),铜钱。巨万,几万至几十百万。

⑤ 铲(pì),裁竹木作器料。摫(guī),裁衣料做衣服。兼呈,常课,指向农奴按例征收。

⑥ 翕习,哄动一时。这里说:有一班财主与汉初的卓氏、郑氏齐名,也因为广有钱财,在边境上称雄。

⑦ 三蜀,是蜀郡、广汉、犍为等三郡。广汉略靠北部,犍为略靠南部。

⑧ 这里说:各地的土豪,在都市中结成党与。都经常到成都来。

⑨ 剧谈戏论,高谈阔论。

⑩ 扼腕,表示愤怒。抵(zhǐ)掌,拍手。这句说:谈论十分兴奋。

⑪ 两,古"辆"字。以上大意是说:这班人有人附和,所以势力很大。

⑫ 旧俗,指富商豪门平素的生活习惯。

⑬ 终冬始春,岁尾年头。

⑭ 吉日良辰,好日子。语出《楚辞》。

⑮ "以御宾客",语出《诗·小雅·吉日》,古赋往往运用成语,略加变化。御,款待。

⑯ 罍(léi),盛酒的器皿。古时饮酒用大的酒器盛了酒,放在中央,然后用杯勺舀来喝。

⑰ 肴,菜蔬。槅,通"核",有核的果子。四陈,陈列在四面。

⑱ 觞(shāng),酒杯;这里作动词"敬酒"解。醥(piǎo),清洌的酒。

⑲ 鲜,尝新。紫鳞,指鱼。

⑳ 羽爵，刻成禽鸟花纹的酒杯。执竞，捧杯争相欢饮。

㉑ 丝竹，弦管乐器。这句说：饮酒时奏起管弦乐来。

㉒ 巴姬、汉女，指蜀地的女乐。击节，打拍子。

㉓《西音》、《江上》，都是乐曲的名称。飙厉，同“嘹唳”(liáo lì)，形容歌声响亮。

㉔ 纡(yū)，曲；纡长袖，形容起舞时袖带飘洒曲折之状。

㉕ 翩，轻捷貌。跹跹，回翔貌。裔裔，飞舞流丽貌。这里都指舞姿。

㉖ 樽，大的酒器。合樽促席，大家坐拢来不拘形迹。

㉗ 引满，斟满酒。

㉘ 这里说：今天晚上痛痛快快喝一顿，拚几个月沉醉不醒。

若夫王孙之属[①]，郤公之伦[②]，从禽于外[③]，巷无居人[④]。并乘骥子，俱服龙文[⑤]。玄黄异校[⑥]，结驷缤纷。西逾金堤[⑦]，东越玉津[⑧]。朔别期晦，匪日匪旬[⑨]。蹴蹈蒙茏[⑩]，涉躐寥廓[⑪]。鹰犬倏眒[⑫]，罻罗络幕[⑬]。毛群陆离[⑭]，羽族纷泊[⑮]。翕响挥霍[⑯]，中网林薄[⑰]。屠麖麋[⑱]，翦旄麈[⑲]；带文蛇[⑳]，跨雕虎[㉑]。志未骋[㉒]，时欲晚；追轻翼，赴绝远。出彭门之阙[㉓]，驰九折之坂[㉔]；经三峡之峥嵘[㉕]，蹑五屼之蹇浐[㉖]。戟食铁之兽[㉗]，射噬毒之鹿[㉘]；皛貙氓于葽草[㉙]，弹言鸟于森木[㉚]。拔象齿，戾犀角[㉛]；鸟铩翮[㉜]，兽废足。

【注释】

① 王孙，指卓王孙，就是卓文君的父亲。之属，相类似的人们；下“之伦”同义。

② 郤公是蜀地的一个土豪。

③ 从禽，打猎。

④ 巷无居人,街巷中的人都去看打猎。语出《诗·郑风·叔于田》。

⑤ 骥子、龙文,都是骏马的名称。服,驾车。

⑥ 玄黄,指黑色和黄色的马。校,队伍。这句说:各种不同毛色的马分开了队。

⑦ 金堤,在成都之西。

⑧ 玉津,即璧玉津,在犍为郡东北,成都之东,以上两地,都是游猎之地。

⑨ 这里说:这种长途的行猎,要以一月为期,不能以日,以十日来计算。朔,阴历每月初一。晦,每月月底。

⑩ 蒙茏,指草木。这句说:猎者骑马践踏于草木之间。

⑪ 涉躐(liè)寥廓,奔走于蒿草小径。躐,足迹所经。寥廓,指蒿草之地。语出桓谭《新论》:"道路皆蒿草,寥廓狼藉。"

⑫ 倏眒(shēn),飞奔貌。

⑬ 罻(wèi)罗络幕,布设捕捉鸟兽的罗网。

⑭ 毛群,指兽类。陆离,分散,指野兽奔逃。

⑮ 羽族,指鸟类。纷泊,飞扑。

⑯ 翕(xī)响挥霍,顷刻之间。

⑰ 林薄,森林草地之间。薄,草丛生之地。

⑱ 麖(jīng)、麋(mí),都是鹿类动物。

⑲ 旄(máo),旄牛,亦即犛牛。麈(zhǔ),鹿类动物,其尾可作拂尘。

⑳ 文蛇,有花纹的蛇。

㉑ 雕,斑纹。以上四句,描写所猎获的野味。屠,翦,宰杀;带,跨,捆缚。

㉒ 骋,这里作"满足、尽兴"解,下文"欲",将。

㉓ 彭门,地名,在岷山下,因谷口两峰对峙如门,故称。

㉔ 九折坂,在邛崃山。

㉕ 三峡,在四川东部长江岸,即瞿塘峡、巫峡、西陵峡。峥嵘,山势险峻貌。

㉖ 五屼(wù),山名,在今四川犍为南。蹇浐(jiǎn chǎn),曲折崎岖貌。

㉗ 戟,刺。食铁之兽,指貊(mò),旧注据魏完《南中志》所载,是一种大如驴,状如熊,能食铁的野兽。

㉘ 噬（shì）毒之鹿，《南中志》所载的一种专吃毒草的鹿。
㉙ 皛（pāi），击杀。貙（chū）氓，又称貙人，据说是一种能够变老虎的怪兽，见《博物志》。葽（yāo），草茂密貌。
㉚ 言鸟，一种能发人声的怪鸟。
㉛ 戾，拔，截。
㉜ 铩（shā）翮，毁去羽茎。

殆而朅来相与[①]，第如滇池[②]，集于江洲[③]。试水客[④]，舣轻舟[⑤]；娉江婓[⑥]，与神游。罨翡翠[⑦]，钓鰋鲉[⑧]；下高鹄[⑨]，出潜虬[⑩]。吹洞箫，发棹讴[⑪]；感鲟鱼[⑫]，动阳侯[⑬]。腾波沸涌，珠贝氾浮，若云汉含星，而光耀洪流[⑭]。将飨獠者[⑮]，张帟幕[⑯]，会平原[⑰]；酌清酤[⑱]，割芳鲜[⑲]。饮御酣[⑳]，宾旅旋[㉑]；车马雷骇[㉒]，轰轰阗阗；若风流雨散，漫乎数百里间[㉓]。斯盖宅土之所安乐[㉔]，观听之所踊跃也[㉕]。焉独三川[㉖]，为世朝市[㉗]？

【注释】

① 殆，通“逮”，及。殆而，相等于“乃至于”。朅（jiē）来，旧注单释“朅”为去，误。朅来，是“何来”、“忽来”之意。这句说：乃至于忽然（不知从何处）来了相好的朋友。
② 第，且。如，赴。滇池，在今云南昆明，古时云南属蜀。
③ 江洲，即今四川重庆。昆明、重庆相距很远，这不过是泛指东西遨游的意思。
④ 水客，水上旅行的人。试，作。
⑤ 舣（yǐ），船只泊岸待行。
⑥ 娉（pìn），问，访求。江婓（fēi），即江妃，女神名。《列仙传》：“江妃二女，游于江滨，逢郑交甫，遂解佩与之。”下句“与神游”，即引这个故事。
⑦ 罨（yǎn），网，捕取。翡翠，翠鸟，是水禽。

⑧ 鰋(yǎn),鲇鱼。鲉(yóu),笠子鱼。

⑨ 下高鹄,射下高空的天鹅。

⑩ 出潜虬(qiú),捕出深水的小龙。虬,传说中有角的小龙。

⑪ 棹(zhào)讴,渔歌。

⑫ 感鲟鱼,据《淮南子》所载传说,鲟鱼爱听音乐。所以能为洞箫、渔歌所感诱。

⑬ 阳侯,水神。

⑭ 这里说:珠贝浮在水面,像银河的群星,在江流上闪光。

⑮ 獠(liáo)者,猎人。

⑯ 帟(yì),小而平顶的帐幕。

⑰ 平原,指平原君,战国时赵国贵公子,此引用《史记》"平原十日之游"句意。

⑱ 酤,酒。

⑲ 芳鲜,美味新鲜的鱼肉。

⑳ 饮御酣,酒醉饭饱;御,服用。

㉑ 旋,回。

㉒ 雷骇,形容车马声如雷震。下"轰轰阗阗",象声。

㉓ 漫,传散,指车马声的传播。

㉔ 宅土,居处。这句说:此地是定居者的乐土。

㉕ 观听之所踊跃,外地人也向往这个地方。刘向《雅琴赋》:"观听之所至,乃知其美也。"这句就是翻刘向的话。

㉖ 三川,古郡名,即今河南洛阳一带,因黄河、洛水、伊水三川相交之地,故称。

㉗ 朝市,《战国策》:"争名者于朝,争利者于市。今三川周室,天下之朝市也。"这句说:蜀都也是争名争利的政治经济集中地带,不下于三川。

若乃卓荦奇谲[①],倜傥罔已[②]。一经神怪[③],一纬人理。远则岷山之精,上为井络[④]。天帝运期而会昌,景福肸蚃而兴作[⑤]。碧出苌弘之血[⑥]，鸟生杜宇之魄[⑦]。妄变化而非常，羌见伟于畴昔[⑧]。近则江汉炳灵[⑨]，世载其英[⑩]。蔚若相如[⑪]，皭若君平[⑫]。王褒韡晔而秀发[⑬]，扬雄含章而挺生[⑭]。幽思绚《道德》[⑮]，摛藻掞天庭[⑯]。考四海而为儁[⑰]，当中叶而擅名[⑱]。是故游谈者以为誉，造作者以为程也[⑲]。

【注释】

① 卓荦(luò)，特异。

② 倜傥(tì tǎng)，放荡不羁，这里作不寻常解。罔，同"无"。罔已，不尽。这里意思说：至于那些讲不完的有关蜀地的稀奇古怪的传说。

③ 一，此处作"有的"解。经，与下文"纬"，都是"系"，"依凭"的意思。

④ 井络，井星。古传说：天上的井星，是岷山的精灵变的。

⑤ 这里意思说：天帝在这一方作盛会，所以此地和天帝灵感相通，获得庇佑。肸(xī)蚃，应作肸蠁，灵感通微的意思。

⑥ 碧出苌弘之血，语出《庄子》："苌弘死于蜀，藏其血，三年化为碧。"碧，青美似玉的石。

⑦ 杜宇之魄，语出《蜀记》。据传古代有人，姓杜名宇，在蜀地称帝，号曰望帝，死后，其魂化为子规鸟。杜宇，即子规鸟的别名。

⑧ 羌，发语词。见伟于畴昔，被过去所盛传。

⑨ 炳，同"秉"。炳灵，就是钟灵，说江山的灵气赋在人身。

⑩ 世载其英，世世代代有杰出之士，见于记载。

⑪ 蔚，文采丰盛貌。相如，指司马相如。

⑫ 皭(jiáo)，疏净清高。君平，指严遵，字君平，在成都市卖卜，著有《道德指归论》。

⑬ 王褒，汉人，字子渊，著有《九怀》、《洞箫赋》等。韡(wěi)晔(yè)，明盛貌。秀发，秀丽卓绝，韡晔秀发，指文采焕发。

⑭ 含章，文采充溢。挺生，奇拔。

⑮ 幽思,玄妙的思维。绚(xuàn),光采灿烂。《道德》指老子《道德经》,这是赞美他们的著作可与《道德经》前后辉映。

⑯ 摛(chī),抒发。藻,词藻。掞(shàn),舒展,这里作"感动"解。天庭,指皇帝。汉武帝读了相如的赋,很激赏,恨不得与他同时(因为那时他还不知道相如正是同时代人),以后知道相如在成都,立即召见。王褒、扬雄同样也受到宫廷的重视。

⑰ 考,比。儁,同"俊",杰出。这句说:在全国范围比较起来都是杰出的。

⑱ 中叶,指汉朝中叶。

⑲ 程,典型。这里说:谈论的人喜欢夸说他们的事迹,写作的人将他们的作品奉为模范。

至乎临谷为塞①,因山为障。峻岨塍埒②,长城豁险③,吞若巨防④。一人守隘,万夫莫向⑤。公孙跃马而称帝⑥,刘宗下辇而自王⑦。由此言之,天下孰尚⑧?故虽兼诸夏之富有,犹未若兹都之无量也。

【注释】

① 塞,关隘。

② 峻岨(jǔ),险峻严密。塍(chéng),堤防。埒(liè),小堤。

③ 豁,深貌。这句说:蜀地的险要,和长城相似。

④ 吞,大,十足。巨防,《战国策》:"长城巨防,足以为塞。"

⑤ 莫向,不能近。

⑥ 公孙,指公孙述,王莽时,在蜀自立为帝。

⑦ 刘宗,指刘备。因刘备为汉宗室,故称。

⑧ 孰尚,何处能比过它?

游天台山赋 并序

孙　绰

【题解】 古人说：登高能赋，可以为大夫。登高能赋，也就是说，登临山水胜境，能将风物景色描绘在文辞之中。古代对于山水风景的描画，虽也散见于诗文，但集中以山水为描写对象的，却从晋末宋初的山水诗人谢灵运开始。

孙绰(314—371)，字兴公，太原中都(今山西平遥)人，东晋时累官至廷尉。他所处的时代略早于谢灵运，这篇赋可说是替谢氏的山水诗开了门径。至于他以《游天台山》为题，采取记游的形式，而不将天台山作旁观的、静态的描写，尤为后来的游山诗所祖述。又，篇中杂有道、释两教的话头，仙佛思想与山水的题材合而为一，这种诗风也对谢灵运及后来的山水诗人有所影响。谢灵运的山水诗中往往也涉及某些名理，且有消极隐遁的情调，和孙绰表现在《游天台山赋》中的虚幻的求仙思想相近。这也反映了晋代纷乱动荡的局势下士大夫的苦闷情绪。

天台山者①，盖山岳之神秀者也②。涉海则有方丈、蓬莱③，登陆则有四明④、天台，皆玄圣之所游化⑤，灵仙之所窟宅⑥。夫其峻极之状⑦，嘉祥之美，穷山海之瑰富⑧，尽人神之壮丽矣⑨。所以不列于五岳⑩，阙载于常典者⑪，岂不以所立冥奥⑫，其路幽迥⑬，或倒景于重溟⑭，或匿峰于千岭⑮；始经魑魅之涂⑯，卒践无人之境⑰；举世罕能登陟⑱，王者莫由禋祀⑲，故事绝于常篇，名标于奇纪⑳。

【注释】

① 天台山，在今浙江天台、临海两县境。古代因地方偏僻，不大被人知道。从晋朝南渡(4世纪)以后，才渐渐成为名胜。本文的作者孙绰是赞赏这座名山的第一个人。

② 神秀，奇异。

③ 涉，渡水。方丈、蓬莱，古代传说中海中神山的名字。

④ 四明，是现在浙江宁波区域的山岭。

⑤ 玄，幽远；玄圣，道家的所谓神仙。

⑥ 窟宅，洞府；这里作动词“居住”解。这里说：海中和陆地的这些山岳，是神仙所来往居住的。

⑦ 峻极，极端高峻。意谓天一般的高。

⑧ 瑰(guī)，珍宝。

⑨ 这几句说：论到这山的高度以及所显示的吉祥善事，可说拥有一切山海中所有的名贵物产，具有所有人和神所能设想的壮丽。

⑩ 五岳，东岳泰山、西岳华山、南岳衡山、北岳恒山、中岳嵩山。

⑪ 常典，通常的典籍。即下文“常篇”。

⑫ 冥，幽暗。奥，深秘。

⑬ 幽迥(jiǒng)，僻远。

⑭ 景，即“影”。重溟(míng)，大海。这句说：山的有些部分倒影入海，意思就是逼近大海。

⑮ 匿，遮蔽。这句说：由于千山万岭，重重叠叠，以致后面的高峰都被前面的重山叠岭所遮蔽。

⑯ 魑魅(chī mèi)，古代传说中的鬼怪。涂，即“途”。这句说：开始就要走鬼怪出没的路途。

⑰ 卒，最后。践，脚踏。这句说：最后终于脚踏到无人迹的境界。以上虽不是赋的本身，是散文，也间或用韵，“迥”、“岭”、“境”三句，都是叶韵的。

⑱ 陟(zhì)，攀登。

⑲ 王者，帝王。禋祀，虔诚祭祀。以上都极言山的遥远高险。

⑳ 这里说：因此，关于这山的事迹，在平常的书籍中是看不到的，只有在特殊的记载中，才标出这山的名字。据李善注，《内经・山记》中提到天台山，所谓特殊的记载，就是指这书。

然图像之兴，岂虚也哉①！非夫遗世玩道②，绝粒茹芝者③，乌能轻举而宅之④？非夫远寄冥搜⑤，笃信通神者⑥，何肯遥想而存之⑦？余所以驰神运思⑧，昼咏宵兴⑨，俛仰之间⑩，若已再升者也⑪。方解缨络，永托兹岭⑫。不任吟想之至⑬，聊奋藻以散怀⑭。

【注释】

① 这句说：然而图像难道是凭空捏造的吗？看这句话的意思，孙绰之所以知道这山，是由于当时有人将这山的景致制成了图画。而图画之所以被流传，也一定是由于探险好奇者的初步发现。

② 遗世，放弃世俗事务。玩道，追求道术。

③ 绝粒，不吃饭。茹(rú)芝，吃灵芝。道家认为吃灵芝(菌类)是可以长生的。

④ 乌，何。轻举，飞升成仙。

⑤ 远寄，将心思寄托在远处，这里指志在求仙。冥搜，深深苦思，指寻求玄妙的道术。

⑥ 笃信，虔信。通神，诚信感通了神仙。

⑦ 遥想而存之，将心思远远寄托在那上面。这几句意思是：除非那些一心想做神仙的人，怎能脱离人世去在那里存身呢？除非那专心好奇的人，怎能存这样渺茫的空想呢？

⑧ 驰神，精神飞越别处。运思，反复思虑。

⑨ 昼咏宵兴，白天也歌咏，夜里也睡不着。兴，起来。

⑩ 俛仰，同“俯仰”，指刹那间。

⑪ 升，登。这句意思说：因此，我的心思已经被这山吸引得昼夜想念，一

会儿工夫就仿佛已经去过两次。

⑫ 缨络，比喻世事的缠身。这里说：正在打算摆脱世事的纠缠，永远托身到这山上。

⑬ 不任，禁不起。吟想，口中吟咏，心里默想。

⑭ 奋藻，用文词来发挥，指写作。这里说：禁不住一边吟咏，一边默想，就借着文字，散散我的心怀吧！以上是序文，是作者自叙作赋的因由。

太虚辽阔而无阂①，运自然之妙有②。融而为川渎③，结而为山阜④。嗟台岳之所奇挺⑤，实神明之所扶持⑥。荫牛宿以曜峰⑦，托灵越以正基⑧。结根弥于华岱⑨，直指高于九疑⑩。应配天于唐典⑪，齐峻极于周诗⑫。

【注释】

① 太虚，宇宙。阂(hé)，阻碍。

② 妙有，道家的术语。道家认为宇宙本来是空虚无物的，万物由“无”而生。这个“无”中之“有”，具有奇妙的道理，所以称为“妙有”。自然，原始。这里说：宇宙是广阔虚空、没有阻碍的，将自然的妙有运动起来(就产生以下的形状)。

③ 融，溶化。渎(dú)，河流。

④ 阜，丘陵。这里说：溶化起来就成为河川，凝结起来就成为山岭。

⑤ 嗟(jiē)，发语词，有赞叹的意思。奇挺，突出。

⑥ 这句说：天台山这样突出，是由于神灵的支持。

⑦ 宿(xiù)，星座。古代以天文的星宿配合地理的区域，名为分野。天台山在越国的区域，是牵牛星座的分野。

⑧ 这里意思说：山峰在牵牛星的照耀之下，山脉位置在灵秀的越国。

⑨ 弥，超过。华，华山。岱，泰山。

⑩ 九疑，山名，在湖南宁远境。这里说：论根基比华山和泰山更厚，论高度比九疑山更高。

⑪ 配，对。《左传》："山岳则配天。"杜预注："姜姓之先，为尧四岳，故曰唐典也。"这句说天台山合于唐典配天的资格。

⑫ 齐，并比。这句说：天台山与周诗上所说的"峻极"相等。《诗·大雅·崧高》："崧高维岳，峻极于天。"

邈彼绝域[①]，幽邃窈窕[②]。近智以守见而不之[③]，之者以路绝而莫晓[④]。哂夏虫之疑冰[⑤]，整轻翮而思矫[⑥]。理无隐而不彰[⑦]，启二奇以示兆[⑧]。赤城霞起以建标[⑨]，瀑布飞流以界道[⑩]。

【注释】

① 绝域，极远的地方。

② 邃（suì），深奥。窈窕（yǎo tiǎo），幽深貌。

③ 近智，智力短浅没有远见的人。守见，守着自己狭隘的见闻。之，到。

④ 这句说：到那个地方去的人又因为道路难通，不熟习那边的情况。

⑤ 哂（shěn），耻笑。夏虫疑冰，语出《庄子》。夏天的虫没有冬天的经验，不肯相信有冰。这是说那些见识不广的人是可笑的。

⑥ 矫，飞。这句说：想学鸟的样子，将羽毛调整一下，预备起飞。

⑦ 这句说：无论什么幽深微妙的道理，没有不能表显出来的。

⑧ 二奇，即下文的赤城和瀑布。这句说：因此，就显露了以下两件奇景，使人可以看到一些迹象。

⑨ 赤城，天台山的入口处，山壁好像一座红色的城墙，因此得名。标，高耸的标柱。这句说：赤城如同红霞一样，立起一座标柱。

⑩ 界道，划出界限。白色的瀑布在青山中划出很鲜明的界限。

睹灵验而遂徂[①]，忽乎吾之将行[②]。仍羽人于丹丘[③]，寻不死之福庭[④]。苟台岭之可攀，亦何羡于层城[⑤]？释域中之常恋[⑥]，畅超然之高情[⑦]。被毛褐之森森[⑧]，振金策之铃铃[9]。披荒榛之蒙茏[10],陟峭崿之峥嵘[11]。济楢溪而直进[12],落五界而迅征[13]。跨穹隆之悬磴[14],临万丈之绝冥[15]。践莓苔之滑石[16],搏壁立之翠屏[17]。揽樛木之长萝[18],援葛藟之飞茎[19]。虽一冒于垂堂[20],乃永存乎长生[21]。必契诚于幽昧[22],履重崄而逾平[23]。

【注释】

① 这句说:既然看见了灵验,就决心前往。灵验,指上文的"二奇"。

② 忽乎,飘然。这句说:我要飘然而去了。

③ 仍,接近,追随。羽人,仙人的别称,意思是这种人可以像鸟一样地飞。丹丘,古代神话中仙人居住的地方。这整句是《楚辞》中的成语。

④ 福庭,做神仙享福的所在。这句说:找寻长生不死的乐园。

⑤ 苟,假使。层城,古代传说中昆仑山上的神仙居处。这里说:只要能够攀上天台,那又何必还羡慕层城呢?

⑥ 释,脱离。域中,尘世。常恋,常人所贪恋的事物。

⑦ 畅,作动词,"使通畅"解。这里说:摆脱尘世的俗念,通达物外的高情。

⑧ 毛褐(hè),粗糙的毛制衣服,适合山野生活之用。

⑨ 金策,装有金属品的手杖。铃铃,手杖触地声。以下实写登山的经历。

⑩ 榛(zhēn),丛树。蒙茏,草木茂密貌。这句说:从茂密的丛树中分开一条路。

⑪ 峭崿,高峻而危险的山峰。峥嵘,高险貌。

⑫ 楢(yóu)溪,一作油溪,是进天台山必须经过的一条河川。

⑬ 落,斜行。五界,地名,据说因为是地当五个县交界之处。这里说:渡过楢溪一直往前,斜行到五界地方而急急前行。

⑭ 穹隆,长而弯曲貌。悬磴,高悬的石桥。

⑮ 绝冥,极端幽深。这句说:面临无底的万丈深渊。

⑯ 莓(méi)苔,石桥上所长的青苔。

⑰ 搏(bó),用手抓住。翠屏,石桥上的石壁。

⑱ 樛(jiū)木,拳曲的树木。萝,缠在树身上的藤。

⑲ 葛藟(lěi),粗藤。飞茎,屈曲盘旋的藤条。

⑳ 垂堂,古语说:“千金之子,坐不垂堂。”是说有身家的人,不肯垂脚坐在高堂的阶沿上,怕掉下去。

㉑ 这句说:虽然这种艰苦的行程,冒了一次垂堂的危险,但是可以希望一劳永逸地得到长生。

㉒ 契,合。幽昧,指深奥的道理。

㉓ 履,踏足。逾,更加。这里说:只要自己有一片至诚,寻求深奥的道理,即使足踏重重险地,反而更觉平坦。以上叙述入山初步所历的艰险。

既克隮于九折①,路威夷而修通②。恣心目之寥朗③,任缓步之从容④。藉萋萋之纤草⑤,荫落落之长松⑥。觌翔鸾之裔裔⑦,听鸣凤之嗈嗈⑧。过灵溪而一濯⑨,疏烦想于心胸⑩。荡遗尘于旋流⑪,发五盖之游蒙⑫。追羲、农之绝轨⑬,蹑二老之玄踪⑭。

【注释】

① 克,能够。隮(jī),登上。九折,曲折盘旋的道路。

② 威夷,漫长而舒缓貌。这里说:当顺利地登上了九折的险道后,发现路途反而宽缓通畅了。

③ 恣,放任,尽情。寥朗,心舒目明貌。

④ 这里说:使心目尽情地舒朗,任步履从容不迫。

⑤ 藉,当作席子垫着。纤,柔细。

⑥ 落落,形容松树的孤高独立。这里说:坐在柔嫩的草地上,上面遮着孤耸的高松。

⑦ 觌(dí),遇见。裔裔,见《蜀都赋》注。

⑧ 嗈(yōng)嗈,和鸣声。

⑨ 灵溪,天台山中一条河川。濯(zhuó),洗沐。

⑩ 疏,清除。烦想,凡俗的念头。这里说:过灵溪的时候,洗一洗身,清除了胸中的俗念。

⑪ 旋流,有旋涡的流水。这句说:还有没有除尽的尘俗,在这旋涡中也扫荡干净了。

⑫ 五盖,佛经里的话,指人的五种不良思念,一是贪欲,二是瞋(chēn)恚(huì),三是睡眠,四是调戏,五是疑悔。游蒙,愚昧昏蒙。这句说:五盖的昏蒙都敞开了。

⑬ 羲、农,伏羲神农,指上古的时代。绝轨,已经绝迹了的轨道。按,古人常认为上古时代的生活是自由而无拘束的。

⑭ 二老,老子和老莱子,都是古代有道的人。玄踪,玄妙的踪迹。这里说:可以成仙得道。

陟降信宿①,迄于仙都②。双阙云竦以夹路③,琼台中天而悬居④。朱阁玲珑于林间⑤,玉堂阴映于高隅⑥。彤云斐亹以翼棂⑦,皦日炯晃于绮疏⑧。八桂森挺以凌霜⑨,五芝含秀而晨敷⑩。惠风伫芳于阳林⑪,醴泉涌溜于阴渠⑫。建木灭景于千寻⑬,琪树璀璨而垂珠⑭。王乔控鹤以冲天⑮,应真飞锡以蹑虚⑯。骋神变之挥霍,忽出有而入无⑰。

【注释】

① 信宿,过一夜为宿,过两夜为信。陟降信宿,是说登高爬低了一两夜。

② 迄,到达。仙都,神仙的都城。

③ 双阙,古代的城门口一边有一座高楼,称为双阙。这句说:双阙高耸入云,夹在路旁。

④ 琼,美玉。琼台,楼台华美,好像是美玉所装成。这句说:华美的楼台

高悬空中。

⑤ 朱阁，红楼。这个“阁”字李善本作“阙”，因为与上文的“双阙”重复，从五臣本。玲珑，空明透亮貌。

⑥ 玉堂，用玉装成的殿堂。阴映，冷森森地闪光。

⑦ 彤(tóng)，红色。斐亹(fěi wěi)，形容花纹复杂的叠韵辞。翼，承接。棂(líng)，窗格子。这句说：红色的云彩与窗户相承接。形容房屋的高。

⑧ 皦(jiǎo)日，白日。炯(jiǒng)晃，光辉灿烂。疏，窗户孔。绮疏，饰有花纹的窗孔。以上都是描写仙家住处的华贵。

⑨ 八桂，语出《山海经》：“桂林八树”，形容桂树的高大，八树就可以成林。森挺，茂盛挺拔。凌霜，遭遇霜雪也不凋落。

⑩ 五芝，道家所说的五种灵芝。秀，草木的英华。这句说：灵芝包孕着英华，在清晨开放。

⑪ 惠风，和风。伫，储蓄。阳林，山南的树林。这句说：山南的树林中的和风储藏着芬芳。

⑫ 醴(lǐ)泉，甜美的山泉。涌溜，喷溅。阴渠，山北的沟渠。这句说：山北的沟渠中喷溅着清甜的泉水。

⑬ 建木，神话中仙境的树木，据《山海经》及《淮南子》说，这种树“百仞无枝”、“日中无影”。寻，古代八尺的长度单位。这句说：建木高大无比，太阳照起来没有影子。

⑭ 琪，美玉。琪树也是仙境的树木，华美如玉。璀璨，光彩闪烁。垂珠，指琪树结的果实。

⑮ 王乔，古代传说中的仙人，即周灵王的太子晋，故又称王子乔。控，驾驭。鹤，仙人所乘以上天的灵禽。

⑯ 应真，即佛家所说的罗汉。锡，佛教僧徒所用的锡杖。手执锡杖，升到天空，所以说飞锡。蹑虚，腾空。

⑰ 出有、入无，语出《淮南子》“出于无有，入于无为”，意即出入于虚幻和真实之境。这里说：施展着迅速神奇的变化，在人神之境自由地往来。

于是游览既周[①],体静心闲[②]。害马已去[③],世事都捐[④]。投刃皆虚,目牛无全[⑤]。凝思幽岩[⑥],朗咏长川[⑦]。尔乃羲和亭午[⑧],游气高褰[⑨]。法鼓琅以振响[⑩],众香馥以扬烟[⑪]。肆觐天宗[⑫],爰集通仙[⑬]。挹以玄玉之膏[⑭],嗽以华池之泉[⑮]。散以象外之说[⑯],畅以无生之篇[⑰]。悟遣有之不尽,觉涉无之有间[⑱]。泯色空以合迹,忽即有而得玄[⑲]。释二名之同出[⑳],消一无于三幡[㉑]。恣语乐以终日,等寂默于不言[㉒]。浑万象以冥观,兀同体于自然[㉓]。

【注释】

① 周,周遍。

② 闲,安宁。这里说:游览一遍以后,身心都宁静了。

③ 害马,《庄子》所设的比喻之一。原意是用牧马来比方治天下,必须将那危害全群的马除去。这里指尘世的嗜欲。意思是,世上的嗜欲就和害马一样被清除出去了。

④ 捐,抛弃。

⑤ 这两句完全引用《庄子》的寓言。《庄子·养生主》中说一个善于屠牛的人,技术熟练到了极点,眼睛能透过牛身的表面,看到骨节的空处,所以刀一下去,恰好碰到空虚地方,牛身就迎刃而解。意思是说:捐除了尘心,便能洞察一切玄妙隐微的事理。

⑥ 凝思,集中思想。

⑦ 朗咏,高声歌咏。

⑧ 羲和,见《蜀都赋》注。亭午,是正午。

⑨ 游气,浮动在空中的大气。高褰(qiān),高高地敞开。

⑩ 法鼓,说法时召集听众的鼓。琅,声音响亮貌。振响,振起声音。

⑪ 众香,各种名贵的香。馥,芳香。

⑫ 肆觐,便将朝见。语出《书经》。天宗,天尊,道家认为天上高于一切的神。

⑬ 爰(yuán),于是。通仙,群仙。这句说：于是将群仙都召集起来。

⑭ 挹,用勺舀取。玄玉之膏,传说中神仙所吃的像黑玉一样的膏。

⑮ 华池,传说中的昆仑山上的仙池。

⑯ 散,启发。象外之说,超出物象的话,指道家的学说。

⑰ 畅,解说,使之了悟。无生,佛教的理论。无生之篇,就是佛经。

⑱ 这里意思说：了解到心里尘俗之念尚未驱尽,对仙道的认识也还有漏洞。"有"与"无"都是道佛两教讨论的焦点。有,指尘世,虚假的幻象;无,指无为,神仙境界。

⑲ 这两句的意思是：了解到色即是空,消灭了色与空的界限,使两者同一,也就了解到有与无也是人造的界限,可以从虚幻的"有"中获得玄妙的道了。

⑳ 二名,指"有"、"无"。《老子》说:"无名天地之始,有名万物之母。"意即二名实在同出一源。

㉑ 三幡,佛经语。指色、空、观。这句说：使色、空、观一同归于"无"。

㉒ 这里说：纵情谈论终日,也与默不作声相同。这仍然是上文"有"即"无"的玄理。

㉓ 这里说：将世间万物混同起来,深深观察,就不知不觉地与自然并为一体了。

闲　情　赋 并序

陶　潜

【题解】 陶潜(365〔一作372〕—427)的作品一贯以朴素淡远为其特色。只有这篇《闲情赋》,在表面上好像是写爱情的,与他平时的作风不相近似,所以昭明太子萧统说它是“白璧微瑕”。写爱情的文章在萧统的时代本不足为奇的,不过他认为在陶潜的笔下不应有。然而陶潜的写爱情绝对不能与梁陈的艳体同日而语,他有他的用意。这在他的序言中,已经说清楚闲情的“闲”字是检束制约的意思,要使爱情发挥得正当,绝无淫邪之意,不但不是“瑕”,也不是“微瑕”。尽管萧统不收入《文选》,然而这篇文章还是传诵不衰,常被后人引用。

当然这篇赋有摹仿《洛神赋》的痕迹,但也只限于字句之间,在结构上并不雷同。尤其是当中的十愿,表现了极大的创造能力。从整篇的布局说来,突然而起,戛然而止,起讫都很自然,摆脱了前此赋体的规范。可以看出辞赋已经从瑰丽而变到清新,正与陶诗在诗的领域中所起的作用是互相配合的。

初,张衡作《定情赋》,蔡邕作《静情赋》。检逸辞而宗澹泊①。始则荡以思虑,而终归闲正②。将以抑流宕之邪心③,谅有助于讽谏④。缀文之士⑤,奕代继作⑥。并因触类⑦,广其辞义。余园闾多暇⑧,复染翰为之⑨。虽文妙不足,庶不谬作者之意乎!

【注释】

① 检,检束防止。逸辞,放荡的言语。

② 闲正，防范纠正。
③ 宕，同“荡”。
④ 谅，大概。
⑤ 缀，连属。缀文，属文，都是说作文。
⑥ 奕代，累代。
⑦ 触类，连类而及。
⑧ 园闾，田舍。
⑨ 染翰，以笔蘸墨。

夫何瑰逸之令姿[①]，独旷世以秀群[②]。表倾城之艳色[③]，期有德于传闻[④]。佩鸣玉以比洁，齐幽兰而争芬。淡柔情于俗内，负雅志于高云[⑤]。悲晨曦之易夕[⑥]，感人生之长勤[⑦]。同一尽于百年，何欢寡而愁殷[⑧]？褰朱帏而正坐[⑨]，泛清瑟以自欣[⑩]。送纤指之余好[⑪]，攘皓袖之缤纷。瞬美目以流眄[⑫]，含言笑而不分[⑬]。

【注释】

① 夫何，发语词。瑰逸，奇逸。二字是所写的美人的总评。令，美好。
② 旷世，绝代。秀群，秀出于众人。
③ 倾城，《汉书·外戚传》载李延年歌：“北方有佳人，绝世而独立。一顾倾人城，再顾倾人国。”本来，倾城倾国是说美人的姿色足以使一城一国的人都为之倾倒。后人往往有以“倾”为“倾覆”之意，误解为恶意的话。此处仍是按正面意义用的。
④ 这里意思说：虽然以艳色为主要表现，而旨趣仍归于良好的名声。
⑤ 这两句是辞赋中的变格，上句的“柔情”对下句的“高云”，而“俗内”却对“雅志”。内，内心。内心是凡俗的，其中有一片淡远的柔情，同时又怀抱着高尚的雅志。这是一篇的主旨，所谓“闲情”，正是要抒写这兼有柔情的雅志，或雅志中所怀的柔情。

⑥ 晨曦，晨光。
⑦ 长勤，多劳苦。
⑧ 殷，多，重。
⑨ 褰，揭开。
⑩ 泛(fàn)，古人称演奏琴瑟为泛，因琴瑟的音是轻清的，泛有轻清之意。
⑪ 余好，指乐声之袅袅不绝。
⑫ 瞬，眼波流媚。
⑬ 这句说：似言非言，似笑非笑。

曲调将半，景落西轩①。悲商叩林②，白云依山。仰睇天路，俯促鸣弦③。神仪妩媚，举止详妍④。激清音以感余，愿接膝以交言。欲自往以结誓，惧冒礼之为諐⑤。待凤鸟以致辞，恐他人之我先。意惶惑而靡宁，魂须臾而九迁⑥。

【注释】

① 景，日影。
② 商，秋风之声。
③ 这一联说：一面远观景物，一面加紧抚瑟。将时光景物与所抚弄的音乐融成一片。
④ 详妍，安详而美妙。
⑤ 諐，同“愆”，过错。
⑥ 以上几句都是说自己听到了音乐，动了爱慕之心，打算直接求爱，又恐怕不合礼，若等待如同凤鸟那样适当的媒介，又恐怕被别人占了先，内心踌躇，魂梦难安。

愿在衣而为领，承华首之余芳；悲罗襟之宵离，怨秋夜之未央①。愿在裳而为带，束窈窕之纤身；嗟温凉之异气，或脱故而服新[2]。愿在发而为泽，刷玄鬓于颓肩；悲佳人之屡沐，从白水而枯煎[3]。愿在眉而为黛，随瞻视以闲扬；悲脂粉之尚鲜，或取毁于华妆[4]。愿在莞而为席，安弱体于三秋；悲文茵之代御，方经年而见求[5]。愿在丝而为履，附素足以周旋；悲行止之有节，空委弃于床前[6]。愿在昼而为影，常依形而西东；悲高树之多荫，慨有时而不同[7]。愿在夜而为烛，照玉容于两楹；悲扶桑之舒光，奄灭景而藏明[8]。愿在竹而为扇，含凄飙于柔握；悲白露之晨零，顾襟袖以绵邈[9]。愿在木而为桐，作膝上之鸣琴；悲乐极以哀来，终推我而辍音[10]。

【注释】

① 这几句说：愿为美人的衣领，可以接近她头上的余香。但可惜到了秋天的凉夜，罗衣要脱去了。

② 这几句说：愿为美人的裙带，可以束住她的纤腰。但是气候易变，可能要更换衣裳了。

③ 这几句说：愿为美人的发油，可以润泽她肩头的黑发。但是又恐怕她要洗头，就随着清水而失去光泽了。

④ 这几句说：愿为美人眉上的青黛(古代一种画眉的颜料)，可以随着她的美目而轩昂。但是比起脂粉来，会被那种鲜艳的色采压倒了。

⑤ 莞(guān)，织席的草。这几句说：愿变成草织成席子，供美人睡卧。但是遇到该换褥子的时节，又要到第二年才需要了。

⑥ 这几句说：愿变成丝织成鞋子，供美人的步履。但是她的行动是有限制的，总有空搁在床前的时候。

⑦ 这几句说：愿作白昼的影子，随着美人的形体而不离。但可惜高树有时会把我遮掉。

⑧ 这几句说：愿作夜间的烛光，在柱间照耀美人的容貌。但可惜一到日

出,就不得不把我息灭掉了。古时的灯烛往往是放在柱间的。

⑨ 这几句说:愿变作竹做成扇子,为美人激起清风。但一旦凉露下来,就不得不远离她的襟袖了。凄飙(biāo),凉风。

⑩ 这几句说:愿在树木中作梧桐,成为她膝上的鸣琴。但恐怕她乐极兴悲,会把我推开不再弹了。

考所愿而必违,徒契契以苦心[①]。拥劳情而罔诉,步容与于南林[②]。栖木兰之遗露,翳青松之余阴。傥行行之有觌,交欣惧于中襟[③]。竟寂寞而无见,独悁想以空寻[④]。

【注释】

① 契契,形容苦苦不舍。这里总结上文,说:细想起来,所愿皆虚,徒然苦苦不舍。

② 这里说:怀着苦情无处诉说,姑且在南林中徘徊着。以下一联即略写眼前景物。

③ 中襟,中怀。

④ 悁,放弃。这里说:始终不能再见,只好放弃这种念头,不必空寻了。

敛轻裾以复路,瞻夕阳而流叹[①]。步徙倚以忘趣,色惨凄而矜颜[②]。叶燮燮以去条[③],气凄凄而就寒[④]。日负影以偕没[⑤],月媚景于云端[⑥]。鸟凄声以孤归,兽索偶而不还[⑦]。悼当年之晚暮,恨兹岁之欲殚[⑧]。思宵梦以从之,神飘飖而不安。若凭舟之失棹,譬缘崖而无攀[⑨]。

【注释】

① 敛,收,提起。这里说:从原路回来,对夕阳而兴叹。

② 矜颜,敛颜,面容不舒畅。这是说虽回来而仍怀着悲苦。

③ 燮燮,落叶声。
④ 就,接近。这一联说秋气凄清。
⑤ 偕没,指日光与美人都隐而不见。
⑥ 这一联写日晚的景色。
⑦ 这一联从鸟兽引起孤独之感。
⑧ 欲殚,将尽。这一联两句文意相同,当年就是兹岁。骈文中往往运用这种重叠的句法。
⑨ 宵梦,夜梦。缘崖,爬登山崖。这四句极力说自己若有所失,心神无主。

于时毕昴盈轩[1],北风凄凄。惘惘不寐[2],众念徘徊[3]。起摄带以伺晨[4],繁霜粲于素阶[5]。鸡敛翅而未鸣,笛流远以清哀[6]。始妙密以闲和,终寥亮而藏摧[7]。意夫人之在兹,托行云以送怀[8]。行云逝而无语,时冉冉而就过[9]。徒勤思以自悲,终阻山而带河[10]。迎清风以祛累,寄弱志于归波。尤《蔓草》之为会[11],诵《邵南》之余歌[12]。坦万虑以存诚,憩遥情于八遐[13]。

【注释】

① 毕、昴,星名。都在秋后出现。
② 惘惘,同“耿耿”,形容不能闭眼入睡。
③ 众念徘徊,各种思想萦绕脑际。
④ 摄带,束衣带,即穿衣。伺晨,等天亮。
⑤ 这句说:满阶都是寒霜。
⑥ 这一联说:在鸡鸣以前,听到远处的笛声。
⑦ 这一联说:笛声开始是从容而和平的,结果变得高亢而激烈。
⑧ 这里说:因笛声而想象美人也许就在这里。希望托行云传递思慕之情。

⑨ 这里说：行云默默地去了，时光不再来了。

⑩ 这里说：一片愁思为山河所阻隔而不能自达。

⑪ 蔓草，《诗·郑风》：“野有蔓草，零露漙兮，有美一人，清扬婉兮。”据《诗序》说：这是由于男女婚姻失时，所以不待正式结合。这句引用这故典，是表明自己恪守礼法，不作这种非正式的结合。

⑫ 邵，即“召”。《诗经·国风》中的《召南》，多半是歌诵男女间关系良好的诗。

⑬ 这里说：一切的思想都摊开了，省察自己的诚意吧，远远地寄托在八方之外吧。坦，坦荡，这里有“消除”意。八遐，八荒，遥远之处。

芜 城 赋

鲍 照

【题解】 当南北朝时期，江南的刘宋王朝，父子兄弟之间常常发生武装冲突。宋孝武帝在大明三年(459)，发动兵力向广陵(今扬州)进攻，把镇守该地的自己的弟兄竟陵王诞灭掉，还要屠杀全城的人。据说当时的统将并没有严格执行皇帝命令，然而被杀害的已经不在少数了。广陵从汉朝以后，一直是个重要地方。尤其在南北分裂时期，这个地方是南北交通的枢纽。自从这次乱后，一座有名的城邑被破坏得只存一片荒芜了。所以鲍照作一篇赋来发抒感慨，名为《芜城赋》，这样的题材过去是很少被表现的，因此风格也显得十分新颖。

鲍照(约414—466)，字明远，东海郡(今属山东临沂)人。出身寒微，大部分的生涯是担任几个亲王的幕僚，也作过地方官。后来在临海王手下作参军，由于统治集团内部矛盾，在军事冲突中被杀害了。他的诗文一方面以爱憎的态度，反映了当时动乱的生活；一方面又吸取了当时文风中的精磨细琢，善于表现的长处，极讲究炼字炼句，巧妙地操纵着语言的音节，在形式上具有清新而又严整的特点。杜甫所品评的“俊逸鲍参军”，对他是非常恰当的。

这篇《芜城赋》写他所亲眼看到的景象，并且说明了武力和地势之不足恃，当时的统治者千方百计希望永久维持其地位，结果总不免于灭亡。但文中也有悲凉消沉的一面，特别是文末“千龄兮万代，共尽兮何言”，虽然意在警告统治阶级的醉生梦死，毕竟不免带有一种虚无的历史观点。

弥迤平原[1]：南驰苍梧涨海[2]，北走紫塞雁门[3]。柂以漕渠[4]，轴以昆冈[5]。重江复关之隩[6]，四会五达之庄[7]。当昔全盛之时，车挂轊[8]，人驾肩[9]；廛闬扑地[10]，歌吹沸天[11]。孳货盐田[12]，铲利铜山[13]。才力雄富，士马精妍[14]。故能奓秦法[15]，佚周令[16]；划崇墉[17]，刳浚洫[18]，图修世以休命[19]。是以板筑雉堞之殷[20]，井干烽橹之勤[21]；格高五岳[22]，袤广三坟[23]；崪若断岸[24]，矗似长云[25]；制磁石以御冲[26]，糊赪壤以飞文[27]。观基扃之固护[28]，将万祀而一君[29]。出入三代[30]，五百余载，竟瓜剖而豆分[31]。

【注释】

① 弥迤(mǐ yí)，地势逐渐平坦倾斜之貌。

② 苍梧，指今广西；涨海，大海。这句说：可以通到南边极远的地方。

③ 紫塞，古时长城的土色是紫的，所以称为紫塞；雁门，指现在山西北部。这句说：向北去可以通到长城边塞。

④ 柂，同“柁”(duò)，这里作水运解。下文“轴”，指陆运。漕渠，运河。漕，粮米，运河原为运漕米而凿，故称。

⑤ 昆冈，扬州附近的山名。这里说：有运河作为水上交通线，有昆冈作为陆上交通线。

⑥ 重江复关，是说扬州全境有很多水道和内外城关。隩(yù)，地形深藏。

⑦ 四会五达，许多路线交叉；庄，康庄大道。

⑧ 轊(wèi)，车轴伸出外面的部分；拥挤的时候就会彼此撞着，因而被阻。挂，被牵住不能脱身。

⑨ 驾肩，摩肩。形容行人的拥挤。

⑩ 廛闬，街道里弄。

⑪ 这一联说：街道房屋的稠密紧扑在地面，歌唱音乐的喧声沸腾上天。

⑫ 孳，滋生。货，货币。扬州包括现在淮南北产盐区域。孳货，是说从这里可以发财。

⑬ 铲,发掘。扬州境内有铜矿,古时在这里铸钱,又出产铜器。
⑭ 精,指训练得好。妍,华美,指装备得好。
⑮ 爹即“侈”。这句说:比秦代的法制还要完备。
⑯ 佚,超出。这句说:超过周代的规模。法与令,这里都指城市建设的体制。这两句是指当日的建置规模非常完密而宏伟。
⑰ 划,刻画,建造。崇墉,高墙。
⑱ 刳(kū),挖掘;浚(jùn)洫,深沟。
⑲ 这句说:目的在于长久传世,永享安乐。休,好。
⑳ 板筑,古代筑墙的方法,后来成了墙垣的代称。雉堞,城垛。殷,雄盛。
㉑ 井干,建筑构成上的饰物。烽橹,瞭望烽火的望楼。勤,复杂工巧。
㉒ 格,尺度。这句盛夸城墙之高,超过五岳。
㉓ 袤(mào),宽度。三坟,出典不详。或说是指三条大河。
㉔ 崪(zú),高险貌;断岸,绝壁。
㉕ 矗(chù),耸立。
㉖ 磁石,见《西征赋》注。御冲,防范袭击。
㉗ 赪壤,红泥。这句说:糊红泥作彩色的纹饰。
㉘ 基,基础;扃(jiōng),门闩。这里指城邑。固护,牢固。
㉙ 祀,年。这里意思说:看这样牢固的城邑,简直是为一个王朝统治一万年所准备下的基业。
㉚ 三代,指汉、魏、晋。
㉛ 剖、豆分,破坏崩坼貌。

泽葵依井①,荒葛罥涂②。坛罗虺蜮③,阶斗麏鼯④。木魅山鬼⑤,野鼠城狐;风嗥雨啸⑥,昏见晨趋⑦。饥鹰厉吻⑧,寒鸱吓雏⑨。伏虣藏虎⑩,乳血餐肤⑪。

【注释】

① 葵,水葵,生于池沼;井,市井。这句说:池沼里的水葵,现在在街道上

长起来了。

② 罥(juàn),牵绊。这句说:荒野中的葛藤,现在绊绕在路上了。

③ 虺(huǐ),毒蛇。蜮(yù),一种害人的虫。这句说:坛下布遍了毒物。

④ 麏(jūn),麞;鼯(wú),一种能飞的野鼠。这句说:野兽就在旧建筑的遗址上搏斗。

⑤ 木魅山鬼,山林中的妖怪。

⑥ 嗥(háo),啸,呼叫声。

⑦ 这里说:这些东西在风雨中呼叫,在清晨和夜晚往来。

⑧ 厉,同“砺”,磨。吻,嘴。饿鹰磨快自己的嘴,预备攫食。

⑨ 鸱,猫头鹰;雏,指鹓雏。这句说:鸱鸟得了食,唯恐其他小鸟来夺它,作出声音来吓走它们。这一句用的是《庄子·秋水》篇中一个譬喻。形容连这些鸟都不容易找到食物。

⑩ 虣,古“暴”字,在这里没有意义,或说当作“虦”(hán),即白虎。伏,藏,指这些恶物平常都是躲着不出来的。

⑪ 乳血餐肤,用血液当乳,用皮肤当餐,指吃人。

崩榛塞路,峥嵘古馗[①]。白杨早落,塞草前衰[②]。棱棱霜气[③],蔌蔌风威[④]。孤蓬自振[⑤],惊砂坐飞[⑥]。灌莽杳而无际[⑦],丛薄纷其相依[⑧]。通池既已夷[⑨],峻隅又已颓[⑩]。直视千里外,唯见起黄埃[⑪]。凝思寂听,心伤已摧[⑫]。

【注释】

① 峥嵘,这里作幽深解。古馗(kuí),旧时的大道。

② 白杨,古时墓地多种白杨。塞草,边塞上的草,这些都是为了增强荒凉凄惨的气氛。

③ 棱棱,严寒貌。

④ 蔌(sù)蔌,风声。

⑤ 蓬,枯草。振,作声。

⑥ 坐飞，无故飞扬。
⑦ 灌莽，丛草。杳(yǎo)，一望无边。
⑧ 丛薄，草、树丛生。
⑨ 通池，城濠。夷，填平。
⑩ 峻隅，高峻的角楼。颓，倒坍。
⑪ 这里说：一直望到千里之外，只见黄尘滚滚。这是极力形容人烟的稀少。
⑫ 心伤已摧，伤心之极。

若夫藻扃黼帐[①]，歌堂舞阁之基；璇渊碧树[②]，弋林钓渚之馆[③]；吴、蔡、齐、秦之声[④]；鱼龙爵马之玩[⑤]；皆薰歇烬灭，光沉响绝[⑥]。东都妙姬[⑦]，南国丽人[⑧]，蕙心纨质[⑨]，玉貌绛唇，莫不埋魂幽石，委骨穷尘[⑩]。岂忆同舆之愉乐[⑪]、离宫之苦辛哉[⑫]？

【注释】

① 藻、黼，点缀门和帐的花纹。
② 璇渊，玉池；碧树，玉树。
③ 弋(yì)林，猎鸟的林。钓渚，钓鱼的池。馆，林中池边的建筑物。
④ 吴、蔡、齐、秦之声，泛指各地伎乐。
⑤ 爵，同“雀”。这些都是古代的杂技。
⑥ 薰，指所焚的香。这句意即烟消火灭，无影无声。
⑦ 东都，指洛阳。在东汉时，是个繁华的城市。
⑧ 南国，南方。
⑨ 蕙心，指美人的聪慧。纨质，指美人体质的柔媚细腻。
⑩ 这里说：没有一个不埋葬在土石里面。委，堆积。
⑪ 同舆，指妃妾受到君王的宠爱，同坐在车中。
⑫ 离宫，这里指冷宫。这里说：无论当日是被宠爱的或被遗弃的，无论

是快乐是悲哀，现在都是同归于尽。

天道如何[①]？吞恨者多。抽琴命操[②]，为芜城之歌。歌曰：边风急兮城上寒，井径灭兮丘陇残[③]。千龄兮万代，共尽兮何言[④]！

【注释】

① 天道如何，意谓命运真难说。

② 操(cāo)，琴调。命操，是自己创调子。

③ 井径，田间的道路。丘陇，土堆。

④ 这里回顾第一段的“将万祀而一君”，意思说：帝王所妄想的仍是一场空。

月　　赋

谢　庄

【题解】《月赋》是一篇风格新颖的叙事赋，又是抒情赋。作者虚构了古代两个文学家曹植和王粲月夜游吟的故事，使叙事和抒情巧妙地融合无间。由于作者构思的奇特，使本赋产生了很大的艺术魅力，同时在词汇和句法上都表现了过去所缺少的细腻柔和。

作者谢庄(421—466)，字希逸，阳夏(今河南太康)人。据《宋书》说，他七岁就能作文，但不幸只活了三十六岁，所传的原有四百多篇诗文，至今已大部散佚。他的作品大抵吟风咏月，感情相当窄狭；但不落旧套，善于创新，给人以一种清新感。

陈王初丧应、刘①，端忧多暇②。绿苔生阁，芳尘凝榭③。悄焉疚怀④，不怡中夜⑤。乃清兰路⑥，肃桂苑⑦；腾吹寒山⑧，弭盖秋阪⑨。临浚壑而怨遥⑩，登崇岫而伤远⑪。于时斜汉左界⑫，北陆南躔⑬；白露暧空⑭，素月流天⑮。沉吟齐章⑯，殷勤陈篇⑰。抽毫进牍⑱，以命仲宣⑲。

【注释】

① 陈王，指曹植，陈王是其封号。应、刘，指应玚和刘桢，两人是曹植弟兄的共同朋友，曹丕致友人书中提到"徐、陈、应、刘一时俱逝"的话，可见两人的死是相去不远的。但这里作者仅在于假设一件故事，借以开端而已。

② 端忧，闲居忧闷。

③ 这两句说：阁下生了绿苔，台榭之间堆积了一片尘埃。形容其闭门不出。

④ 悄焉，忧愁貌。疚怀，心里难过。

⑤ 不怡，不快意。中夜，半夜。这是倒句，即半夜里感到心情不乐。

⑥ 清，打扫；兰路，有兰草的路。

⑦ 肃，清除；桂苑，长满了桂树的苑囿。

⑧ 腾，升起。吹，管乐。这句说：在寒山之中奏起音乐。

⑨ 弭盖，停留。弭，停止。盖，帝王贵族出行时所用的伞。阪，山坡。

⑩ 浚(jùn)壑(huò)，深谷。这句说：面临深谷遥望，顿起感慨。

⑪ 崇岫，高峰。上句是说临水，本句是说登山，都因眺望而发生伤感。

⑫ 左，东方。这句说：横斜的银河在东边划着一条界线。

⑬ 陆，黄道线；躔(chán)，太阳运行的方位。夏至太阳偏北，冬至太阳偏南；北陆南躔，是太阳线已由北移南；即秋冬间的天象。

⑭ 暧，朦胧。这句说：露气使天空朦胧。

⑮ 素月，明月；流，流泻，照射。

⑯ 沉吟，低诵。齐章，指《诗·齐风·东方之月》，是讽咏明月的。

⑰ 殷勤，反复念诵。陈篇，指《诗·陈风·月出》，其中有“月出皎兮”之句。

⑱ 毫，笔。牍，古时写字的木版。

⑲ 仲宣，王粲字。以命仲宣，是拿笔、牍交给仲宣，请他作文章。

仲宣跪而称曰：臣东鄙幽介[①]，长自丘樊[②]，昧道懵学[③]，孤奉明恩[④]。

【注释】

① 东鄙，东方边远之地。王粲原来是东方的人。幽，幽暗，孤陋寡闻。介，孤独。这是臣下的谦词，即说：我是东方僻地的无学之士。

② 丘樊，山林。

③ 昧道懵(méng)学,不学无术。
④ 孤,即“辜”。明恩,明王的恩命。这句说:恐怕有负君王的托付之恩。

臣闻沉潜既义,高明既经①,日以阳德,月以阴灵②。擅扶光于东沼③,嗣若英于西冥④。引玄兔于帝台⑤,集素娥于后庭⑥。朒朓警阙⑦,朏魄示冲⑧。顺辰通烛⑨,从星泽风⑩。增华台室⑪,扬采轩宫⑫。委照而吴业昌⑬,沦精而汉道融⑭。

【注释】

① 沉潜、高明,分别指地和天。地是沉静在下的,天是高朗在上的。天地有一定的规律,即天经地义。但这里,“义”和“经”作“按照规律形成”解。这句说:据我所知,当天和地形成以后。
② 这里说:太阳的品质是属阳的,而月亮的性格是属阴的。
③ 扶,指扶桑,神话中的日出处。这句说:太阳挟着扶桑的光彩,从东方水里出来。
④ 若,指若木,神话中日落处。这句说:月亮在太阳的光华落入西边若木的幽谷后相继出来。嗣,继承。冥,幽谷。以上月亮与太阳对举,以下撇开陪衬物,专写月亮。
⑤ 玄兔,黑兔。神话说月中有兔。帝台,天庭。
⑥ 素娥,月里嫦娥;后庭,帝王的宫廷。
⑦ 朒(nǜ),缩朒的略词。缩朒,是阴历月初月亮出现在东方,即上弦月。朓(tiǎo),阴历月底月亮出现在西方,指下弦月。阙,同“缺”,指月亮不圆。这句说:月亮以上下弦的月缺景象,警戒人不可自满。
⑧ 朏(fěi),初生的月亮。魄,是成形的月亮。冲,谦冲。这句说:月的盈亏,启示人应持谦虚的态度。按,古时每以天象联系人事,这两句的所谓“警”和“示”的道理,都出自古书,原意是指天象给人君,叫人君警惕的。

⑨ 辰，指子、丑、寅、卯等十二时辰。烛，照明。这句说：顺着十二辰的次序运行照耀。

⑩ 从星泽风，古代星象家认为月球运行时与某些星相遇，就是风雨的预兆。泽，指雨水。

⑪ 台室，指三台，星座名。这句说：月亮能替三台星座的星增加光华。

⑫ 轩宫，即轩辕星座。这句说：月亮能替轩辕星座的星发扬光采。

⑬ 委，投；照，光照，指月亮。吴业，指三国时东吴的帝业。传东吴孙策降生时，其母梦见月亮入怀。

⑭ 沦，沉，下落；精，光华，指月亮。汉元帝皇后的母亲李氏，梦见明月入怀而生女，遂为后。融，和洽，顺利。

若夫气霁地表[①]，云敛天末[②]，洞庭始波[③]，木叶微脱[④]。菊散芳于山椒[⑤]，雁流哀于江濑[⑥]；升清质之悠悠[⑦]，降澄辉之蔼蔼[⑧]。列宿掩缛[⑨]，长河韬映[⑩]；柔祇雪凝[⑪]，圆灵水镜[⑫]；连观霜缟[⑬]，周除冰净[⑭]。君王乃厌晨欢，乐宵宴[⑮]；收妙舞，弛清县[⑯]；去烛房[⑰]，即月殿[⑱]；芳酒登[⑲]，鸣琴荐[⑳]。

【注释】

① 霁，雨过天晴。表，外层。这句说：当雨过天晴，大地澄洁。

② 敛，收敛。天末，天的尽头。这句说：乌云收缩在天的尽头。

③ 这句说：洞庭湖水开始生出波澜。

④ 木，树。脱，落。这两句是翻造《楚辞》："洞庭波兮木叶下"的成语，描写湖上初秋的空明景象。

⑤ 山椒，山顶。这句说：菊花在山顶散出香气。

⑥ 这句说：鸿雁在浅滩上发出悲哀的鸣声。

⑦ 清质，指月亮清朗的形体。悠悠，缓慢貌。这句说：月亮慢慢上升。

⑧ 澄辉，清澈的光辉。蔼蔼，祥和貌。这句说：照射下柔和的光辉。

⑨ 列宿(xiù),群星。缛,繁盛华丽。这句说:群星被月光掩盖了它们的繁丽。

⑩ 长河,指银河。韬(tāo),不露。这句说:长长的银河因明月而失去了光辉。

⑪ 祇(qí),地神,指大地。这句说:洁白的月光照耀得大地如同蒙上一片积雪。

⑫ 圆灵,指天。这句说:天空在月光下如同清明透澈的镜子。

⑬ 观(guàn),可以望远的楼台。连观,处处楼台。缟(gǎo),白色的生绢,引申作洁白的意思。这句说:一排排的高楼被月亮照得和霜一样的洁白。

⑭ 周,周围。除,阶除。这句说:到处阶前被月亮照得和冰一样的明净。

⑮ 这里说:君王便嫌昼间的欢娱不够味,而喜欢夜晚的宴会。

⑯ 弛,废去。县,同“悬”,此处读去声。古时乐器是悬挂在架上的,清县即指清妙的音乐。这里说:把妙舞清歌都停息。

⑰ 去,离开。

⑱ 即,走向。月殿,有月光的厅堂。

⑲ 登,送上。

⑳ 荐,奉献,指弹奏。

若乃凉夜自凄[①],风篁成韵[②]。亲懿莫从[③],羁孤递进[④]。聆皋禽之夕闻[⑤],听朔管之秋引[⑥]。于是丝桐练响[⑦],音容选和[⑧]。徘徊《房露》,惆怅《阳阿》[⑨]。声林虚籁[⑩],沦池灭波[⑪]。情纡轸其何托[⑫]?愬皓月而长歌[⑬]。

【注释】

① 这句说:设或在凄切的凉夜之中。

② 篁,竹丛。这句说:风吹竹林,产生一种有韵律的响声。

③ 亲懿,至亲好友。

④ 羁孤，旅居作客的单身人。递进，一个个不断前来。这里说：平日至亲好友都不在身边，陆续而来的是一些漂流作客的人。

⑤ 聆（líng），听。皋禽，指鹤。因为《诗·小雅·鹤鸣》中有“鹤鸣于九皋”句，故称。闻，声响，指鹤叫。夜晚鹤鸣，分外清亮。

⑥ 朔，北地。朔管，指北方少数民族所用的管乐。引，奏乐。

⑦ 丝桐，指琴。琴弦为丝制，琴身是桐木制的，故称。练，选择；练响，指调弦。

⑧ 音容，指乐曲的风格。和，委婉。这句说：选奏风格委婉的乐曲。

⑨《房露》，即《防露》，和《阳阿》都是古曲名。徘徊、惆怅，形容乐曲所含的迟徊怨慕的情调。

⑩ 声林，因风吹而发声的树林；籁，自然的声音；虚籁，绝响。

⑪ 沦池，因风吹而皱起波纹的池水；灭波，平息了波浪。这里说：大气沉寂，万物静息。

⑫ 轸，琴下转弦的圆木。纡，郁结。这句意思说：无限的感慨萦绕着琴轸，向何处寄托宣泄。

⑬ 愬，面向，倾诉。

歌曰：“美人迈兮音尘阙[①]，隔千里兮共明月[②]；临风叹兮将焉歇[③]？川路长兮不可越[④]。”

【注释】

① 迈，遥远。音尘阙，声闻隔绝。

② 这句说：地有千里之隔，明月却可共见。

③ 这句说：迎风叹息，哪能住声？

④ 这句说：路程辽远，不能超越。

歌响未终，余景就毕[①]；满堂变容，回遑如失[②]。

【注释】

① 景,同“影”。这句说:残月的影子即将沉没。

② 回遑,徘徊旁皇;如失,心里好像丢了什么东西的样子。这句意思说:此情此景,此歌此声,使人怅惘伤神。

又称歌曰[①]:“月既没兮露欲晞[②],岁方晏兮无与归[③];佳期可以还,微霜沾人衣[④]!”

【注释】

① 又称,续唱。

② 欲晞(xī),将干。

③ 晏,迟暮;与,相与。这句运化《楚辞》“岁既晏兮孰与归”一句。意思说:岁时晚了,但没有知心人与我同归。

④ 这里说:岁暮的微霜会沾湿人的衣裳,趁着现在好日子回去吧!意思是讽劝虚掷光阴的人及时努力。

陈王曰:“善。”乃命执事[①],献寿羞璧[②]。“敬佩玉音,复之无斁[③]”。

【注释】

① 执事,办事人员。

② 寿,酬谢的礼品。羞,进献。璧,玉璧,古时是很隆重的礼物。

③ 这是陈王继续说的话。玉音,对王粲所作的诗赋的褒美之词。斁(yì),厌倦。意思说:我要恭恭敬敬把你的好话记在心里,反复吟味不倦。这句运化《诗·周南·葛覃》“服之无斁”句。陈王之所以如此说,是由于拜谢王粲的规诫。

别 赋

江 淹

【题解】 江淹(444—505),字文通,济阳考城(今属河南)人,历仕宋、齐、梁三代,当时南朝统治势力不稳定,统治集团各派势力的升沉消长,变动不常。江淹周旋于争权夺利的各统治集团之间,可想见其所见所闻,不乏惊心动魄之事。所以他的两篇名作《恨赋》和《别赋》,虽然借用了许多典故和词藻来表情达意,却也是那个动乱时代的影子,因此一向为人所传诵;因为《别赋》更多为后人所重视,所以选了这篇。

江淹的赋大约作于齐、梁之间,这一段时期的赋已经脱离了以前的板重形式,但却还没有像徐、庾宫体那样轻靡。样式已和一般骈文相近,仅在于用韵不用韵之分,以及其中偶然还用辞赋中常用的“兮”字来加强句式的变化而已。从词藻来说,像“闺中风暖,陌上草薰”;“春草碧色,春水绿波”这些秾艳整齐的排偶,未尝不是徐、庾的先声;而像“春宫閟此青苔色,秋帐含兹明月光”,简直与七言诗接近,也是后来庾信的宫体赋中的特色。我们由此可以看出赋体发展的迹象来。

黯然销魂者[1],唯别而已矣[2]!况秦、吴兮绝国[3],复燕、宋兮千里;或春苔兮始生,乍秋风兮暂起[4]。是以行子肠断[5],百感凄恻[6]。风萧萧而异响[7],云漫漫而奇色[8]。舟凝滞于水滨[9],车逶迟于山侧[10];棹容与而讵前[11]?马寒鸣而不息[12]。掩金觞而谁御[13]?横玉柱而沾轼[14]。居人愁卧[15],怳若有亡[16]。日下壁而沉彩[17],月上轩而飞光[18];见红兰之受露，望青楸之离霜[19]；巡曾楹而空掩[20]，抚锦幕而虚凉[21]。知离梦之踯躅[22]，意别魂之飞扬[23]。

【注释】

① 黯然，颜色沉滞，没有光采的样子，因而可以形容人的情绪低沉惨淡。

② 这里说：再没有比离别之苦更能使人凄惨伤心的了。

③ 绝国，绝域，远方。秦国和吴国，一在西北，一在东南，相隔辽远。下句燕、宋，燕在宋的东北，宋在燕的西南，也相隔千里，都是形容远别。

④ 这里意思说：每逢时节变更，格外使人容易伤感，尤其是春秋两季。以上两联偶句，第一联指地方不同，第二联指时节不同。

⑤ 行子，旅客。肠断，古时传说：蜀地的猴子被人捉去，母猴啼哭连日，终于倒地而死，死后解剖开来一看，肠子寸寸断裂。故以“断肠”形容极度悲痛。

⑥ 百感，种种心事。凄恻，悲伤。

⑦ 萧萧，风声。异响，与平常不同。

⑧ 漫漫，一望无边貌。这一联说：出门人听见风声，看见云色，都觉得与平常不同。

⑨ 凝滞，静止不动。

⑩ 逶迟，缓慢行进。这一联说：坐船呢，船就在水边停止不前；坐车呢，车就在山旁徘徊不进。

⑪ 容与，见《述行赋》注。讵，岂。

⑫ 寒鸣，凄惨的叫声。

⑬ 这句说：金杯盖了起来，谁还有心情喝呢？

⑭ 玉柱，指瑟、筝一类的乐器，弦下有柱，故称。轼，车前横木，乘车的人可在上面倚靠。霑，同“沾”。霑轼，眼泪浸湿了车上的轼。这句说：把乐器横放在膝上，落起泪来。

⑮ 居人，住在家里的人，与上“行子”相对。

⑯ 怳，恍惚。这句说：恍惚若有所失。

⑰ 这句说：墙上的太阳移过去了，光辉消失了。
⑱ 这句说：月亮上来了，光华飞到栏杆上。
⑲ 离，同"罹"，遭受。这一联形容草木受霜露而变颜色，使人增加凄凉之感。红兰、青楸都是容易衰谢的草树。
⑳ 曾楹，高的柱子，指高大的房屋。掩，掩涕。这句说：在高大房屋中往来巡行，空自含悲拭泪。
㉑ 这句说：手抚着锦绣的帷幕，枉自悲凉。
㉒ 这句说：知道行人别后，梦里也停足不忍前行。
㉓ 意，猜想。这句说：猜想起来，离别后的神魂也是茫无所归的。

故别虽一绪[①]，事乃万族[②]。至若龙马银鞍[③]，朱轩绣轴[④]，帐饮东都[⑤]，送客金谷[⑥]。琴羽张兮箫鼓陈[⑦]，燕、赵歌兮伤美人[⑧]，珠与玉兮艳暮秋，罗与绮兮娇上春[⑨]。惊驷马之仰秣[⑩]，耸渊鱼之赤鳞[⑪]。造分手而衔涕[⑫]，感寂寞而伤神[⑬]。

【注释】

① 一绪，一件事。
② 族，种类。这里说：虽然同样是离别，却有种种不同的情况。
③ 龙马，骏马。银鞍，镶银的鞍子。
④ 朱轩，古代贵族所坐的轿车，漆上朱色，表示华贵。绣轴，车轴上加上采饰。
⑤ 帐饮，搭篷帐设宴饯别。东都，指疏广叔侄事，见《西征赋》注。
⑥ 金谷，晋朝石崇的别墅。石崇是西晋初年最豪富的贵族，在出作外官的时候，大家齐集金谷园中把酒送行，也是稀有的盛会。
⑦ 琴羽，琴中的高音。古代以宫商角徵（zhǐ）羽为五音。张、陈，排列，演奏。
⑧ 这句意思说：在燕、赵的歌声中，美人无限伤心。古诗："燕赵多佳

人。”这两国的歌女是出名的。

⑨ 上春,最好的春天。这一联是形容送别时歌女和音乐的娇艳富丽。珠、玉、罗、绮,都指妇女的妆饰。

⑩ 古代四马的车称“驷”。秣,马吃的草料。古代传说:最高妙的琴声可以使一群正在吃草料的马都吃惊,仰头专心听琴,不吃草料。

⑪ 耸,吃惊。渊,深水。这句说:连深水里红鳞的鱼都吃惊起来。这也是古代关于琴声能感动动物的传说。两句都极形送别时音乐的悲感。

⑫ 这句说:到了分手的时候,含着一眶眼泪。

⑬ 这句说:在这时候,音乐停止,寂静无声了,感到心神伤痛。

乃有剑客惭恩[①],少年报士[②],韩国赵厕[③],吴宫燕市[④];割慈忍爱,离邦去里[⑤];沥泣共诀[⑥],抆血相视[⑦]。驱征马而不顾[⑧],见行尘之时起[⑨]。方衔感于一剑,非买价于泉里[⑩]。金石震而色变,骨肉悲而心死[⑪]。

【注释】

① 惭,感激。这是一句倒句,即“感恩的剑客”。

② 报士,指报答国士一般的待遇。这也是一句倒句,即“报恩的少年”。

③ 这句意思说:窥伺在韩都赵厕。国,都城。韩国,指战国时聂政替严仲子报仇,刺死韩国宰相侠累一事。赵厕,指战国初期,豫让为了自己主人智氏为赵襄子所灭,化装埋伏在厕所里,预备刺死赵襄子一事。

④ 这句意思说:行侠于吴宫燕市。吴宫,指专诸替吴公子光谋害吴王,将短剑藏在鱼肚里,乘献食的时候,刺死吴王一事。燕市,指荆轲在燕国的街市上与好友高渐离饮酒高歌,后来替燕太子丹谋刺秦王,不成被杀;以及高渐离为了替荆轲报仇,又一次谋刺秦王的事。

⑤ 邦、里,家乡。

⑥ 沥,滴滴下流;诀,永别。

⑦ 抆(wěn),揩拭。血,与上句“泣”,都指眼泪。

⑧ 征马，上远路的马。

⑨ 行尘，车马扬起的灰尘。这联是说，决心牺牲自己，一去不返。

⑩ 这里说：乃是为了感激恩惠，决心以一剑相报，并不是拿性命来换金钱。泉里，地下，指丧失生命。

⑪ 这一联意思说：这种惊天动地的事情，连金石都要受到震动而变色，骨肉之亲就更悲痛心碎了。

或乃边郡未和①，负羽从军②；辽水无极③，雁山参云④。闺中风暖⑤，陌上草薰⑥；日出天而曜景⑦，露下地而腾文⑧；镜朱尘之照烂⑨，袭青气之烟煴⑩。攀桃李兮不忍别，送爱子兮沾罗裙⑪。

【注释】

① 边郡，边疆的郡县。未和，有了战事。

② 羽，指箭。

③ 辽水，东北的辽河。无极，一望无际。

④ 雁山，即雁门山，在山西境。参云，高耸入云。以上指将要从军作战的前线。

⑤ 闺，内门。

⑥ 陌，野外的道路。薰，香气。以下数联写出征时家乡的景象。

⑦ 景，日光。这句说：太阳从天上照出光辉。

⑧ 这句说：露水落在地上，升起一种华丽的采色。以上两联写景，有其因果。因为风暖，所以草薰；因为日光照耀，所以露水现出颜色。写景细致，是齐、梁韵文的特色。

⑨ 镜，照。朱尘，日光照射下映现红色的灰尘。照烂，辉耀灿烂。

⑩ 袭，披上。青气，春天草木的色泽。烟煴，气氛浓厚。

⑪ 这里意思说：妇人送自己亲爱的儿子出发，攀着正开花的桃李，感到气候的温暖，不觉念及远地风土之不同，因而泪下沾裙。

至于一赴绝国，讵相见期[①]？视乔木兮故里[②]，决北梁兮永辞[③]。左右兮魂动[④]，亲宾兮泪滋[⑤]。可班荆兮赠恨[⑥]，唯尊酒兮叙悲[⑦]。值秋雁兮飞日，当白露兮下时[⑧]；怨复怨兮远山曲，去复去兮长河湄[⑨]。

【注释】

① 这句说：若谈到一去遥远的国土，哪还有再见的日子呢？

② 乔木，高树，王充《论衡》："睹乔木，知旧都。"人住得久，所以树长高了。这句说：看看自己世世代代定居的故乡。

③ 决北梁兮永辞，用《楚辞》中的成句，意即一去不回。

④ 这句说：左右的人，心魂震动。

⑤ 滋，浸湿。这一联说：邻右亲朋无不感动下泪。

⑥ 班，铺设。荆，树枝条。《左传》上说：伍举与声子，两人都是楚人，在郑国相遇，班荆而坐，谈心话别。后人用这个典故，比喻匆匆话别。赠恨，把一腔心事向对方吐诉。

⑦ 尊，通"樽"，酒器。这句说：只有借一尊酒可以叙叙心里的悲哀。

⑧ 这一联说：时节正当秋季，雁南飞，白露下，当然更增加离别的凄惨。

⑨ 曲，山坳；湄，水边。这一联写握别时景色使人增愁。

又若君居淄右[①]，妾家河阳[②]，同琼佩之晨照[③]，共金炉之夕香[④]。君结绶兮千里[⑤]，惜瑶草之徒芳[⑥]，惭幽闺之琴瑟[⑦]，晦高台之流黄[⑧]。春宫闷此青苔色[⑨]，秋帐含兹明月光[⑩]，夏簟清兮昼不暮[⑪]，冬釭凝兮夜何长[⑫]！织锦曲兮泣已尽，回文诗兮影独伤[⑬]。

【注释】

① 淄，淄水。在今山东境。右，西面。

② 河阳，黄河北岸。
③ 琼佩，美玉刻的佩戴饰物。这句说：早晨用玉佩装饰起来，同照镜子。
④ 金炉，金质的香炉。这句说：晚上同薰一个香炉。以上一联追叙彼此共同生活时的情景。
⑤ 绶，官印上所系的带子。古时做官必带印绶，结绶，就是出仕。
⑥ 瑶草，仙山中的芳草。这句说：单身在家，徒然对着芳草，未免可惜。
⑦ 这句说：幽静的闺房中，虽有琴瑟，也无心弹奏，未免辜负了。
⑧ 流黄，丝织品艳丽的颜色。这句说：高台上虽有所织的黄色丝绸，也失去了光彩。
⑨ 閟(bì)，掩闭。这句说：春天房屋前披上青苔的颜色。
⑩ 这句说：秋天的帷帐里笼罩着明月的光华。
⑪ 簟(diàn)，竹席。这句说：夏天的席子清凉，白日又长。
⑫ 釭(gāng)，灯。凝，沉滞无光。这句说：冬夜灯昏夜长。以上四句分写春、秋、夏、冬四种季节在家中的寂寞景象。
⑬ 织锦曲，十六国苻秦时代(4 世纪中期)，窦滔在外面另与别人结合。妻子苏蕙知道了，织了一匹锦送给窦滔，锦上织出回文诗，叙述自己深厚的爱情，使窦滔受了感动。这是传播得很广的故事。回文诗是回环往复都可以读出文意的诗。这两句是说妇女在家中的苦闷。

傥有华阴上士①，服食还山②，术既妙而犹学，道已寂而未传③；守丹灶而不顾，炼金鼎而方坚④；驾鹤上汉⑤，骖鸾腾天⑥，暂游万里，少别千年⑦。唯世间兮重别，谢主人兮依然⑧。

【注释】

① 傥有，或有。华阴，指华山下面古时修道者所居的石室。上士，得道的人。
② 服食，道家炼丹合药，服用以求长生，名为服食。还山，指成仙。

③ 寂,寂静无闻。这一联意思说:精益求精,追寻失传的道法。

④ 丹灶,道家炼丹的灶,也可以称为金鼎。这一联意思说:一心守着丹灶,深信炼了金丹就可以成仙。

⑤ 汉,银河;上汉,即升天。

⑥ 骖,古代车旁所加的一匹马,这里和“驾”,同为“骑”的意思。鸾,青凤。

⑦ 这两句说:万里不过是短暂的游程,一千年只算是小别。

⑧ 这里说:世上的人把离别这件事看得这样要紧,我却致意主人:我到今天还是照旧一样。谢,致意。这段设一反比,提出对离别达观的看法,但意在以神仙渺茫,反衬人之不能忘情,难以对别离无动于中。

下有芍药之诗①,佳人之歌②,桑中卫女,上宫陈娥③;春草碧色,春水绿波④,送君南浦,伤如之何⑤!至乃秋露如珠,秋月如珪⑥,明月白露,光阴往来⑦;与子之别,思心徘徊⑧。

【注释】

① 下有,复有。芍药,一种香草。《诗·郑风·溱洧》:“维士与女,伊其相谑,赠之以芍药。”咏男女二人谈情说爱。香草,是爱情的象征。

② 佳人之歌,《汉书》载李延年歌:“北方有佳人,绝世而独立。”这是男子爱慕女子的情歌。

③ 桑中,《诗·鄘风》篇名,有句云:“期我乎桑中,要我乎上宫。”桑中卫国地名;上宫陈国地名;都是男女双方约会的地点。卫女、陈娥,泛指谈恋爱的少女。娥,美女。

④ 这两句描绘男女话别时的风景。

⑤ 送君南浦,用《楚辞》中“送美人兮南浦”句。这里说:和你在南浦话别,多么使人伤心啊!

⑥ 珪,玉器,比方秋月的洁白。

⑦ 这里说,月和露,一光一阴,相互往来。

⑧ 这里说：离别的愁情来往心中，不能割舍。

是以别方不定，别理千名[①]。有别必怨，有怨必盈[②]；使人意夺神骇，心折骨惊。虽渊、云之墨妙[③]，严、乐之笔精[④]；金闺之诸彦[⑤]，兰台之群英[⑥]；赋有凌云之称[⑦]，辩有雕龙之声[⑧]，谁能摹暂离之状，写永诀之情者乎[⑨]？

【注释】

① 方，情况；理，情怀。名，种类。

② 盈，满，充塞于心胸。

③ 渊，指王褒（字子渊）；云，指扬雄（字子云）。

④ 严，指严安；乐，指徐乐；都是汉武帝时代的文人。墨妙、笔精，形容他们的文章美妙。

⑤ 金闺，指汉朝长安的金马门，求见皇帝的人在这里等候。诸彦，有才学的名士。

⑥ 兰台，汉朝宫廷中讨论学术著作的地方。

⑦ 凌云，汉武帝称赞司马相如的赋有“凌云之气”。

⑧ 雕龙，比喻文词的华丽，好像雕镂龙文。语出《史记》。

⑨ 这里说：（虽然是那些最好的文学家，）谁又能摹写出短别和永诀的情状呀！意思是这篇赋的描绘也是不能尽情的。

冬　草　赋

萧子晖

【题解】 本文作者萧子晖，与撰《南齐书》的萧子显是兄弟辈。他原是南齐王朝的宗室，到了梁朝，自己所属的统治集团失势了，不免有身世之感，这篇赋就是以冬草的抗寒不衰自比，来表述他的这种心情的。

以创作思想来说，这不过是封建士大夫所发抒的“抚今追昔”之作，情感比较狭窄，没有多大的社会意义。但其中所写的百卉凋零，小草独荣的景象，在齐梁的小赋中，特别在结构方面表现条理的清晰，在词句方面表现风骨的矫健。

有闲居之蔓草，独幽隐而罗生①；对离披之苦节②，反蕤葳而有情③。若夫火山灭焰④，汤泉沸泻；日悠扬而少色⑤，天阴霖而四下⑥。于时直木先摧⑦，曲蓬多陨⑧；众芳摧而萎绝，百卉飒以徂尽⑨。未若兹草，凌霜自保⑩；挺秀色于冰涂，厉贞心于寒道⑪。已矣哉，徒抚心其何益？但使万物之后凋，夫何独知于松柏⑫！

【注释】

① 罗生，丛生。作者以冬草自喻，所用“闲居”“幽隐”，点明草的特殊性格。

② 离披，指草木凋落。苦节，寒冷的节令。

③ 蕤葳，花木披垂貌。这里说：当此冬令，反而欣欣向荣。

④ 灭焰，疑当作“焰灭”，以与“沸泻”作对。都形容气候寒冷。

⑤ 悠扬，绵远貌。

⑥ 阴霖，阴森。四下，云气低沉。

⑦ 直木，高树；摧，凋零。

⑧ 曲蓬，小草。曲，细小。陨，坠落，枯死。

⑨ 飒（sà），衰落。徂（cú），徂落，凋谢。以上说其他草木不能耐冬。

⑩ 凌，冒犯。凌霜，不屈于寒霜。

⑪ 厉，振奋。以上写惟有此草，凌寒不衰。

⑫ 这里意思说：假使万物都能经冬不凋，那么松柏也就不会独享后凋之名了。《论语》："岁寒，然后知松柏之后凋也。"喻君子处乱世，守正不苟。这里运化这一成语，仍是以不凋的冬草比自己的高洁，和开端相呼应。

哀江南赋 并序

庾 信

【题解】 梁武帝中大通六年(534),占据中国北方的北魏分裂为二,宇文氏所拥戴的王朝在关西,称西魏;高氏所拥戴的在关东,称东魏。至于在南方对峙的梁朝,则由于开国君主梁武帝统治着,他在位很长久,内部也比较安定。

东魏的权臣高欢死后,他的部下大将,出身于北边六镇的侯景不愿服从高欢的儿子高澄,于是献河南之地投降梁朝,梁武帝认为这是统一南北的好机会,就接纳了他,但也不肯与高氏完全绝交。侯景感觉武帝不可靠,又窥破了梁朝内部的腐败情形,起兵攻陷了梁的首都建康(今南京),武帝父子先后被害。然而由于南方人心不附,毕竟为王僧辩、陈霸先的联军所败。

建康失陷后,梁王朝政权移到长江上游的荆州,又为西魏的执政者宇文氏所灭。宇文氏又于公元557年取代了西魏而自立为周。先此,东魏的高洋已取代了孝静帝自立为齐(550)。南朝,则陈霸先杀害了王僧辩,据有长江下游,建立陈朝。因此,侯景之乱,又重启南北交争的极度混乱局面。

在这场动乱中,南朝纸醉金迷的酣梦被打破了。江南的人民来往奔窜,家室流亡,文物残破,发生了很大的变化。这时期,出现了两篇反映这一动乱时代的文艺作品,一是庾信的《哀江南赋》,一是颜之推的《观我生赋》。这两个作者,庾信是由梁入周的,颜之推是由梁入齐的。他们都亲历了这个动荡非凡的局面,身受着时代的苦难,故作品也较生动。《哀江南赋》传诵更广,所以选取了它作为代表。

《哀江南赋》的作者庾信(513—581),字子山,南阳新野(今属河南)人,和他的父亲庾肩吾,都是梁朝太子(即后来继承武帝为侯景所暂时拥立的简文帝)的官属,当侯景围攻建康时,曾经参与过抵抗军事,建康破后,逃奔江陵。梁元帝在江陵建立政权,他奉命到西魏的都城长安聘问,不料江陵就在这时被西魏攻占了。从此以后,他在长安做官,直到北周的末年才死去。《周书》有他的传。

早期的庾信,家世与文学造诣都与徐陵相近,所以被并称为徐、庾。他们作品的共同点,是词藻音节都极力追求华靡新艳,故世称"徐庾体"。但到了后期,由于庾信处境与经历的变化,他的创作也发生了变化,感情比较深厚,技巧也更加成熟了,所以杜甫有"庾信文章老更成"之语。这篇赋就是他后期的代表作。文中对梁朝统治者的腐朽无能,对人民在战乱中所受的苦痛,都作了较深刻的描写。它的形式是在格律严整中而又略带疏放,显出了苍凉雄健的气息,可以说是以骈文为形式而以散文为精神的。

粤以戊辰之年,建亥之月①,大盗移国②,金陵瓦解。余乃窜身荒谷③,公私涂炭④。华阳奔命⑤,有去无归⑥,中兴道销,穷于甲戌⑦。三日哭于都亭⑧,三年囚于别馆⑨。

【注释】

① 粤,发语辞。戊辰,梁武帝太清二年(548)。建亥之月,阴历十月。

② 大盗移国,是《后汉书》指王莽的话,这里用来比侯景的篡夺梁朝。

③ 荒谷,穷乡僻壤,一说是古楚国地名。庾信在此时奔往江陵,江陵在春秋时为楚国都城。

④ 涂炭,陷在泥潭火坑,形容遭受灾难。这句意思说:全国上下都遭难。

⑤ 华阳,指关中地方,那时是西魏。奔命,奔忙应付,庾信是奉使到西魏去的。

⑥ 有去无归,庾信至西魏后,江陵不久被西魏攻陷,从此无所归了。

⑦ 甲戌,梁元帝承圣三年(554)。元帝于承圣元年起兵讨灭侯景,梁朝中

兴有了希望。不料这一年西魏兵破江陵,把元帝杀害了,中兴的希望就落了空,所以有这两句话。

⑧ 都亭,城外的驿亭,是公众集会的地方。这句说:听到梁朝败亡的凶信,自己寄寓别国,不能发丧,只得到城外的都亭去遥哭。

⑨ 别馆,安置别国人的地方。这里三日、三年,都不过是一种词令,并不是真的哭三日,囚三年。

天道周星①,物极不反②。傅燮之但悲身世,无处求生③;袁安之每念王室,自然流涕④。昔桓君山之志事⑤,杜元凯之平生⑥,并有著书,咸能自序⑦。潘岳之文采,始述家风⑧;陆机之辞赋,先陈世德⑨。信年始二毛,即逢丧乱⑩,藐是流离⑪,至于暮齿⑫。《燕歌》远别⑬,悲不自胜;楚老相逢,泣将何及⑭!畏南山之雨,忽践秦庭⑮;让东海之滨⑯,遂餐周粟⑰。下亭漂泊⑱,高桥羁旅⑲;楚歌非取乐之方⑳,鲁酒无忘忧之用㉑。追为此赋,聊以记言;不无危苦之辞,惟以悲哀为主㉒。

【注释】

① 周星,指岁星运行一周天。岁星,即木星,古人以岁星十二年一周天。这句说:一个很长的时间过去了。

② 物极不反,指梁朝的复兴没有转机。古语:“物极必反”,这里改了一个字,表示作者失望的心情。

③ 傅燮,东汉人,官汉阳太守,被敌人围困,冲锋陷阵,慷慨战死。临难前说:“世乱不能养浩然之气,食禄又欲避其难乎?”但悲身世,无处求生,形容傅燮战死时的心情。

④ 袁安,东汉时司徒,当时政权在外戚豪门手中,自己没有力量扶助王室,所以每对人谈国事就不觉泪随声下。这一联是作者以古人自况。

⑤ 桓君山，即桓谭，东汉光武帝时官给事中，著有《新论》廿九篇。

⑥ 杜元凯，即杜预，晋初儒将，著《春秋经传集解》。

⑦ 自序，桓谭、杜预两作，均有自序；作者在赋序中提到，有援例之意。

⑧ 潘岳，见《西征赋》题解。他的作品中有《家风诗》。

⑨ 陆机见《文赋》题解。有《祖德》、《述先》两赋。

⑩ 二毛，白发与黑发相间；指中年。丧乱，指梁朝的变故。侯景陷台城为549年，是年庾信三十七岁，西魏陷江陵为554年，是年庾信四十二岁。

⑪ 藐是，可怜，狼狈。

⑫ 暮齿，晚年。庾信作此赋已在晚年。

⑬《燕歌》，古乐府诗题，描写从征的苦况，庾信自己也作过一篇。

⑭ 楚老，指《列子》的一段寓言，大意是：燕国人自幼生长于楚，老来还乡，走到晋国，旁人骗他，说这就是你的故乡。他立刻哭起来了。

⑮ 南山，指江南的梁朝；雨，指兵祸。秦庭，指西魏及后来的北周，均建都于古秦都。这句是借避雨比喻自己避祸求生，立足秦地。

⑯ 让东海之滨，指战国时田大公和迁齐康公于海上事，这里用来比喻北周篡夺西魏。让，禅让，是饰美之词，庾信是个俘囚式的客卿，不敢明说篡夺；而当时拓跋氏的西魏灭亡，宇文氏的北周兴起，也是庾信所亲历的一件大事，虽然不在本文范围之内，当然也不能一句不提。所以在这篇序里带叙一笔。

⑰ 周粟，用伯夷叔齐耻食周粟的故事。北周国号又与姬周巧合，所以妙语双关。庾信反过来用这句成语，表示自己违反初意，悔恨无穷。

⑱ 下亭，路上寄宿的亭，东汉孔嵩被征召为公府，赴京都途中，宿下亭，马被盗。这里用这典故描写自己漂泊之苦。

⑲ 高桥，即皋桥，在苏州阊门内。东汉时吴郡大姓皋伯通宅第所在。梁鸿曾在皋宅做工。这句是用这典故写自己在关中作客，寄人篱下。

⑳ 楚歌，楚国的民歌，张良用楚歌唤起项羽士卒的思乡之念，后世遂将楚歌比作怀乡的悲歌。这句说：歌唱本用以取乐，但楚歌却令人起怀乡之愁。

㉑ 鲁酒,《庄子·胠箧》:“鲁酒薄而邯郸围。”释文引许慎注《淮南子》:“楚会诸侯,鲁、赵皆献酒于楚王;主酒吏求酒于赵,赵不与,吏怨,乃以赵厚酒易鲁薄者;楚王以赵酒薄,遂围邯郸。”后世遂以鲁酒为薄酒。这句说:薄酒不能解忧。

㉒ 危苦,悲恸。以上四句直率说明由于这种抑郁无聊的心情,追忆在江南的旧事,解明这篇赋所以悲痛的原由。

日暮途远[①],人间何世[②]?将军一去,大树飘零[③];壮士不还,寒风萧瑟[④]。荆璧睨柱,受连城而见欺[⑤];载书横阶,捧珠盘而不定[⑥]。钟仪君子,入就南冠之囚[⑦];季孙行人,留守西河之馆[⑧]。申包胥之顿地,碎之以首[⑨];蔡威公之泪尽,加之以血[⑩]。钓台移柳,非玉关之可望[⑪];华亭鹤唳,岂河桥之可闻[⑫]?

【注释】

① 日暮途远,本伍子胥语。庾信借来说自己年纪已老,没有前途。

② 人间何世,现在也不知换了一个什么世代。《人间世》是《庄子》中的一篇,内容写人世互相代谢。

③ 大树,指东汉将军冯异事。冯异在别人争功时,常倚树不言己功,被人称为大树将军,这句说:冯异这样的良将去后,大树也因之凋落失色了。

④ 壮士,指荆轲。荆轲由燕国出发谋刺秦王,在易水边作了两句歌:“风萧萧兮易水寒,壮士一去兮不复还。”以上一联,以将军和壮士比喻自己,当时离开梁国去向西魏求援,他自己所率的军队星散,而自己又有与荆轲有同样的悲壮心情。

⑤ 荆,即楚。璧,指和氏璧。和氏璧是楚国产的,故称。睨,斜视。这句指蔺相如完璧归赵的故事。秦国诡称愿以十五城交换赵国的璧,蔺相如带璧到秦,秦王得璧而无意交城,蔺相如情知其诈,将璧收回说:如

果你威逼我，我就连玉带人向柱子一撞完事。说话时眼睛朝着柱子斜看着，所以说“荆璧睨柱”。相如并未被欺而完成了使命；这里运化这典故，说自己“见欺”，没有完成使命。

⑥ 载书，盟约。珠盘，珠饰的铜盘。这是战国时毛遂的故事。平原君到楚国结盟抗秦，谈判许久，没有结论，毛遂持剑上阶，据理力争，说服了楚王，当即捧铜盘请双方歃血为盟。古时订盟要歃血，盘是盛牛血的。毛遂是定了盟，完成了使命的，这里说“不定”，也是运化这典故，指自己没有完成使命。

⑦ 钟仪，见《登楼赋》注。这句是指自己留秦，正如钟仪之囚于异国。

⑧ 季孙，春秋时鲁国执政的贵族，参加平丘之盟，被晋国扣留，替他在西河地方预备行馆。行人，使者。这句说：自己被扣留，与季孙相似。

⑨ 申包胥，春秋楚大夫。楚国被吴国攻占，申包胥到秦国去求救，秦君不肯出兵，申包胥站在秦宫门口哭了七天，秦君被他感动了，应允出兵，申包胥在地下叩了九个头表示感谢。

⑩ 蔡威公，春秋时蔡国君主，知道国家将亡，痛哭三天三夜，哭出血来。这一联比喻自己国亡而不能救。

⑪ 钓台，在武昌。移，应作栘（yí），杨树。玉关，玉门关。这句说：故乡的杨柳，不是身在玉门关的人所能望见。

⑫ 唳（lì），鹤鸣声。华亭，在今上海松江境，为陆机的家乡。陆机被杀前说：“华亭鹤唳，岂可闻乎？”河桥，陆机被杀的地方，在河南境。这是说自己老死北方，也不能再听到家乡的声音了。

孙策以天下为三分，众才一旅[①]；项籍用江东之子弟，人惟八千[②]；遂乃分裂山河，宰割天下[③]。岂有百万义师[④]，一朝卷甲[⑤]；芟夷斩伐，如草木焉[⑥]！江淮无涯岸之阻[⑦]，亭壁无藩篱之固[⑧]。头会箕敛者合从缔交[⑨]；锄耰棘矜者因利乘便[⑩]。将非江表王气，终于三百年乎[⑪]？

【注释】

① 一旅，五百人。这是说孙策初起兵时不过几百人，后来居然定下三分的局面，据有东吴。

② 项籍，项羽名，起初也是从江南起兵北伐的，他自己说过：当初同渡江的是江东的八千子弟。

③ 这一联引用孙、项的事迹，证明江南的兵力不是不可用的。

④ 百万义师，侯景叛，梁武帝发兵赴江北抵御，号称百万。

⑤ 卷甲，弃甲而逃。

⑥ 芟（shān）夷，割草。指侯景屠杀梁朝军民。这是说：竟有如此强大的兵力，一下子就放弃抵抗，让敌人来屠杀的事！按从侯景之乱起到江陵被陷止，死于刀锋下的不少，史书上确有记载，所以庾信说得这样沉痛。

⑦ 江、淮，指长江、淮河；应该是可以防止敌人进攻的地方。这句说：江、淮之险，连一道浅水岸边都比不上。

⑧ 亭壁，堡垒的墙垣，这句说：亭壁不及一道竹篱笆坚固。

⑨ 头会箕敛，按人头数收捐税，用簸箕来装，是秦末义军凑钱充军用的方法。合从，即合纵，联合抗秦的专用名词。

⑩ 锄耰，锄头的柄。棘矜，戟的柄。棘，同“戟”。以上两句都是秦代末年起兵反抗秦政权的情况，借以比喻陈霸先一班人利用起兵讨侯景的名义，纠集实力，为自己造成机会。

⑪ 江表，指江南地方。王气，指王朝的气运。从前有一种传说，说江南建立王朝，有三百年的气运，从孙权立国起到梁的灭亡正好差不多三百年，所以庾信说：难道这是定数难逃吗？

是知并吞六合①，不免轵道之灾②；混一车书③，无救平阳之祸④。呜呼！山岳崩颓，既履危亡之运⑤；春秋迭代，必有去故之悲⑥。天意人事，可以凄怆伤心者矣。况复舟楫路穷，星汉非乘槎可上⑦；风飚道阻，蓬莱无可到之期[8]。穷者欲达其言，劳者须歌其事[9]。陆士衡闻而抚掌[10]，是所甘心；张平子见而陋之，固其宜矣[11]。

【注释】

① 六合，上下和四方，指天下。这是说秦始皇统一全国。

② 轵道，秦朝末代皇帝子婴投降的地方。这是说秦始皇尽管有这样大的野心，还是免不了亡国。

③ 混一车书，指统一全国。《礼记·中庸》说："车同轨，书同文。"

④ 平阳，西晋最后两个皇帝怀帝和愍帝被俘杀的地方。西晋曾灭了吴国，将分裂的三国局面重新统一，但是也免不了亡国。庾信引用这两件事，说明统治的王朝总有沦亡的一天，也不足怪。

⑤ 山岳崩颓，指梁朝倾覆。履，经历。运，世运，事变。

⑥ 迭代，轮流改换。这一联再转一个意思：虽然废兴存亡原无一定，无奈自己生逢其时，譬如春去秋来，迎新送旧，不能没有回想当年的感慨。

⑦ 星汉，天河。槎，枯木做的船。古时传说，张骞寻河源，曾坐着海上的一只浮槎，到了天河。

⑧ 飚，暴风。蓬莱，传说中的海上神山，据说人在快近蓬莱时，必有一阵风来，把船刮开，终于不能到达。这一联比喻自己想回南方，已经绝望。

⑨ 穷者，指无路可走的人。劳者，指疲劳困苦的人。古语说："饥者歌其食，劳者歌其事。"这两句本此。

⑩ 士衡，陆机字。陆机听说左思要作《三都赋》，曾笑他不自量。抚掌，就是拍手大笑。

⑪ 平子，张衡字，张衡嫌班固的《两都赋》见解浅陋。这一联的意思是：自己要作这篇赋来发抒忧郁，不管别人的评论如何了。这篇序文简述作者所处的环境和作赋的缘起，与赋既不重复，又是全篇有机的组成部分。也是骈体，不同于赋的，只是不用韵而已。

我之掌庾承周，以世功而为族①；经邦佐汉，用论道而当官②。禀嵩、华之玉石③，润河洛之波澜④；居负洛而重世⑤，邑临河而宴安⑥。

【注释】

① 掌庾承周，庾氏祖先是周朝管仓庾的官，庾是露天的谷仓。族，姓氏。因为世代以此为职业，所以得了这个姓。

② 经邦，治国。汉朝有什么姓庾的大官，史书上无可考。或者庾信只是泛泛说在汉朝有人居官职，不一定专指某人。

③ 禀，秉赋；嵩、华，指嵩山、华山；庾氏世居于今河南南部，所以说秉赋嵩山华山的玉石之灵。

④ 河、洛，指黄河、洛水。这句说：浸润着黄河洛水的波澜。

⑤ 负洛，背靠洛水。重世，世代相传。

⑥ 邑，指作者的籍贯新野，新野城在淯河边，故说“临河”。宴安，富足平安。

逮永嘉之艰虞①，始中原之乏主②；民枕倚于墙壁③，路交横于豺虎④；值五马之南奔⑤，逢三星之东聚⑥；彼陵江而建国⑦，始播迁于吾祖⑧。分南阳而赐田，裂东岳而胙土⑨；诛茅宋玉之宅⑩，穿径临江之府⑪。水木交运⑫，山川崩竭⑬，家有直道，人多全节⑭；训子见于纯深，事君彰于义烈⑮。新野有生祠之庙，河南有胡书之碣⑯。况乃少微真人⑰，天山逸民⑱，阶庭空谷⑲，门巷蒲轮⑳；移谈讲树㉑，就简书筠㉒。降生世德，载诞贞臣㉓，文词高于甲观㉔，楷模盛于漳滨㉕；嗟有道而无凤㉖，叹非时而有麟㉗。既奸回之奰逆㉘，终不悦于仁人㉙。

【注释】

① 逮，到。永嘉，晋怀帝的年号，这时西晋正当乱亡的时代。艰虞，艰危忧患。

② 中原乏主，指从永嘉年间到庾信的时代，中原一直没有稳定的统一政权。这是追溯动乱的开端。

③ 这句说：乱事中的人饥饿疲乏，不能支持，靠着墙壁。

④ 交横，纵横。豺虎，指军阀兵匪。

⑤ 五马，晋惠帝时有童谣云："五马浮渡江，一马化为龙。"马，指晋朝皇室司马氏。司马氏的人纷纷向南奔逃，其中一个就变为晋元帝了。

⑥ 三星东聚，永嘉元年间，星象家说荧惑、岁星、太白三星聚于牵牛、织女星间，主王室东迁。这是古代将天象和人事相附会的论调。

⑦ 陵，迈过。晋元帝南渡，就在金陵建都，开启东晋一朝。

⑧ 播迁，展转迁徙。庾信的八世祖庾滔在这时也跟随王室南渡。

⑨ 胙，祭祀的肉，这里用作动词，就是分一块土地的意思。南阳、东岳，都是借用《左传》上的典故，来说明自己的祖先曾受过封爵。按，庾滔封遂昌侯，使居于江陵。

⑩ 诛茅，锄去野草，预备建筑房屋。宋玉曾经住过荆州（今湖北江陵），有他的旧宅。庾滔也在江陵定居。

⑪ 穿径，开辟道路，也指经营居宅。临江，指临江王。汉代立共敖为临江王，都于江陵。

⑫ 水木交运，古代有五行图谶之说，每一王朝，都和五行之一相附会，这里水运指刘宋，木运指萧齐。这是说：经历了宋、齐两朝的兴灭。

⑬ 山川崩竭，形容改朝换代，天下多故。

⑭ 这一联说：在这改朝易代之际，自己的祖先还是直道而行，多有尽忠于旧主的。

⑮ 这一联说：自己祖先的家教以事父尽孝、事君尽忠为主。

⑯ 新野生祠，未详，当系为庾氏的祖先所立。胡书之碣，旧有两解：一说，胡书为蝌蚪文。一说，胡昭所写。按，胡昭与钟繇同时，并学书法于刘德昇，胡书体肥，钟书体瘦，世有"胡肥钟瘦"之称。碣，墓碑。当

亦指庾氏先人墓碑。

⑰ 少微，星座名，代表隐居的处士。

⑱ 天山，《易经》中的一个卦象，名为“遁卦”，占得者利于隐遁。逸民，隐逸的人。庾信的祖父庾易是个不仕的隐士。

⑲ 这句说：门前幽静，没有人到，如同空山。

⑳ 蒲轮，用蒲草包裹车轮，使车行不颠簸。这是古代征聘高年贤人的礼数。庾易曾被征聘作司空主簿，未就。

㉑ 移谈讲树，在树下和朋友讨论，这里是用晋初名士嵇康在柳树下和人清谈的典故。

㉒ 筠，竹皮，古代用竹简写字，这是说庾易的著作。

㉓ 载，发语词。诞，降生。贞臣，忠臣。这里说：生下自己的父亲，传袭祖上的德行，作国家的忠臣。庾信父亲名庾肩吾，在梁朝居官有清望。

㉔ 甲观，汉元帝太子（即成帝）住的地方，故作太子宫的代称。庾肩吾曾作东宫舍人等太子宫中的官，以文词著名。

㉕ 漳滨，漳水之滨，是曹操、曹丕、曹植父子兄弟住的地方，他们都是帝王中讲究文学的，一时有名的文人都聚于宫廷，这里拿来与梁武帝、简文帝时文人相聚的规模相比，意思说比当日漳滨的规模还要盛大。

㉖ 有道，有道之君的省文，指简文帝。凤，古人认为是神鸟，是天下太平的征兆，《尔雅·释鸟》说凤“见则天下大安宁”。这是说简文帝虽是有道之君，可惜生在乱世。

㉗ 麟，古时认为是祥兽，是贤人的象征，乱世不应出现。孔子曾因鲁国获麟，叹为出非其时。这是说他生不逢时。

㉘ 奸回，奸邪。指侯景及其他反对庾肩吾的人。奰（bì），怒而作气貌；逆，反叛；奰逆，跋扈不法。

㉙ 这是指庾肩吾为侯景手下的人所逼，逃到江陵事。也可能指庾肩吾在梁朝受到别人排挤，因而不得意。以上叙他祖先事迹，以下转到本人。

王子滨洛之岁①，兰成射策之年②。始含香于建礼③，仍矫翼于崇贤④；游洊雷之讲肆⑤，齿明离之胄筵⑥。既倾蠡而酌海[⑦]，遂测管而窥天[⑧]。方塘水白，钓渚池圆[⑨]；侍戎韬于武帐[⑩]，听雅曲于文弦[⑪]。乃解悬而通籍[⑫]，遂崇文而会武[⑬]；居笠毂而掌兵[⑭]，出兰池而典午[⑮]。论兵于江、汉之君[⑯]，拭玉于西河之主[⑰]。

【注释】

① 王子，指周灵王的太子晋，从小聪明，据说十五岁就有很好的才学，游于伊、洛之间。所以王子在洛水之滨的年岁就是十五岁。

② 兰成，庾信的小名；射策，应考。就是说自己十五岁就出来应考。

③ 含香，汉桓帝时，因尚书郎刁存口毒，给以鸡舌香含在口中，从此，尚书郎奏事时，口里常含鸡舌香。建礼门，郎官值班的地方。这是说自己出身的官职。

④ 矫翼，高飞起来，指擢升。崇贤，太子宫的宫门。庾信初作东宫抄撰学士，又回任东宫学士，故说“仍”。

⑤ 洊(jiàn)雷，《易经》上“震卦”的一种卦象，震卦象征长子，这里指太子。讲肆，讲书的地方。

⑥ 齿，排列。明离，《易经》上“离卦”的卦象，是光明之征，比喻太子的英明。胄，长子；胄筵，即太子的讲席。这些是说自己官居东宫学士。

⑦ 蠡，舀水的瓢。酌海，量海水。

⑧ 管，小孔。以管窥天，当然不能看见天的全体。这两句是古代成语，自谦见识浅陋，才不胜任。

⑨ 钓渚，见《芜城赋》注。这两句写太子宫中的风景，侧写与太子游乐。

⑩ 戎韬，战略；武帐，讨论军事及发号施令之处，设有各种武器。这是说也曾参与军国大事。

⑪ 雅曲，郊庙朝会所奏的乐曲。文弦，琴的代称，相传琴本五弦，文王加二弦，使成七弦，故称琴为文弦。这句说：也曾参加各种朝廷的典礼。

⑫ 解悬通籍，是《汉书·陈汤传》里的话，原意是把罪名解除，恢复出入宫门的权利。庾信并不是罪人，借用这话，不过是谦词罢了。

⑬ 这里说：不但免罪居官，而且兼任文武要职。按，庾信任东宫学士，又领直春宫兵马，故谓。

⑭ 笠毂，兵车。

⑮ 兰池，汉朝一座宫殿的名称。典午，司马的隐词；典，就是“司”，马，在十二肖中属“午”。司马，是掌兵官。

⑯ 江、汉之君，指湘东王绎，即后来的元帝。湘东王镇守江陵，正在江、汉两水之交。故称。庾信曾奉命与湘东王商议军事。

⑰ 拭玉，古代使者手执玉圭，就坐的时候，擦擦干净，这是一种外交仪节，所以用作出使的代称。西河之主，指东魏，西河在战国时代属魏，故谓。按，当时北方的高欢已经另外立了一个君主，从洛阳迁都于邺，称为东魏，原来的魏帝西奔长安，投靠宇文氏，称西魏。梁朝与东魏邻近，常有使命往来。庾信曾经一度充任使臣到东魏。以上自叙在梁朝未乱以前的经历。

于时朝野欢娱，池台钟鼓①。里为冠盖②，门成邹、鲁③。连茂苑于海陵④，跨横塘于江浦⑤。东门则鞭石成桥⑥，南极则铸铜为柱⑦。橘则园植万株，竹则家封千户⑧。西赍浮玉，南琛没羽⑨。吴歈越吟⑩，荆艳楚舞⑪。草木之遇阳春，鱼龙之逢风雨⑫。

【注释】

① 这句说：梁朝上上下下歌舞升平，追欢取乐。

② 冠盖，里名。汉宣帝时，襄阳南至宜城百余里，有巨宦数十家，冠盖掩映，因号曰冠盖里。这是指人物鼎盛。

③ 邹、鲁，孟子、孔子的故乡，文风很盛。这是指文教事业发达。

④ 茂苑，指从前吴国的苑囿。海陵也是附近的地名。这是说苑囿的扩大。

⑤ 横塘，在今南京西南。是三国时东吴自江口沿淮所筑的堤。梁武帝时

曾加以培修。这是指梁武帝曾兴修水利。

⑥ 鞭石成桥，秦始皇东游，作石桥横于海上，有神驱石下海，石头不动，神用鞭打，使石流血，这是用古代神话，形容梁的疆界东至大海。

⑦ 铸铜为柱，马援南征时，树立铜柱，作为汉朝极南的边界。当时梁朝新开发了中国南方一些地区，设置了郡县。并且发展了海上的交通，和南方各国建立关系，庾信所描述的并不全是夸大的话。

⑧ 家封千户，《史记·货殖列传》说，种千亩竹子，所得的利润等于一个千户采邑的侯爵。这是说梁朝物产的丰富。

⑨ 賮(jìn)，贡品。琛，珍宝。浮玉、没羽。都是外国的珍奇东西。这是说远方都来朝贡。按史书上所载，几乎每年都有来朝贡的。所以也是说的事实。

⑩ 歈(yú)，歌。

⑪ 艳，乐曲的引子，这里泛指歌。这是说音乐歌舞的富盛。

⑫ 这里意思说：这时的繁荣安泰，正如草木逢春，鱼龙得雨一般的快乐。

五十年中，江表无事①。班超为定远之侯②，王歙为和亲之使③。马武无预于甲兵④，冯唐不论于将帅⑤。岂知山岳暗然，江湖潜沸⑥，渔阳有闾左戍卒⑦，离石有将兵都尉⑧。

【注释】

① 五十年，从梁朝开国起，到侯景之乱，共历四十七年。这里不用排偶，用散句一提。显得文势在统一之中又有变化。

② 班超，东汉时出使西域，封定远侯。

③ 王歙，王昭君侄，封和亲侯，派赴匈奴。这一联说南北通好，没有战争。有的本子作“王歙为和亲之侯，班超为定远之使”，虽然颠倒，无害于文义。

④ 马武，东汉初年云台二十八将之一，曾自请伐匈奴，而光武帝不许，所

以说“无预于甲兵”。

⑤ 冯唐，汉文帝时人。文帝曾和他讨论将帅的人材。这两句是说，由于太平无事，有可用之人而不用；又不研究国防问题，毫无戒备。

⑥ 暗然，惨淡无光貌。潜沸，暗涛。山岳暗然无色，江湖渐起风波，指祸事在酝酿。

⑦ 渔阳有闾左戍卒，用秦朝末年陈胜起兵的故事。喻侯景之乱。

⑧ 离石有将兵都尉，指西晋末年的刘渊。刘渊起事于离石（今山西境），被称为将兵都尉，他是匈奴人，比喻侯景更为切合。

天子方删诗书，定礼乐①；设重云之讲，开士林之学②；谈劫烬之灰飞③，辨常星之夜落④。地平鱼齿，城危兽角⑤；卧刁斗于荥阳⑥，绊龙媒于平乐⑦；宰衡以干戈为儿戏⑧，缙绅以清谈为庙略⑨。乘渍水以胶船⑩，驭奔驹以朽索⑪。小人则将及水火⑫，君子则方成猿鹤⑬。敝箄不能救盐池之咸⑭，阿胶不能止黄河之浊⑮。既而鲂鱼赪尾⑯，四郊多垒⑰。殿狎江鸥⑱，宫鸣野雉⑲；湛卢去国⑳，艅艎失水㉑。见被发于伊川，知百年而为戎矣㉒。

【注释】

① 天子，指梁武帝，他著有《毛诗问答》、《尚书大义》、《乐社义》等书，又曾自定礼乐。

② 重云，殿名，梁武帝好佛学，在重云殿讲经；又曾开士林馆，请文学之士递相讲学。以上这些都是实事。

③ 劫烬之灰，传说汉武帝掘昆明池，发现池底黑灰，问东方朔，他说要问西域人方才可以知道，后来西域僧徒到了中国，有人把这话问他，他说这是天地经了大劫，烧剩下的灰。于是成了常用的典故。

④ 常星，即恒星，汉代因避文帝刘恒的讳，故改称。据佛徒传说，春秋时代鲁庄公七年（前678）四月初八夜，恒星不见，正是释迦牟尼降生的

那天。以上两件事都是佛教徒常说的，梁武帝非常信佛，所以举这件事说明他经常谈论佛经。

⑤ 鱼齿，山名，取来与“兽角”作对。兽角是比喻城的形状。这里说：鱼齿山下，一片平地，毫不设防；城墙倾颓，也不修理。形容疏忽武备。

⑥ 刁斗，古代行军时的炊事用具，夜里敲打作声，用来巡行警戒，这项古物存在荥阳的库中。（见《汉书·李广传》注）这句说：刁斗卧而不用了。

⑦ 龙媒，马名，汉朝洛阳的平乐馆有铜铸的马，这句说：战马被拴起来了。

⑧ 宰衡，执政的首相。干戈，指武备。这句说：执政者轻视武备。

⑨ 缙绅，士大夫。清谈，祖述老、庄学说的不切实际的空谈。庙略，朝廷的政策。

⑩ 胶船，用胶粘合的船；坐这种船，在水里浸着，危险可想。

⑪ 这句说：用朽坏的绳索驾驭奔马。也是形容当时局势的危险。

⑫ 小人，指平民。水火，指灾难。

⑬ 猿鹤，传说周穆王南征，一军的君子都化为猿鹤，小人则化为沙虫。见《列子》。君子，指上层分子。这句说：上层人士也面临危亡。

⑭ 敝箄（bǐ），破的簸箕。这句说：用一个破的簸箕，漉去盐池的盐质是办不到的。

⑮ 阿（ē），原是地名，指山东东阿，出产驴皮胶，自古有名。阿胶可以澄清渣滓，但是用少量的阿胶不可能止住黄河的污浊。这是说局势已经恶化，挽回不过来了。

⑯ 鲂鱼，又称鳊鱼。《诗·周南·汝坟》中说：“鲂鱼赪尾，王室如毁。”鲂鱼疲劳了，尾部就要变成红色。以鲂鱼的赪尾比拟王室的苦难重重。

⑰ 四郊多垒，这句话出在《礼记·曲礼》，在近郊筑起防御工事，表明国家处于危急状态。

⑱ 江鸥，水鸟，不应当到宫殿里来，居然殿里能驯养江鸥，这是不正常的现象。

⑲ 野雉，也是不应当在宫里叫唤的鸟。这两句都是说大祸将到的征兆。

⑳ 湛卢，宝剑名。据古传说，楚昭王卧而得吴王湛卢剑。问风胡子，风胡子说："人君有逆理之谋，其剑即出，今吴王无道，故湛卢去国。"

㉑ 艅艎，《左传》作"余皇"，是春秋时吴王的座船，后被楚国俘获。这两句再用器物的典故形容梁朝败亡的征兆。

㉒ 被发，披散头发，指当时少数民族装束。伊川，今河南洛河流域地。《左传》说：周平王东迁，辛有到了伊川，见有人披发野祭，就说：这已经不是中原的礼俗了，不到一百年，这个地方就恐怕会变成戎狄了。后至襄王时（前637年），秦、晋果将陆浑之戎诱徙于洛川。这是说：梁武帝把侯景引进来，就种下了祸根。

彼奸逆之炽盛，久游魂而放命[①]。大则有鲸有鲵[②]，小则为枭为獍[③]。负其牛羊之力，凶其水草之性[④]。非玉烛之能调[⑤]，岂璇玑之可正[⑥]！值天下之无为，尚有欲于羁縻[⑦]。饮其琉璃之酒[⑧]，赏其虎豹之皮[⑨]。见胡柯于大夏，识鸟卵于条枝[⑩]。豺牙密厉[⑪]，虺毒潜吹[⑫]。轻九鼎而欲问[⑬]，闻三川而遂窥[⑭]。

【注释】

① 奸逆，指侯景。侯景本来是尔朱荣的部下；高欢与尔朱荣作战，又投了高欢，取得了高欢的信任，就跋扈起来，后又背叛了高氏，南投梁朝。游魂，反复无常，变化多端之意，语出《易·系辞》："游魂为变。"放命，即方命，放弃教命，逆命之意，语出《书·尧典》："方命圮族。"

② 鲸鲵（ní），比喻凶残之人。鲵是一种长约三四尺的两栖动物，古人指为雌鲸。

③ 枭獍（jìng），据说是吃自己父母的禽兽。这是说侯景无恶不作。

④ 这是说侯景出于匈奴族。匈奴以牧牛羊为生，牛羊是以水草为食物的。

⑤ 玉烛，《尔雅·释天》："四气和谓之玉烛。"即风调雨顺的意思。这句

说：即使国家太平，也不能感化这种人。

⑥ 璇(xuán)玑，观测天文的仪器，即浑天仪。《书·舜典》："在璇玑玉衡，以齐七政。"七政，指日、月、五星；这句意思说：璇玑所能窥测的范围，只是正常的星辰，侯景这样的人，好像出没无常的彗星，难以掌握调节。

⑦ 无为，指清静无事，天下太平。羁，马络；縻，牛缰。这是说侯景初投降的时候，梁朝还太平无事，想笼络他，利用他。

⑧ 琉璃，即"留犁"。《汉书·匈奴传》："金留犁挠酒。"应劭注："金，契金也；留犁，饭匕也；挠，和也。契金著酒中挠搅饮之。"这是汉和匈奴立盟时饮的酒，故用以比喻梁帝和侯景的关系。

⑨ 虎豹之皮，是北地的产品。这是指侯景是挟有实力来投降的，所以梁武帝非常高兴，加以封赏。

⑩ 大夏、条枝(即条支)，都是汉时中亚细亚的国家。胡柯，一作"胡桐"，是外国的特产。鸟卵，指鸵鸟卵。这是说中国人看了这些东西，觉得新奇。比喻侯景初来，是一件动人听闻的事。

⑪ 宓，同"密"。宓厉，暗藏凶残。

⑫ 虺，见《芜城赋》注。潜吹，暗中散毒。

⑬ 九鼎，夏禹铸，为夏、商、周三代传国宝，周朝衰微，楚国有取而代之之意，曾经派人去询问鼎的轻重。后人因此以"问鼎"为垂涎王位的代用语。

⑭ 三川，指洛阳地带。洛水、伊水、黄河称为三川，为周都。这里指侯景有篡逆的阴谋。

始则王子召戎[①]，奸臣介胄[②]。既官政而离逷[③]，遂师言而泄漏[④]。望廷尉之逋囚[⑤]，反淮南之穷寇[⑥]。出狄泉之苍鸟[⑦]，起横江之困兽[⑧]。地则石鼓鸣山[⑨]，天则金精动宿[⑩]。北阙龙吟，东陵麟斗[⑪]。

【注释】

① 王子，指临贺王正德。召戎，引入外寇。梁武帝原来没有儿子，以正德为养子，后来生了昭明太子，正德被废了，因此怀怨，与侯景通谋，把侯景勾引进来。

② 介胄，即甲胄，掌兵权。梁朝并不知道正德与侯景的关系，还叫他带兵。

③ 逷，同“逖”(tì)，疏远。正德虽然引了侯景进来，却仍被侯景卖了，没有做成皇帝。所以说疏远不给他职位。

④ 师言，多言，指事机不密。正德后悔，又秘密与外间通信，想恢复梁朝，不料事情泄漏，被侯景发觉，将他杀了。两句都是借用《左传》上的典故。

⑤ 廷尉，古代最高级司法机关。逋囚，逃犯；这里指侯景。晋时，苏峻谋不轨，帝诏书征峻，峻曰：“台下(指大臣)云我反；反，岂得活耶？我宁山头望廷尉，不能廷尉望山头。”遂反。这里将苏峻之反比侯景之反。

⑥ 穷寇，指侯景；他开始所占据的是淮南地区。他既得罪于高氏，不能北归，本是个穷寇，不料造起反来。

⑦ 狄泉，在河南洛阳东北。传说西晋永嘉年间，狄泉地方曾经出现两只鹅，一青一苍，苍色的飞去，是胡人得势的预兆。后来果有刘渊之乱。这里将刘渊比侯景。

⑧ 横江，在今安徽和县境。侯景曾被东魏击败于涡阳。指侯景本已无能为力，入梁才乘机而起。

⑨ 石鼓鸣，有兵事的预兆，事见《水经注》。

⑩ 金精，太白星，据说这个星有了非常的现象，也是有兵事的预兆。

⑪ 龙吟、麟斗，都是当时传说的怪事。庾信在这里着重指出大祸将要临头的意思。

尔乃桀黠横扇[①]，冯陵畿甸[②]。拥狼望于黄图，填卢山于赤县[③]。青袍如草，白马如练[④]。天子履端废朝[⑤]，单于长围高宴[6]。两观当戟，千门受箭[7]。白虹贯日，苍鹰击殿[8]。竟遭夏台之祸，终视尧城之变[9]。官守无奔问之人[10]，干戚非平戎之战[11]。陶侃空争米船，顾荣虚摇羽扇[12]。

【注释】

① 桀黠，不驯良而狡猾的人。横扇，煽动乱事。

② 冯，同“凭”，冯陵，蹂躏。畿甸，京城附近的地带。

③ 狼望、卢山，都是匈奴所据的地方。黄图，王朝建都所在。赤县，中原。这是说外族的侯景占据了中原。

④ 这里记述侯景作乱以前的童谣：“青丝白马寿阳来。”果然侯景是从寿阳起兵的。他的兵士所着服装正是梁朝所发给的青布。侯景自己也是骑的白马，以青丝作缰绳。草，形容青袍的颜色。练，丝绢，形容白马的颜色如同一匹白绢。

⑤ 履端，一年的开始。梁武帝被侯景围困，元旦不能临朝。

⑥ 单于，匈奴君主的称号，这里指侯景，他围住了建康的台城，自己在过年的时候却尽情取乐。

⑦ 观，城上的高台；古时，宫门置相对的两观，亦称阙。千门，汉朝的建章宫有千门万户，因此作宫殿的代称。这是说梁朝的宫城直接受到战事威胁。

⑧ 白虹贯日，传说荆轲刺秦王，聂政刺韩隗时，都有白虹贯日的天象。苍鹰击殿，传说要离刺庆忌，苍鹰扑入殿中。这是指有重要人物将要死亡的预兆。

⑨ 夏台，夏王桀被囚的地方。据古代一种传说，唐尧也是被虞舜囚起来的，被囚的地方名为尧城。这是指梁武帝被侯景囚死于台城事。

⑩ 官守，居官守职的人。官员遇到朝廷危急，应当赶来救援，但此时大家都袖手旁观。“奔问官守”是《左传》上的成语。

⑪ 干戚，指古时庙堂乐舞所用的是朱干玉戚。朱干，朱漆的盾牌。玉戚，

玉作的战斧。戎，指侯景。这句说：干戚只是一种象征，而不能用来对外作战。指当时的兵将无能。

⑫ 陶侃争米船、顾荣摇羽扇，都是东晋时代内战中讨平叛乱的故事，引用这些故事，加上“空”、“虚”字样，是说将帅们一筹莫展，不能像陶侃、顾荣之成功。

将军死绥①，路绝长围②。烽随星落③，书逐鸢飞④。遂乃韩分赵裂⑤，鼓卧旗折⑥。失群班马⑦，迷轮乱辙⑧。猛士婴城⑨，谋臣卷舌⑩。昆阳之战象走林⑪，常山之阵蛇奔穴⑫。五郡则兄弟相悲，三州则父子离别⑬。护军慷慨，忠能死节⑭。三世为将，终于此灭⑮。济阳忠壮⑯，身参末将⑰。兄弟三人，义声俱唱。主辱臣死⑱，名存身丧。狄人归元⑲，三军凄怆。尚书多算，守备是长⑳。云梯可拒，地道能防㉑。有齐将之闭壁㉒，无燕师之卧墙㉓。大事去矣，人之云亡㉔！申子奋发㉕，勇气咆勃㉖。实总元戎，身先士卒㉗。胄落鱼门㉘，兵填马窟㉙。屡犯通中㉚，频遭刮骨㉛。功业夭枉，身名埋没㉜。

【注释】

① 死绥，死于败军之中。

② 长围，即重围。这是说：梁帝陷入侯景的重围，外援断绝。

③ 烽，古时军情紧急时，夜间举烽火求援。这里说：烽火不能上腾，反而随星散落，形容消息难通。

④ 这是指当时城中放出纸鸢，附带书信，向外告急。也被侯景发现射落。足见庾赋所纪的是实事，与史书所载相合。

⑤ 韩分赵裂，比喻梁室在外的诸王，内部矛盾分裂，致被侯景打得七零八落。

⑥ 鼓卧旗折，打败仗的现象。

⑦ 这句说：马被冲散而失群。班，分离。

⑧ 这句说：车跑得乱了，轮子所辗过的辙迹也看不清了。这两句形容梁军败退，溃不成军之状。

⑨ 婴，围绕。婴城，闭城而守。这是说：虽有猛士，也只能据城而守，不敢出击。

⑩ 卷舌，不开口，无计可施。

⑪ 昆阳，今河南叶县。东汉光武帝在昆阳与王莽大军决战，王莽军中有战象助威。象走林，是说此时虽有象，也跑到树林里去了。

⑫ 常山之阵，见《孙子》，善用兵者如常山之蛇，击其首则尾至，击其尾则首至，击其中则首尾俱至。蛇奔穴，是说不能救应，只可逃到洞里去了。

⑬ 五郡的人结为兄弟，三州的人约为父子，都是古代的故事。现在却兄弟父子都不能相聚了。据旧注，这里的五郡疑指湘东、邵陵、武陵、庐陵、南康；三州疑指荆州、益州、郢州；皆梁朝宗室分封之地。

⑭ 护军，指韦粲。护军将军是韦粲战死后所追赠的官。韦粲统兵来援，没有来得及立营，就被侯景击败，一家的人都牺牲了。

⑮ 三世为将，古人认为累代为将，杀人必多，是不吉利的。韦粲的祖和父都是梁朝名将，至此一门殉难。这句起，列举战役中几个被牺牲的人，表扬他们的忠义。

⑯ 济阳，指济阳人江子一、子四、子五等兄弟三人，奋勇出战，为侯景所败，都受伤而死。

⑰ 末将，指江子一等并非主要军事长官。

⑱ 主忧臣辱，主辱臣死，是古代勉励臣下尽忠的话。

⑲ 元，头颅。“狄人归元”，出《左传》：春秋时晋国的大将先轸与狄人作战，阵亡，狄人敬其忠义，把他的头颅送还了。江子一的遗体也是由侯景送还的，所以用先轸这个典故，也是切合实事的。

⑳ 尚书，指羊侃，此时城中防务全靠羊侃主持，因此才能坚守。多算，足智多谋。

㉑ 这两句记述当时战事。据史书说：侯景造一种尖头的木驴，用来攻城，羊侃就造了雉尾炬，装上铁箭头，扔在木驴上，木驴就被烧毁了。侯景在城外起两座土山，俯视城中，羊侃也在山下挖起地道来应付。侯景又作十几丈高的楼车，向城中射击，羊侃预料经过城濠，必然倒坍，后来果然也不能如意。

㉒ 齐将闭壁，指战国时燕兵破齐，田单坚守即墨不肯投降的事，用来比喻羊侃的善于防御。闭壁，闭城。

㉓ 燕师卧墙，指后燕慕容垂病中筑城的事，羊侃不久病死了，是不能像燕师那样卧墙，终于不能成功。

㉔ 人之云亡，指羊侃之死，他死后不久，台城即告陷落。云，语助辞。语出《诗经》。

㉕ 申子，柳仲礼的小名。

㉖ 咆勃，怒气填胸。

㉗ 元戎，统帅。柳仲礼被援军公推为大都督，在战役中身临前敌。

㉘ 鱼门，春秋邾国的城门。鲁僖公攻邾兵败，失去所戴的盔，被敌人悬在鱼门上。

㉙ 马窟，长城下有泉窟，可以饮马，古诗中有《饮马长城窟》的篇名。这句说：战败之后，残兵填塞在马窟中。按，韦粲阵亡的那一战役中，柳仲礼迅速赴援，与侯景在阵上冲突，矛头已经几乎刺中侯景，被侯景部下从后面斫去，受伤坠马，幸而被本军将校救起。这一场恶斗，决定了梁军失败的命运。

㉚ 通中，穿过体内的重伤。

㉛ 刮骨，用关羽的故事，关羽膀臂上受了箭伤，医生说要在骨头上刮去箭毒，关羽就伸出膀臂来，让医生动手术，流血满盆，一点也不怕痛。这是指柳仲礼伤势沉重。

㉜ 夭枉，半途而废，徒劳无功。柳仲礼虽然力战受伤，可是从此不敢再与侯景交锋，甚至还与他讲和，以后竟至丧失气节，向侯景投降，所以说功业夭枉，身败名裂。

或以隼翼鷃披，虎威狐假[①]。沾渍锋镝[②]，脂膏原野[③]。兵弱虏强，城孤气寡。闻鹤唳而心惊[④]，听胡笳而泪下[⑤]。拒神亭而亡戟[⑥]，临横江而弃马[⑦]。崩于钜鹿之沙[⑧]，碎于长平之瓦[⑨]。

【注释】

① 隼(sǔn)，小鹰。鷃(yàn)，一种小鸟。以下泛叙其他次要的将领。总的说来，都是不中用的。或是像只小鸟，只披上鹰的翅膀，或是像狐狸借虎威，只能吓人。

② 渍，浸湿。镝(dí)，箭头。这是说刀箭染了鲜血。

③ 脂膏，这里作动词用，是说脂膏涂遍了原野。

④ 鹤唳，鹤鸣。秦苻坚在淝水被晋军打败，仓皇逃命，听见鹤叫，都误认为追兵到来。这里指梁军的怯敌。

⑤ 这一句说军心涣散。用晋朝刘琨在晋阳被围，夜中吹起胡笳，敌军听了都下泪的故事。

⑥ 神亭亡戟，指三国时孙策在神亭地方与太史慈苦战，太史慈的戟被夺事。太史慈后降策。这句指梁将有的降敌。

⑦ 弃马，指孙策在横江与刘繇一战中受箭伤弃马而逃事。这句指梁将有的败逃。

⑧ 钜鹿，项羽与秦军曾在此决战，钜鹿有商纣所置沙丘台。沙崩，形容军队的溃败。

⑨ 长平，战国时秦军与赵军大战的地方，战事最烈时，呼噪的声音使屋瓦为之震动。以上描述梁朝诸军纷纷惨败。

于是桂林颠覆，长洲麋鹿[①]。溃溃沸腾[②]，茫茫墋黩[③]。天地离阻，神人惨酷。晋、郑靡依[④]，鲁、卫不睦[⑤]。竞动天关，争回地轴[⑥]。探雀鷇而未饱[⑦]，待熊蹯而讵熟[⑧]？乃有车侧郭门[⑨]，筋悬庙屋[⑩]。鬼同曹社之谋[⑪]，人有秦庭之哭⑫。

【注释】

① 桂林、长洲,都是吴国的苑囿。麋鹿,是说战后宫苑荒凉,成了野兽出没之处。

② 溃溃,纷乱貌。

③ 墋黩(chěn dú),天昏地暗。

④ 这一句,运化《左传》:"周之东迁,晋、郑是依"一句。晋、郑是周朝同姓之国。意思说:梁朝宗室诸王虽各据一方,拥有兵力,却没有一个可依靠。

⑤ 鲁、卫是兄弟之国。也是周朝同姓。这是指梁室诸王兄弟相争的事实。

⑥ 天关,天上的天象,地轴,地的轴心,这是说内部的纷乱达到天翻地覆的程度。

⑦ 縠(gòu),初生的雏鸟。战国时,赵武灵王因内乱被围困,饥不择食,到树上掏鸟窠里的蛋来吃。

⑧ 蹯,兽脚掌。春秋时,楚成王被自己儿子逼死,成王请求吃一顿熊掌再死,意思是希望延挨时间或者有人来救。因为熊掌是难得煮烂的。梁武帝被侯景围困在台城,年已八十多岁,病到将死的时候,因为口苦,想喝一点蜜都没有,所以用这个典故来比喻。

⑨ 车,丧车。侧,草草掩埋,不殡于祖庙。春秋时崔杼杀了齐庄公,用极草率的仪式葬在北郭。这是指侯景杀了简文帝,用户扉为棺,埋于城北酒库事。

⑩ 这一句引战国时齐湣公被淖齿杀后,抽筋吊在庙屋梁上的故事,形容梁武帝和简文帝父子都被侯景所害。

⑪ 社,后土之神。因而作为国土、国家的象征。春秋时曹国有人梦见鬼在曹国的社宫里商量什么时候可以使曹国灭亡,果然不久曹国就亡了。

⑫ 秦庭之哭,即申包胥事,已见前注。这两句总结梁朝早有灭亡的先兆,

果然不免灭亡；末句指自己负了向长江上游求援兵的使命。以上结束关于建康陷落的叙述。以下叙述自己西行踪迹。

尔乃假刻玺于关塞[①]，称使者之酬对[②]。逢鄂坂之讥嫌[③]，值彨门之征税[④]。乘白马而不前，策青骡而转碍[⑤]。吹落叶之扁舟，飘长风于上游[⑥]。彼锯牙而钩爪，又循江而习流[⑦]。排青龙之战舰[⑧]，斗飞燕之船楼。张辽临于赤壁[⑨]，王濬下于巴丘[⑩]。乍风惊而射火，或箭重而回舟[⑪]。未辨声于黄盖[⑫]，已先沉于杜侯[⑬]。落帆黄鹤之浦，藏船鹦鹉之洲[⑭]。路已分于湘、汉，星犹看于斗、牛[⑮]。

【注释】

① 假，凭借。假刻玺于关塞，一路上经过许多关口，靠印封证明自己的身份，才得放行。塞（sài），与下句“对”，同为“队”韵，从这里起，每换一韵，开头的两句都是押韵的，与一般的赋隔句押韵不同，这是音节上的变化。

② 称，相符。称使者之酬对，是说沿途逢盘诘，托言是奉使出国，酬对之词要和这种身份相符。

③ 鄂坂，即武昌。讥嫌，稽查嫌疑旅客。当是他亲历的实事。

④ 彨（ér）门，春秋时，宋国的彨班立了战功，赐他在一个城门口征税的权利，这个门就称为彨门。引用这个典故来说明沿途不仅对旅客留难，还有苛捐杂税。

⑤ 白马、青骡，都是神仙家的典故，这里说神物也难通过，形容交通的阻滞。

⑥ 这里说：乘坐小船，向上游而去。

⑦ 锯牙钩爪，以凶猛的禽兽比侯景的军队。侯军此时也训练了水师溯江而上，预备进攻长江上游。习流，操演水战。

⑧ 青龙与下飞燕皆战船名。

⑨ 张辽，三国时曹操手下的勇将。但史上并未说他曾在赤壁作战，庾赋中的典故有时是虚用的，不过举一个古时的名将作比而已。

⑩ 王濬，西晋时从西蜀统率水军伐吴的主帅。此时湘东王派了王僧辩率兵东下迎击侯景，赤壁、巴丘是岳州武昌一带用兵的地方，王军必经之路，而且王僧辩大败侯军，正在巴陵。巴丘也就是巴陵。所以这两句虽是用典故，却又是实写。

⑪ 风惊射火、箭重回舟，都是描摹当时长江中水战的光景。侯军已经上驶到了巴陵，在这一战役中受了沉重打击。

⑫ 黄盖，东吴将，在赤壁战役中受伤，没有人照顾，他勉力喊叫韩当，韩当听出他的声音，方才把他救活。是这一句的出典。

⑬ 杜侯，指杜畿，三国时，杜畿与诸葛诞试船落水，诸葛诞说：先救杜侯。但杜畿终于溺死。以上两句旧说谓系指侯景的部将，似乎不合。按上下文的语气，如果不是庾信自己说在混战中所受的惊险，就是说王僧辩部将中有的死在战争中。

⑭ 黄鹤，即黄鹄矶，与鹦鹉洲，都是武昌地名。古“鹄”“鹤”二字通用。落帆、藏船，当指自己一路上晓行夜宿，避开兵火的种种困难。

⑮ 斗、牛，星名，按古代天文学中的分野，斗牛两星是属于吴地的星。这一联说：人虽到了湖北湖南接境的地方，回头看斗牛星，依然恋着吴地。

若乃阴陵失路①，钓台斜趣②。望赤壁而沾衣③，舣乌江而不渡④。雷池栅浦，鹊陵焚戍⑤。旅舍无烟，巢禽无树⑥。谓荆、衡之杞梓⑦，庶江、汉之可恃⑧。淮海维扬，三千余里⑨。过漂渚而寄食⑩，托芦中而渡水⑪。届于七泽，滨于十死⑫。嗟天保之未定⑬，见殷忧之方始⑭。本不达于危行⑮，又无情于禄仕⑯。谬掌卫于中军，滥尸丞于御史⑰。

【注释】

① 阴陵,项羽垓下突围南奔途中迷失方向的地方。这句以下三联,旧注说似乎是指侯景。因为下文赤壁、乌江很像用曹操和项羽来比侯景。其实不然。按前后语气,这是再追记由金陵到荆州沿路一般景况,作为前一段着重写军事的补充。

② 斜趣,不由正路而行。这两句中的地名,阴陵是虚用,借用项羽的故事,钓台是实用,并无典故,当时实在经过武昌。

③ 沾衣,形容落泪,词章家用到沾衣,不必露出"泪"字。

④ 乌江,项羽死处。项羽到了乌江,有一只渡船可以过江,但他也不肯过江了。这当是庾信自己经过这些地方,想起古事而生感慨的话。

⑤ 雷池、鹊陵,都在今安徽沿江岸。栅浦,在水边立栅,防止偷袭。焚戍,烧毁哨所。

⑥ 这里说:旅舍没有人烟,树木没有栖鸟。以上都是一路所见的凄凉景象。

⑦ 杞、梓,是有用的树木。荆山、衡山,都是产木材的地方。

⑧ 此时湘东王在江陵,是比较有实力的。庾信把希望寄托在他身上,意思说:以为他是个有用的人,坐镇江、汉地方,可作保障。

⑨ 维扬,即扬州;系从《书・禹贡》"淮海维扬州"一语而来。古时的扬州包括今江苏、浙江、安徽等地。这句说:他从长江下游,走了三千多里,来到这里。

⑩ 漂,在水中漂洗丝絮。汉朝的韩信在穷困时,有一个漂絮的老妇人怜悯他,分些饭给他吃。庾信借这个故事,比喻自己路上的忍饥受饿。顾炎武指出"漂"字是"溧"字之误,以为用伍子胥在溧阳乞食的典故。

⑪ 这是用春秋时伍子胥从楚国逃到吴国,亏得一个渔翁叫他躲到芦苇之中,因而将他渡了过去的故事。比喻自己路上的风波危险。

⑫ 七泽,古代楚国地方有云梦等七泽。这里意思说:历尽千辛万苦,才到了这楚地。

⑬ 天保未定,天祸还没有停止,太平还没有希望。《诗・小雅・天保》有"天保定尔"句,这里反用。

⑭ 殷忧方始，是说不但不能乐观，还有更重大的忧患在后头。

⑮ 危行，本指正大的行为。《论语·宪问》："邦有道，危言危行。"但此处指处乱世的方法。说自己本来不懂得怎样应付这种危乱的世代。

⑯ 这句说：也无意于做官。

⑰ 谬，谬加赏拔。滥，滥竽充数。尸，尸位素餐。都是自谦才不胜任之词。湘东王做了皇帝（即梁元帝），庾信被任为御史中丞，后又任右卫将军。

信生世等于龙门[①]，辞亲同于河、洛[②]。奉立身之遗训，受成书之顾托[③]。昔四世而无惭[④]，今七叶而始落[⑤]。泣风雨于《梁山》[⑥]，惟枯鱼之衔索[⑦]。入欹斜之小径[⑧]，掩蓬藋之荒扉[⑨]。就汀洲之杜若[⑩]，待芦苇之单衣[⑪]。

【注释】

① 龙门，指司马迁，司马迁生于龙门地方，故称。庾信的父亲庾肩吾也在梁元帝手下做官，不久死了。庾信认为自己的身世很像司马迁，所以以下几句都以司马迁为比。

② 辞亲，指送终。司马迁的父亲临死，司马迁赶了回来，在河、洛之间见面。大约庾信也是到他父亲病榻前送终的。

③ 这里指司马迁的父亲临终时的遗言："予死，尔必为太史，勿忘吾所著论矣。且夫孝始于事亲，中于事君，终于立身。"庾信说他父亲有同样的遗训。

④ 四世，陈寔子纪，纪子群，群子泰，四世都在汉、魏两朝做官。陈寔做的是县长而享有高名，以后的子孙官越做越大，由长到卿，由卿到公，可是德行越来越不如了。所以人们说：公惭卿，卿惭长。这句说：祖先有德。

⑤ 七叶，七代。汉朝的金日磾家世最兴盛，七代都做大官。庾氏自庾滔至信，亦已历七代。这句说：到了自己，家世就衰败了。

⑥《梁山》，指曾子所作的琴曲《梁山操》，是想念父母的琴调。

⑦ 衔索，绳子串着嘴。“枯鱼衔索，几何不蠹？”是句古语，比喻父母的年龄，像一根绳索吊着的一尾枯鱼，很快就要朽坏。这是说遭父亲的丧事。

⑧ 欹斜，弯曲。

⑨ 蓬藋，蓬蒿、藜藋；泛指门边的野草。这两句指自己居丧不出，谢绝人事。

⑩ 汀，水边平地。杜若，香草名。这句套用《楚辞》“搴汀洲之杜若”一句。

⑪ 芦苇之单衣，指三国时东吴诸葛恪被权臣所杀，以芦席裹身投葬事。这两句以屈原、诸葛恪自比，深恐遭谗得罪。

于时西楚霸王，剑及繁阳[①]。鏖兵金匮，校战玉堂[②]。苍鹰赤雀[③]，铁轴牙樯[④]。沉白马而誓众[⑤]，负黄龙而渡江[⑥]。海潮迎舰，江萍送王[⑦]。戎车屯于石城[⑧]，戈船掩于淮泗[⑨]。诸侯则郑伯前驱[⑩]，盟主则荀罃暮至[⑪]。剖巢熏穴[⑫]，奔魑走魅[⑬]。埋长狄于驹门[⑭]，斩蚩尤于中冀[⑮]。燃腹为灯[⑯]，饮头为器[⑰]。直虹贯垒，长星属地[⑱]。昔之虎踞龙盘，加以黄旗紫气。莫不随狐兔而窟穴，与风尘而殄瘁[⑲]。

【注释】

① 西楚霸王，这里是指梁元帝。古时以江陵为南楚，吴为东楚，彭城（徐州）为西楚。项羽称西楚霸王。现在梁元帝是从西面向东进兵，所以借用西楚霸王以称之。繁阳，古代楚国的地名，见《左传》。这是说梁元帝出兵讨伐侯景。

② 鏖（áo），恶斗。一本作麾（huī），指挥；似乎是对的。因为在接下来还只是说军容之壮盛，不涉及战事。金匮、玉堂，都是帝王典藏文物的地方。这是说皇帝亲自指挥军事，把皇宫变成司令部。

③ 苍鹰、赤雀，战船名。

④ 铁轴、牙樯，战船上的装备。

⑤ 沉白马，古时以白马作盟誓或祭祀的牺牲。这里指祭神誓师的仪式。

⑥ 负黄龙，传说夏禹南巡渡江，有黄龙负舟。这是形容讨伐侯景的军队是义师，有神物庇护。

⑦ 江萍送王，传说楚昭王渡江，江中有一个圆的东西触到他的船，大家都不认识，派人去问孔子；孔子说这是萍实，得到的可以做霸王。以上都是说梁元帝出兵的壮大军容。

⑧ 石城，指石头城，是组成建康都城的一部分。

⑨ 戈船，战船。左思《吴都赋》："戎车盈于石城，戈船掩于江湖。"庾信用这两句，稍微变换音节，将平声的江湖改为仄声的淮泗，使其更合于六朝末期的文体。这是说讨伐侯景的军队到了建康。

⑩ 诸侯，泛指讨伐侯景的各路勤王兵马。春秋时楚国晋国经常召集诸侯，郑伯总是首先应召而来的。

⑪ 盟主，指讨伐侯景的主力军。荀罃(yīng)，春秋晋国的统帅。鲁襄公十一年，诸侯伐郑、齐、宋等军先至，其暮，荀罃至于西郊。晋当时是盟主。这两句是说各路兵马与主力军会合。

⑫ 这一句将讨侯景的这一行动比作猎取禽兽。

⑬ 魑、魅，都是鬼怪，比作可憎恶的东西，这里指侯景军队。

⑭ 长狄，一种身材高大的狄族。春秋时鲁国与长狄作战，把被击毙的敌人埋在驹门地方。

⑮ 中冀，即涿鹿。传说黄帝杀蚩尤于中冀之野。

⑯ 燃腹为灯，董卓被杀以后，人们把他的尸体暴露在大街上，因为他的脂肪多，在肚腹里点起灯来。

⑰ 饮头为器，战国时赵襄子杀了智伯，把他的头颅漆成饮器。这都是比喻侯景被杀死以后的实际情况，王僧辩把他的双手截下来送给北齐，把头送到江陵，身体则送到建康，在大街上暴露三天，然后烧骨扬灰。以上结束了侯景。

⑱ 直虹，古时传说是祸事的征兆。长星，也是不祥的预示。

⑲ 这四句把这场大乱再作一次总述，并转入对兵劫后的建康的遥吊。文体虽是骈文，文气却是散文。凡此，都显出了庾赋的笔调活泼生动。意思是：金陵的地势从古有龙蟠虎踞之称，黄旗紫气又是江南的昌盛气象；这样好的地势好的气象，毕竟都成了狐兔的窟穴，销亡于风尘。殄（tiǎn）瘁，残败萎枯貌。

西瞻博望，北临玄圃[①]。月榭风台，池平树古[②]。倚弓于玉女窗扉[③]，系马于凤皇楼柱[④]。仁寿之镜徒悬[⑤]，茂陵之书空聚[⑥]。

【注释】

① 博望、玄圃，太子（指简文帝）曾居住的地方。瞻、临，只是冥思遥想，并非亲临。

② 这里说：当时望月的榭，临风的台，现在池也填平了，树也长老了。

③ 玉女窗扉，刻有仙女的窗扇。这句说：宫庭里精巧的窗扇上现在军人来倚弓了。

④ 凤皇楼，古代传说中秦公主吹箫引凤的楼。这句说：华贵的建筑现在军人在柱上系马了。

⑤ 仁寿，晋朝的仁寿殿；殿前有大铜方镜。

⑥ 茂陵，汉武帝的墓园。武帝遗诏，以杂书卅卷置棺中为敛。这一联说：当日徒然把宝镜挂在殿前，把心爱的书藏在墓里。于今又在哪里呢？这些都是特别追悼简文帝的话。简文帝在武帝死后，做了一个短期的囚犯皇帝，终于被侯景迫害而死。庾信曾在简文帝左右任职，故倍觉伤感。下文更着重地写他的人品和遭遇。

若夫立德立言[①]，谟明寅亮[②]；声超于系表[③]，道高于河上[④]；更不遇于浮丘[⑤]，遂无言于师旷[⑥]。以爱子而托人，知西陵而谁望[⑦]？非无北阙之兵，犹有云台之仗[⑧]。

【注释】

① 立德、立言、立功,古人认为是三不朽。语出《左传》。简文帝束手受制于人,当然谈不到立功。故庾信专就这两点来说。

② 谟明,访问贤明的人。寅亮,敬重信实的人。四字出《书经》。

③ 系表,世俗以外。

④ 河上,指河上公,曾注《老子》。这两句是说简文帝有很高的声望,又能谈玄妙的道理。

⑤ 浮丘,古仙人名。周灵王的太子晋相传是登仙的,接他去的是浮丘子,这是说简文帝没有太子晋的福分。

⑥ 师旷,春秋晋国的盲乐师。据说,他见了太子晋嘱咐他三年不要说话,没有等到三年,就死了。这是说简文帝的不幸。

⑦ 这里引用曹操临死以所爱的小儿子托付几个大的儿子,又嘱咐儿子们要常时登铜雀台眺望自己的墓田这一典故。叙述简文帝临死,也把自己的幼子托付元帝事。

⑧ 北阙、云台,都是汉朝宫城中屯兵储械的地方。南北朝时称兵器为"仗"。这是说:人心并不是归向侯景的,尽有可为。用这一联一面结束简文帝的悲惨命运,一面展开下面所说的抗敌各军的获得成功。

司徒之表里经纶[①],狐偃之惟王实勤[②]。横雕戈而对霸主[③],执金鼓而问贼臣[④]。平吴之功,壮于杜元凯[⑤];王室是赖,深于温太真[⑥]。始则地名全节[⑦],终则山称枉人[⑧]。南阳校书[⑨],去之已远;上蔡逐猎[⑩],知之何晚?

【注释】

① 司徒,指王僧辩。王僧辩在讨伐侯景的大战役中是首功,所以要特别表扬他,也要为了他的被害表示悲愤。表里经纶,指对内对外,都有谋略。

② 狐偃,春秋时晋文公的谋臣,曾劝文公勤王。勤王,就是出兵援助周王

室。这句意思说：王僧辩这番意图等于狐偃勤王的主张。

③ 雕(diāo)戈，雕刻花纹的贵重军器。这是描写王僧辩全身军装朝见梁元帝。

④ 执金鼓，号令进军的表示；问，问罪，讨伐。贼臣，指侯景。

⑤ 平吴，指晋灭东吴。东吴建都也在建康，所以将讨平占领建康的侯景之役和平吴相比。这是说王僧辩功高于平吴的杜预。

⑥ 太真，温峤字。东晋时，晋室内乱，温峤效忠晋室；靠他的拥护，内乱才平息。这是说王僧辩援助王室之功高于温峤。

⑦ 全节，河南阌乡附近的一个地名。见《西征赋》注。

⑧ 枉人山，河南北部山名。据说，商纣枉杀比干就在此处。这是说王僧辩本来是尽忠的，结果受了冤屈。

⑨ 南阳校书，旧注说是指文种事，文种为越王勾践大夫，助越平吴，后越王赐文种死，文种叹曰：“南阳之宰，而为越王之禽。”这是指王僧辩有功被杀，与文种同。

⑩ 上蔡逐猎，见《西征赋》注。王僧辩也是父子同死的，所以引用李斯的故事作比。王僧辩被陈霸先暗算，陈霸先见梁室无人，就代梁自立为帝了。

镇北之负誉矜前①，风飙凛然②。水神遭箭，山灵见鞭③。是以蛰熊伤马④，浮蛟没船⑤。才子并命，俱非百年⑥。

【注释】

① 镇北，指邵陵王纶，他也曾统兵讨侯景。负誉，有名望；矜前，有勇气。

② 风飙凛然，满腔义愤，令人敬畏之状。

③ 这两句似乎是用秦始皇射蛟和鞭石的故事(鞭石事已见前注)。可能是指邵陵王的急躁易怒，意气太盛，因而遭人暗算。

④ 蛰熊伤马，据史书上说，邵陵王在钟山，乘马为伏熊所啮。蛰，藏伏。

⑤ 没船，邵陵王也曾经在江中翻过船。这两句都是实事。

⑥ 才子并命，指梁武帝的儿子们都自相猜忌，这是指邵陵王为元帝所误，以至于死。《左传》上说，高阳氏有才子八人，梁武帝亦有子八人，故以之作比。俱非百年，都不享长寿。

中宗之夷凶靖乱①，大雪冤耻。去代邸而承基②，迁唐郊而纂祀③。反旧章于司隶④，归余风于正始⑤。沈猜则方逞其欲⑥，藏疾则自矜于己⑦。天下之事没焉，诸侯之心摇矣。既而齐交北绝，秦患西起⑧。况背关而怀楚⑨，异端委而开吴⑩。驱绿林之散卒⑪，拒骊山之叛徒⑫。营军梁溠⑬，蒐乘巴渝⑭。问诸淫昏之鬼⑮，求诸厌劾之符⑯。荆门遭廪延之戮⑰，夏口滥逵泉之诛⑱。蔑因亲以教爱⑲，忍和乐于弯弧⑳。既无谋于肉食㉑，非所望于《论都》㉒。未深思于五难㉓，先自擅于三端㉔。登阳城而避险，卧砥柱而求安㉕。既言多于忌刻，实志勇而刑残。但坐观于时变，本无情于急难㉖。地惟黑子，城犹弹丸㉗；其怨则黩，其盟则寒㉘。岂冤禽之能塞海㉙？非愚叟之可移山㉚。况以沴气朝浮㉛，妖精夜陨㉜。赤乌则三朝夹日㉝，苍云则七重围轸㉞。亡吴之岁既穷㉟，入郢之年斯尽㊱。

【注释】

① 中宗，晋元帝的庙号；梁元帝有中兴的希望，所以用晋元帝为比。夷凶，削平凶恶。

② 代邸，指汉文帝，他先封代王，吕后死后，从代王邸继承皇位。比元帝从湘东王即位。

③ 唐，指唐尧。传尧之兄挚为帝，封异母弟放勋为唐侯，后禅位于放勋，是为唐尧。元帝继简文帝即位，也是以弟继兄，故以之相比。

④ 司隶，司隶校尉略称。汉光武帝起兵推翻王莽政权之初，自己作司隶校尉。反旧章，恢复以前的规章制度。

⑤ 正始，魏末废帝曹奂的年号。其时，士大夫尚清谈。西晋末，王敦见卫玠后，叹曰："不图永嘉之中，复闻正始之音！"这两句是赞扬元帝恢复梁朝的规章制度和遗风旧俗。

⑥ 这句说：元帝的性情是深沉而猜忌的，作了皇帝，更是为所欲为。

⑦ 藏疾，《左传》上说"山薮藏疾"，比喻统治者的阴暗面。矜，自负。这句说：元帝有了缺点，还自以为是，不肯认错。

⑧ 这两句指战国时楚怀王事。楚怀王受了张仪的骗，把齐国得罪了，又导致秦国的侵略。当时梁朝的形势，和楚怀王时近似。高氏在旧齐国地方称东魏，宇文氏在旧秦国地方称西魏；梁元帝既没有把东魏联络好，又得罪了西魏。终于引起了西魏的入侵。

⑨ 背关，离开关中；怀楚，留恋楚地。项羽入关灭秦以后，又舍不得自己的故乡，就离开了关中，这是他失败的原因之一。梁元帝也是舍不得离开他的江陵根据地，不肯到建康去，正和项羽一样失策。

⑩ 端委，古代礼服。这里指礼让。吴国祖先太伯是因为让兄弟嗣位才由周远赴吴国开创基业的。这句说：梁元帝不如太伯。太伯让国于兄弟，而元帝与兄弟争国。

⑪ 绿林，在湖北当阳。西汉末年王凤等起兵讨王莽，聚集于该地，号为"绿林"。

⑫ 骊山之叛徒，本指秦末起义军，这里借来指武陵王纪从西蜀起兵，反对元帝；元帝就仓卒用些乌合之众(即上句所指的绿林散卒)来应付。

⑬ 营军，用兵，出战。梁，造桥。溠(zhā)，水名，湖北随县发源，流入涢水。《左传》上说："除道梁溠，营军临随。"指楚国伐随国事。这里用以比元帝攻武陵王纪。

⑭ 蒐(sōu)，检阅；乘(shèng)，兵车。巴渝，现在四川东部地方。这是说元帝派兵阻止武陵王东下。

⑮ 淫昏之鬼，指妖妄的巫师及其所假托的神灵。《左传》有"用诸淫昏之鬼"一语。庾信改"用"为"问"，就切合当时实事了；因为元帝在这时总

是求神问卜，而所信任的陆法和就是一个巫师。

⑯ 厌，同“压”。厌劾之符，是一种旁门左道的符咒。

⑰ 廪延之戮，《左传》载郑庄公的兄弟太叔段占了廪延，后来形成冲突，败在庄公手里。现在武陵王在荆门也遭遇同样的运命，也是兄弟间互夺权位，和郑庄公事相似。

⑱ 逵泉之诛，鲁国的成季用毒酒害死其兄僖叔于逵泉，也是《左传》上的事。现在元帝也滥用这种手段，在夏口逼害其兄邵陵王纶。

⑲ 因亲教爱，是《孝经》上的话。这句说：元帝不能以亲爱的精神，教导弟兄和睦相处。

⑳ 弯弧，弯弓。《孟子》上说：“其兄弯弓而射之。”这句说：对兄弟毫无和乐之意，而忍心以弯弓相向。

㉑ 肉食，指高官厚爵，衣锦食肉的人。《左传》上说：“肉食者鄙，未能远谋。”这里指元帝及其臣僚没有远见。

㉒《论都》，指东汉杜笃所作《论都赋》，是谏迁都之事的。这句说：元帝本来缺乏见识，舍不得离开江陵，群臣也无进言迁回建康的远谋，以至自取灭亡。

㉓ 五难，《左传》有“取国有五难”之说，即（一）有宠无人（指得贤人之难）；（二）有人无主（指得同谋者之难）；（三）有主无谋（指计谋之难）；（四）有谋而无民（指得民心之难）；（五）有民而无德。这句说：元帝全不深深体会这些为君之难。

㉔ 三端，指文士笔端、勇士锋端、辩士舌端，古人以为贤者所应避。元帝是个多才多艺的人，诗书画都擅长，时人称为三绝。他与武陵王书，却引以为自得。三端，或作“二端”，当误。

㉕ 阳城、砥柱，都是古代认为奇险的地方，比喻元帝处境艰难已极，还自以为无忧。

㉖ 这四句说：元帝所说的都是猜忌刻薄的话，表面上虽有大志，内心却很残忍。当出兵讨侯景的时候，实在是坐观成败，并没有意思救兄弟的患难。刑，通“形”，实质，本心。急难，急人之难。急，作动词“解救”解。

㉗ 黑子、弹丸,形容极小。此时元帝统辖的范围早已不是从前梁朝的疆域,很多地方陷于敌国,远处也纷纷自立,不听号令。

㉘ 黩(dú),污浊。寒盟,背盟。这两句说:本来有仇的,更加深了,本来是同盟的,也翻背了。

㉙ 冤禽塞海,即精卫填海。精卫是小鸟,实际上填不平海。这是说局势无可挽回,自己无能为力。

㉚ 愚叟,即愚公。愚公移山本为有志者事竟成的寓言,但此处只取其“艰难”之意,喻梁朝局势难救。

㉛ 沴(lì),灾害。

㉜ 妖精,妖星。

㉝ 赤鸟,一本作赤乌。春秋鲁哀公六年,楚国看见日旁有云,好像一群赤色的鸟。夹日而飞,凡三日。

㉞ 轸,星名,属楚分野。苍云围绕轸宿七重,也是传说中关于楚国的事。以上都是古代认为不祥的征兆。庾信特别运用楚国的故事来叙说江陵将亡的情况。

㉟ 亡吴,指春秋时越灭吴的事。

㊱ 入郢,指春秋时吴侵楚的事,那时楚国都城在郢,正是此时的江陵。亡吴之岁、入郢之年都有人预言过。以上是说江陵灭亡之祸是无可逃的。

周含郑怒①,楚结秦冤②。有南风之不竞③,值西邻之责言④。俄而梯冲乱舞⑤,冀马云屯⑥。伐秦车于畅毂⑦,沓汉鼓于雷门⑧。下陈仓而连弩⑨,渡临晋而横船⑩。

【注释】

① 这一句用春秋时周、郑交恶事,比喻元帝和岳阳王詧之间的自相残杀。

② 楚结秦冤,用战国时楚怀王和秦国结仇的事。比喻西魏派于谨进攻江陵。

③ 南风之不竞，指梁势已衰。春秋时晋、楚战事，晋乐师师旷预言道："南风不竞，多死声，楚必无功。"此以楚比梁。

④ 西邻，此指西魏。西邻责言，是春秋时秦、晋战事中的话。用以比喻西魏兴师问罪。

⑤ 梯冲，攻城所用的云梯和冲车。

⑥ 冀马，冀州是产良马的地区。云屯，形容结集战马之多。

⑦ 这一句描写西魏兵车的轻捷。《诗·秦风·小戎》中有一句："小戎俴收。"收，车阑；俴，浅。又有一句："文茵畅毂。"畅，长；毂，车轮的中心。庾信把这两句诗熔成了一句。

⑧ 雷门，汉朝悬有大鼓的城门。沓，形容鼓声。

⑨ 陈仓，今陕西宝鸡。陈仓连弩是蜀汉诸葛亮伐魏的故事。

⑩ 临晋，即大庆关，在今陕西朝邑。临晋横船，是汉初韩信伐魏的故事。以上是说元帝措置失当，招来西魏的入侵，军势浩大，难于抵御。

虽复楚有七泽，人称三户①；箭不丽于六麋②，雷无惊于九虎③。辞洞庭兮落木，去涔阳兮极浦④。炽火兮焚旗，贞风兮害蛊⑤。乃使玉轴扬灰⑥，龙文折柱⑦。下江余城，长林故营⑧；徒思拑马之秣⑨，未见烧牛之兵⑩。章曼支以毂走⑪，宫之奇以族行⑫；河无冰而马渡⑬，关未晓而鸡鸣⑭。忠臣解骨，君子吞声⑮。章华望祭之所⑯，云梦伪游之地⑰；荒谷缢于莫敖，冶父囚于群帅⑱。硎谷摺拉⑲，鹰鹯批攢⑳。冤霜夏零㉑，愤泉秋沸㉒。城崩杞妇之哭㉓，竹染湘妃之泪㉔。

【注释】

① 三户，战国时楚人的豪语："楚虽三户，亡秦必楚。"是说楚国终不会灭亡，即使人口少到三户，也能灭秦。

② 丽，附着，射中。春秋时晋、楚交兵中，有人发现六只大鹿，被射中了一只。

③ 九虎，王莽时将军的称号。借这种称号表示威武如同雷霆一般。这都是说元帝虽有地有人，军事终于不利。

④ 这两句用《楚辞》“洞庭波兮木叶下”和“望涔阳兮极浦”，形容一片凄惨。

⑤ 炽火焚旗、贞风害蛊，都是《易经》中的卦象。据旧说，炽火焚旗，是出军不利之兆。贞风害蛊，是君主被擒之兆。这里用来形容元帝的惨败和出降。

⑥ 玉轴，指书籍；古时的书都是装成卷子，讲究的用玉作轴。

⑦ 龙文，指宝剑。元帝被围危急，将所藏的珍贵图书十四万卷都自己放火烧了，又拔出剑来在柱上砍断了。这两句是实事。

⑧ 下江、长林，都属武宁郡，武宁北接襄阳，是梁、魏兵争之地，承圣三年，魏攻梁，先攻襄阳，后下武宁，长驱至江陵，元帝急召王琳来救，兵到，江陵已陷。

⑨ 拑，同“钳”，用一根木条塞住马口。秣，马料。《公羊传》上记被围的人用这个法子，节省饲料。

⑩ 烧牛之兵，指战国时齐田单用火牛阵破燕兵。这是说可惜围城之中没有人发挥这种智谋。

⑪ 章曼支，战国时仇犹国人，预料自己的国家不保，就连忙离开本国，车毂坏了也不顾。

⑫ 宫之奇，春秋时虞臣，谏虞公不听，知虞将被晋灭，带着全族的人走了。以上是说梁朝臣子在危急时纷纷逃难而去。

⑬ 河，指滹沱河。汉光武帝到蓟，后有追兵，经滹沱河，刚逢河面结冰，才过去几个人，冰就化了。

⑭ 关，指函谷关。战国时孟尝君逃出秦国，连夜至函谷关，关非鸡鸣不开，孟尝君手下的人会学鸡叫，鸡听见了，也都叫了起来，才得逃脱。以上是说逃难的人仓皇冒险。

⑮ 解骨、吞声，悲痛含恨貌。

⑯ 章华，是楚国的一座宫。望祭，祭祀山川。

⑰ 伪游，汉高祖伪游云梦，诱执韩信。这些地方正是此时遭逢兵祸的所在。

⑱ 莫敖，官名，指楚屈瑕。荒谷、冶父，都是地名。春秋时楚国战败，莫敖缢于荒谷，群帅囚于冶父。见《左传》。庾信把两句颠倒一下，表示变化。

⑲ 硎谷，秦始皇坑儒的地方。一作硎穽。摺拉，敲打。

⑳ 鹰鹯（zhān），猛鸟，喻嗜杀之人。批攢（fèi），扑击。这是说俘虏们的被虐待。

㉑ 冤霜夏零，邹衍忠心而遭燕惠王拘捕，仰天而哭，夏日降霜。这是指人民无辜遭难。

㉒ 愤泉秋沸，东汉耿恭守边，匈奴绝其水道，一军陷于窘境，七月水涸，地上忽涌出泉水。这里只是指人民在危城中的困苦。

㉓ 杞妇，杞梁殖妻，传说中杞梁殖之妻在城下哭夫，城墙被哭得崩坍了。

㉔ 湘妃，指舜的二妃，传说舜南巡，在道上死去，他的二妃痛哭流泪落在竹上，成了泪斑，所以现在有斑的竹子称为湘妃竹。

水毒秦泾①，山高赵陉②。十里五里，长亭短亭③。饥随蛰燕④，暗逐流萤⑤。秦中水黑，关上泥青⑥。于时瓦解冰泮，风飞电散⑦。浑然千里，淄渑一乱⑧。雪暗如沙，冰横似岸⑨。逢赴洛之陆机⑩，见离家之王粲⑪。莫不闻陇水而掩泣，向关山而长叹⑫。

【注释】

① 泾，指泾河，春秋时秦人曾在泾水上游放毒，以阻止晋军。

② 陉，指井陉，赵国的井陉是著名险要的地方。

③ 长亭短亭，古时沿路有亭，供行人食宿休息。十里一长亭，五里一短亭。

④ 随,搜捕;晋朝荒乱的时候,饥民以蛰燕充食。

⑤ 逐,追踪。东汉末年,少帝辨和皇子协(即献帝)被宦官们劫持出宫,不识路径,随着萤火的微光前行。

⑥ 水黑、泥青,指黑水和青泥关,均关中地。此因押韵而倒置。以上四联描写被俘入关的人长途跋涉的痛苦。

⑦ 这两句形容国破家亡,一切崩溃。

⑧ 淄、渑,齐国的两条水名,水味不同。淄渑一乱,指不分贵贱贤愚,一同遭难。

⑨ 这两句形容西北气候的寒冷。西魏陷江陵献俘长安,正在冬天十二月。

⑩ 陆机,本吴人,吴亡入晋的都城洛阳。

⑪ 王粲,曾在荆州作客。这是作者指在长安见到被俘的文士。

⑫ 这是说南方人走到这里都不能不痛哭。语本古诗《陇头歌》:“陇头流水,鸣声呜咽,遥望秦川,肝肠断绝。”

况复君在交河,妾在青波[①];石望夫而逾远[②],山望子而逾多[③]。才人之忆代郡,公主之去清河[④]。栩阳亭有离别之赋,临江王有愁思之歌[⑤]。别有飘飖武威,羁旅金微[⑥];班超生而望返[⑦],温序死而思归[⑧]。李陵之双凫永去,苏武之一雁空飞[⑨]。

【注释】

① 交河,古城,在今新疆吐鲁番。青波,楚地,在河南新蔡附近。这以下是说被俘的人室家分散。一去一留,生离死别。

② “望夫石”,武昌有石峰像人形,传说是妇人望夫而死化为石。

③ “望子山”,汉武帝有思子台,中山有韩夫人望子陵。

④ 才人,宫女;楚、汉交兵时,赵王武臣将代郡的宫女许配厮养卒。清河,指晋清河公主。她遇乱为人掠卖。这是指流民在兵乱中随便婚配。

⑤《栩阳赋》、《临江歌》,《汉书·艺文志》著录,现在失传。庾信借用来说夫妻子女之间无数悲欢离合可歌可泣的事。
⑥ 武威,今甘肃武威,古时为匈奴居地。金微,山名,在漠北。
⑦ 班超生而望返,班超在西域多年,上疏乞归,有“但愿生入玉门关”之句。
⑧ 温序,东汉初为将战败,被擒自杀,托梦给他的儿子,想归葬乡里。
⑨ 李陵、苏武,两人都在匈奴,苏武能回到汉,而李陵不能。作者奉使西魏被留,国亡无所归,故以班超、李陵、苏武等远使匈奴的人相比。

若江陵之中否,乃金陵之祸始[①]。虽借人之外力,实萧墙之内起[②]。拨乱之主忽焉[③],中兴之宗不祀[④]。伯兮叔兮,同见戮于犹子[⑤]。荆山鹊飞而玉碎[⑥],随岸蛇生而珠死[⑦]。鬼火乱于平林;殇魂游于新市[⑧]。

【注释】

① 否(pǐ),命运不佳。江陵本有中兴的希望,不料中途起了这一波折。一波未平,一波又起,金陵也不能保了。金陵之祸,指江陵失陷后次年,陈霸先立元帝子于建康,不久又篡位自立,梁遂亡一事。
② 萧墙,屏门。比喻家门内的事。出《论语》。这是指元帝死后,梁王詧借西魏之力自立为帝;梁贞明侯渊明,也借北齐之力,入建康即位;以后陈霸先又废渊明立元帝子方智这一连串争帝之事。虽然借外力,实则是内争。
③ 拨乱,削平祸乱。拨乱之主,指元帝。忽焉,迅疾而短暂地消灭了。
④ 中兴之宗,亦指元帝;不祀,香火断绝。元帝死后,诸子先后死灭,宗嗣遂绝。这是说元帝的结局。
⑤ 犹子,侄子,萧詧是元帝的侄子,元帝的儿子们都被萧詧害了。“叔兮伯兮”是《诗经》上的成语,也就是大大小小的兄弟们。
⑥ 荆山,指荆山所产的美玉。以玉来打鹊,喻以小失大,不合算的。这是

古时的寓言，见《盐铁论》。意思说：鹊没有打着，玉倒粉碎了。玉碎，指子孙亡灭，江山失掉。

⑦ 这一句用随国有蛇衔珠报随侯的恩的故事，而改换其意；蛇固然活了，珠却死了。比喻许多殉国忠臣，冤枉送了性命，于国事仍无补益。

⑧ 鬼火，磷光。殇魂，战死者的英魂。平林、新市，都是荆州的地名。这里说：充满了死于乱兵的人和阵亡将士，没有人收拾埋葬。

梁故丰徙①，楚实秦亡②；不有所废，其何以昌③？有妫之后，将育于姜④。输我神器⑤，居为让王⑥。

【注释】

① 梁故丰徙，战国时的魏国迁都于大梁，称梁。后来秦灭魏，又迁大梁于丰。梁与战国时梁国号同，故相比。

② 楚，指梁；秦，指魏。战国时的楚国是被秦灭的。这是说古来本有这事，此时又重演了。

③ 这里意思说：此时北方兴起来的是周，南方兴起来的是陈。如果梁不亡，它们又怎么兴起来呢？语本《左传》。意思是旧的不去，新的从何而生？

④ 有妫，陈姓的祖先。这是指陈霸先建立的王朝。这里也是《左传》上的成语。春秋末期陈氏掌握齐国的政权，因而夺取了齐国。齐国是姓姜的。这里用来比喻陈霸先从梁朝手里得了皇位。

⑤ 输，送掉。神器，指统治权。

⑥ 让王，出《庄子》，是让位而不居的帝王。这是说梁元帝剩下的一个儿子敬帝，本是陈霸先所拥立；不久敬帝就让位给陈霸先了。

天地之大德曰生，圣人之大宝曰位①；用无赖之子弟，举江东而全弃②。惜天下之一家，遭东南之反气③；以鹑首而赐秦，天何为而此醉④？

【注释】

① 这两句是《易经·系辞》上的成语。还是替梁朝惋惜。意思是皇位不应当随便抛弃。

② 江东,江南。这句说:用年轻无识的人,把江南的地方完全送掉,这是总述梁武帝以来的话。

③ 这两句意思说:天下本来是一家,可惜东南有了反气,被破坏了。这是借用汉高祖的话。汉高祖对吴王濞说:预言说五十年后东南有反气,莫非是你吗?

④ 鹑首,星名,即井宿,为秦的分野。传说天帝喝醉了,把属于鹑首的地方剪下给了秦穆公。这是说天意要帮助灭梁的人。

且夫天道回旋,生民预焉①。余烈祖于西晋,始流播于东川②;洎余身而七叶③,又遭时而北迁。提挈老幼④,关河累年。死生契阔⑤,不可问天。况复零落将尽,灵光岿然⑥!

【注释】

① 这里说:人事随着天道,总有变迁。

② 烈祖,指八世祖滔。这句再追述自己祖先在西晋时由北迁南。

③ 洎(jì),到。

④ 这里说他全家羁留周地,庾信家属是被俘到长安的,以后被释放团聚。庾信的母亲大约还在,故称"老幼"。

⑤ 契阔,艰苦。"死生契阔",为《诗·邶风·击鼓》句。

⑥ 灵光,汉鲁国殿名。岿(kuī)然,高峻兀立貌。汉末古建筑都被破坏了,只有鲁灵光殿依然存在。这是比喻别人都渐渐死去,只剩自己一身。

日穷于纪①,岁将复始。逼迫危虑②,端忧暮齿③。践长乐之神皋[④]，望宣平之贵里[⑤]。渭水贯于天门，骊山回于地市[⑥]。幕府大将军之爱客，丞相平津侯之待士[⑦]。见钟鼎于金、张，闻弦歌于许、史[⑧]。岂知灞陵夜猎，犹是故时将军[⑨]；咸阳布衣，非独思归王子[⑩]！

【注释】

① 日穷于纪，十二月将尽，大约作此赋时在年底。

② 逼迫危虑，指自己处境的困难。

③ 端忧，见《月赋》注。

④ 长乐，长安宫名。神皋，天府，指皇宫。

⑤ 宣平，长安的城门名。以下是说自己留在长安，耳闻目见，另是一番繁盛景象。

⑥ 这一联形容长安的壮丽繁荣。用渭水来摹仿天河，在骊山作地下的店市，都是秦始皇的事。

⑦ 这一联说：周室当朝的将相待自己很敬重。平津侯，汉武帝时丞相公孙弘的爵号，这里指北周丞相宇文护。

⑧ 金、张、许、史，都是西汉时长安最著名的贵族。这是说自己和北周贵族交游。

⑨ 故时将军，指李广。李广在灞陵夜猎时，随从的人称他为故李将军，被灞陵尉侮辱。这是说有谁知道自己过去的历史。

⑩ 咸阳布衣，战国时，有人说楚国太子留在秦国，不过是咸阳市中一个平民而已。此时梁朝的王子也有在长安的，所以说思归的不止他们。以上一联点明目前自己的处境，并且回顾前文所述的一生经历，以作总结。说明这篇文章等于一篇有韵的自传。